慧山隨筆

倪慧山 著

謹獻給——

生我撫育我成長的父親和母親

相知相愛相依相映的妻子慕珍女史

目錄

【輯一】

【輯二】

【輯三】

【輯四】

【輯一】

一、憶念母親恩情

坐在小客廳單人沙發上背對窗戶的慧山君默語沉寂已超過半小時了，下午的陽光穿過窗前的淺紫色玫瑰嫩芽直射進來，照在背心上暖融融的。他心不在意地向後園望去，從白色的矮木柵欄上方，透過高聳的白樺樹松樹林的間隙，映透著黛色遠山頂部的皚皚白雪和以藍天為背景的朵朵白雲，似乎在靜悄悄地緩緩地向東方移動，卻很難讓人捕捉得到。

昨天傍晚他和已年屆八十四歲高齡旅居於上海西南部的蓓大姐通電話，聊家常話物價高漲的末尾，她突然間發出一聲感嘆：「媽媽一九九三年逝世，今年正月十四日整整二十年了。」

二十個年頭了，七千三百天，快趕上一代人的時光。

當時他們一家人住在溫哥華東區二十街的一所近百年的古房子裡，得到母親仙遊消息的當下，慧山他倒在客廳北窗下的地毯上打滾，放聲大哭，狂嚎不已，賢慧聰穎的妻子慕貞兀坐在他身畔地毯上陪伴他淚流滿面，泣不成聲，他們家一時間天昏地暗，茫然一片，空間被壓縮到極致，他感覺已然到了世界的盡頭。

當這驟然襲來的惡風暴雨喘息的當口，他忽然意識到自己真正成了孤兒，沒有媽媽的孤兒，再也聽不到媽媽溫柔和藹親切的聲音，再也享受不到媽媽多年操勞家務的雙手的愛撫，再也吃不到媽媽親手煮做的紅燒鯽魚、蘿蔔絲毛豆、韭菜炒雞蛋等美味菜餚；他大聲甚至撕聲力竭地呼喊「媽媽，我的親娘」，一遍又一遍地呼嚎，再也聽聞不到媽媽的應聲回答：「平兒，媽在這裡，怎麼啦？」一切的一切都沒有了，都成為對過往的追憶和緬懷。當下的他唯一能做的就只是哭，哭就是他心頭唯一的希求和滿足。

其實在得到母親噩耗的前一夜，他做了一個夢，隱隱間他和媽媽相見，但不明白也說不清在什麼地方，也沒有和媽媽說什麼話，只是他雙手抓住媽媽的左手，媽媽把他摟在胸前，用右手輕輕拍著他的右肩膀，又輕輕撫摸他的額頭、臉頰和髮際……驟然間分開了，母親的身影隱去了。他驚醒了，他不敢也不會釋夢。然而卻證實了慧山和他的母親靈性的溝通，正是在那個時刻母子相會了又永久地分別了，儘管形體分開在遠隔萬里太平洋東西兩岸，在夢幻裡在那個時空裡確然是另外一番景象。

慧山的母親只認識自己的姓名倪靜嫻三字，真的是「大字不識似雞腳爪，木字不識如木馬凳。」不認字卻不妨礙她的聰慧、善良、能幹和遠見足識的發揮。她是一位前清秀才的幼女，在慧山外婆照料培育下成為中華傳統鄉村女性的典範，家務、女紅、輕微農活樣樣精能，相夫教子賢慧名聲遠播鄉親鄉裡。她沒有傳統習慣裡的重男輕女觀念，待兒女一視同仁無分別，蓓大姐讀完高中時祖父發聲了：女孩兒家識些字也就差不多了，找個工作做，很快就會嫁出去的。媽媽和爸爸在臥房裡商定：只要蓓兒考得上大學就支持她去讀。時隔一個甲子年，回憶往事時，蓓大姐多次在電話中對慧山說：「當年要是沒有爸爸媽媽的思想開通我哪能離家數千里去長春讀書，是我們南北宅張家門裡第一名，媽媽的恩情至今不忘，年歲愈長愈覺得這份恩情愈深，愈加感恩彌久，真心實意感謝我們的媽媽。」

慧山的母親有一雙半纏似放的足，像是天足卻明顯受過傷害，小腳趾被擠壓到足外側底下，趾甲只剩一點滴，每逢修理時頗煩難。她年幼時就被迫纏小足，痛不堪言，滲血不止，每到晚間偷偷解開纏腳布片，私自鬆綁，白日裡又佯裝捆綁結實，實多得益於慧山外婆的同情心和愛護，裝作不知並不嚴加督促和責罰，可能的原因是慧山外婆自身遭受三寸金蓮之苦楚太深的緣故，也是對幼女的一片鍾愛之心，那時節外婆已年過四旬，憐憫之心正盛正熾。

慧山的外婆患眼疾，年未及八十已雙目失明，愈到晚年生活起居不能自理，慧山的母親從那時起每半月回娘家一次為外婆梳洗頭臉手足（有時還修腳），趕時間把換下的衣物洗淨掠乾收好。母親買好寸金糖、芝麻小脆餅、柿餅等等外婆喜食的甜品送去，時常也帶幼童慧山去，外婆總是歡喜地一邊招呼：「平郎過來過來，讓我摸摸。」一邊伸出右手來，母親推他一把，嘴裡教他喚外婆，慧山順從著，外婆摸到了頭頂，幾乎每回都說長高了，又評說長得真快，將來一準像外公是個大高個子。太陽西斜到屋脊高的時候，媽媽該起程回家了，這時刻外婆沒有初見時的歡喜笑容，十有八九總是哭泣，拉住母親的手不放，母親的心宛如刀割的痛，禁不住淚珠不斷地往下淌，沒有一點兒泣聲，為的是瞞過外婆，還要強裝出平靜的聲調勸慰安撫外婆的心，母親承受得太多又實在太難為了。外婆問母親下次來的時間，不得到回答確切的日期總不罷休，所以母親每次看外婆的日子總會提前一兩天，太理解和在意外婆的心意，母親深愛著外婆。一九六二年外婆以九十二歲高齡仙去之後，母親好像再沒有去過她娘家了。

慧山的父親外出教書，母親操持家務，把三女兩男撫養長大成人，辛勞自不待言。春天裡按排農活，種菜園，秋季收藏穀物，樣樣用心料理。農閑時紡紗織土布，初冬時節開始籌劃孩兒們過新年穿的新衣新鞋新帽子，晚餐過後就是她在美孚燈下做女紅的寶貴時光。慧山他最愛媽媽為他做的貓頭鞋，黑幫的鞋頭上用五顏六色的絲線繡出修長的眉毛，像兩把出鞘的長劍，特別精神，還有那一雙烏黑噌亮的大圓眼睛，好誘人啊！快眯成一條線的嘴唇兩角微微上翹，貓頭的樣子好滑稽調皮可愛。媽媽做的狗頭帽戴在慧山頭上暖烘烘，帽前左右兩邊的一雙狗耳朵用彩色厚實柔軟的布片縫製，小慧山搖頭時狗耳朵隨之擺動，引來媽媽的歡聲笑語，他更加快速頻頻搖頭以嬉媽媽，總是以媽媽抱住他制止他搖擺才收場。媽媽會唱江南一帶的民間小調，那也只有在黃昏時分媽媽納鞋底時才唱給慧山聽的，因為納鞋底這活比較單純些，不像縫衣繡花等活需要集中精力，一絲不苟。媽媽也常講故事給慧山聽，如二十四孝子中王祥臥冰求鯉魚、老萊子娛親等等，有時會拿出線描的圖畫書邊看邊講，今夜講，過幾天又講，過一個月再講，媽媽的故事不很多，重複講，幼年慧山總是喜歡聽，每次都像聽新故事一樣有趣和靜心，也有的時候媽媽要慧山講給媽媽聽，媽媽一邊靜心聽，常常提示幫助慧山往下講，末尾總誇他記性好、聰明，所以直至他已年屆古稀之年的今天仍記憶猶新，恍如昨日。

慧山的母親聰慧的明證之一是她會「切語」，現在恐怕知道「切語」這名詞的人已十分稀有，更不用說講「切語」了。慧山他讀書少，寡聞陋見，直到去年讀《程硯秋戲劇文集》才第一次見到關於「切語」的文字記載。簡言之，「切語」是把一個音分為兩個音唸，如「天」音分為「吐—也」兩音，快讀兩音合二為一「天」；如「地」音分為「突—已」兩音，快讀兩音合二為一「地」。小時候覺得特別神奇，要母親唸這唸那個不停，嘴裡也跟著讀和唸，太好玩了，太崇敬母親的絕技了。母親原本不認字，怎麼學會這「切語」的，從沒有詢問過，上小學之後就似乎忘卻了這回事，也沒有再請母親教「切語」，也沒有再聽過母親用「切語」講一句完整的話語，如講得稍微快些就一點也不明白講什麼來著，聽音不明意，猶如聽外國語一般。等我長大之後，讀商務印書館一九三七年版《辭海》注音的時候，才忽然明白其注音的××切不就是母親早年教導的「切語」嗎？這發現更讓他無比崇拜母親的聰明才智和驚人記憶，再後來又知道了六祖慧能本不認字卻精通佛經，讀了六祖《壇經》之後，曾經給了慧山對他母親許許多多暇想和美妙不可言說的空間，他更深愛著他的母親的聰穎智慧。

慧山童年的時候個子還未及母親高時，用扁擔扛抬重物，子在前母在後，母親總用手把物件拉近她身邊，說是怕壓壞了她的兒子。有一回抬糞桶到家宅弄堂轉角處，也許繩子稍嫌長了些，也許泥地不平整，也許兩種因素相合，總之糞桶底部觸地，傾刻翻倒，屎橛子混合著尿水一股腦兒的潑了一大灘，場院裡臭不可聞，母親沒有責怪慧山一個字，趕緊用水反覆沖刷洗淨場院地面，收拾停當後，又幫兒子燒熱水洗澡換衣，並不斷自責繩子應該收高些和糞桶少裝些糞便，就不會出問題了。

慧山艱難讀完高中，歷經挫折，母親從沒有一句微言，總是安慰鼓勵之語頻頻。後來慧山沒辜負父母親殫精竭力的關懷終於考取了北京的學校，母親特地為他手工縫製了一襲厚實的大棉襖，以抵禦北方嚴寒冬季的霜雪，度過了六個春秋。離家的那天一早，母親坐在桌邊看著兒子吃她親手做的雞蛋炒飯，要他吃得飽飽的才放心。送到宅園北邊水渠岸上忍不住母子相抱而泣，緊緊抓住兒子雙手，自言自語道：「真的要走了?!」兒子也是三步一回頭，直到人影縮小到一個小黑點子時，慧山還能感覺到母親在向他招手。

慧山讀完大學二年級的暑假裡才返回家鄉看望日夜思念的母親和父親，之所以相隔兩年時間沒回家，因為沒有錢買火車票輪船票。那正是著名的所謂三年困難時期，母親臉龐消瘦了許多，幸好精神還爽，大概得益於她樂觀開朗性格福澤的緣故吧！母親用祕藏許久的一點兒白米加進從大隊公共食堂打回來的胡蘿蔔菜湯熬的菜米粥招待她兩年不曾相見的兒子，怎麼叫淚珠不奪眶而出，順著臉頰流下來呢？慧山記不清母子當時的對話，這時刻的話語還重要嗎？不重要了，能相見能互相觸摸就是一切，盡在不言中，頗有劫後餘生的感慨。

慧山畢業工作後，回家的機會多了。但好景不長久，文化大革命運動把父親誣陷成反黨反社會主義的現行反革命分子，開萬人大會掛牌批鬥，三次抄家，掘地三尺找罪證，嚇得母親整日地提心吊膽，夜不成寐，加上她本性善良膽小，哪見過這種瘋狂殘酷的野蠻場面？造反派的汙言惡語、狂呼亂叫嚇到她雙膝亂顫，心悸絞痛不已。後來父親被押到蘇北大場勞改農場勞改，這些年裡母親艱熬度日，實難書其內心的創傷與苦痛於萬一。

再後來的一個秋天裡，慧山回家看望父母雙親，這時父親已得到一張所謂平反的廢紙，有幸從學校退休回家，開始過著相對平靜安穩的鄉村生活。母親種兩分菜地，白菜蘿蔔菠菜韭菜小油菜一年四季倒不短缺，食油從每月三兩增加到一斤，不時還買些魚蝦肉類以改善飲食，這段時光可能是母親最安穩的晚景了。慧山問母親生活上還需要什麼？母親說什麼都不要，只希望你們多回來看看就好。慧山問薇大妹，大妹說給媽買件呢大衣穿穿吧！大妹和慧山商量再問問母親的意思，竟不料母親爽快地同意了，並建議買雪花呢的。這讓大妹和慧山興奮異常，抱著母親鼓勵道：「媽媽好，好媽媽。」他倆午後就去縣城買回一襲雪花呢大衣，穿在母親身上正合身，那是比照大妹的身段稍放大一點兒買的。母親照照鏡子滿意地笑了，低聲問大妹：「瞎花了多少錢？」大妹抱住母親回答：「這個你就不用管了。」又從口袋裡掏出一隻上海牌手錶戴到母親左手腕上，母親著急了，說：「我不會看，不要這個。」薇大妹安慰說：「媽，我教你」。母親高興得直說：「今天怎麼啦?!今天怎麼啦?!」笑得不知說什麼好。

母親像，攝於宅前菜園子，時年七十八歲，精神爍爍。

一九五三年冬季，祖母率領全家於海門縣城照相館拍攝的全家福，中坐者為祖母張陳氏，右坐者母親倪靜嫻，左坐者嬸嬸施惠芳。前排自右至左：大妹薇、小妹芹、堂弟德、堂妹璣；後排自右至左，表姊蘊妮、大姊蓓、父親張博文、小叔張志旗、兄長蕾、作者薔（慧山）。

世事難料，變化無常。大約又過了近十年，天有不測風雲，慧山蒙難，專制當局違憲查封了他負責工作的《中國美術報》，他被禁閉並勒令交待數月後，掃地出門，萬般無奈的他，謹遵孔老夫子「乘桴浮於海」之教，漂洋過海以避禍覓食求生存，其後三年間他再沒有也不能回家看望母親一面，再沒有聽到母親一句話語笑聲，母子儘在夢幻中相遇。這可悲、可嘆又可恨的現實制度，迫使母子分隔不能相見，直至慧山母親八十六歲仙逝之時也仍然有國難回，不能盡一點人子之孝，實為人類本性之大患焉！

自從經歷此劇變之後，慧山他改變了對滿月的感覺，不僅不覺得十四、十五日圓月有什麼可詠可愛的地方，甚至討厭、憎惡，因為就在那個每年必經的正月十五元宵節前晚間奪走了他的母親性命，令他成為一個沒有了母親的孤兒，被遺棄在虎豹成群、豺狼當道的娑婆界裡，恁憑他呼天愴地再也聽不到媽媽的回音，再也得不到媽媽的愛撫，更不可能報答他媽媽的恩情於萬一，無際的遺憾永遠永遠地深藏在他心中，即使要忘也實在難於忘卻，何況人子對母親的恩情斷斷不能也不該忘卻的，只有恆久地根植於心間，與天地共存。

二〇一三年元宵節

二、母親節有感

今天是世俗的母親節，二〇一三年五月十二日。

一清早起床，沒有刮鬍鬚就下樓去，走進小後屋，打開東百葉窗，又開北百葉窗，沒見一絲陽光射進來，天色陰沉沉，萬籟齊寂；濃重鉛灰式的雲層鋪天蓋地，不露一絲縫隙；待我走進廚房燒開水返回後屋的當口，雨絲幾乎垂直地掛下來，從後園嫩綠的白樺樹葉中流淌而出，我是從百葉窗透出去發覺的，幾乎就在同時天窗玻璃方向傳來蟀蟀嗦嗦的響聲，我小心又小聲地自言自語：「下雨了。」

水壺聲響了，我走去倒了一玻璃杯水又走回小後屋，坐在去年夏季新添置的一把籐椅裡，面朝北窗注視著那片忠誠伴隨我的白樺樹和雲松雜居的林子，目不轉睛地關注著那不知有多綿長又總不折斷的雨絲，似欣賞也似發呆，呆呆地坐著呆呆地望著沉默著，只有聽聞天窗上傳來的響聲時而大一點點，時而又小一點點，極細微細微的分別。

今天是世俗的母親節，我是好幾天之前就知道的，可是從沒有從我的嘴裡講出過這三個字的音響來。

廿年前的元宵節前夕，我的母親辭世了。從此失去了母親節對於我的一重意義。然而每每憶及母親給我的恩澤，令我心痛令我自責不已，甚至頓時出現思緒錯綜雜亂如麻，昏沉沉暗無天日般渾沌凝重的感覺。今天元宵節我還了一個願，用文字記下我二十年來積澱在我心頭的思念——《憶念母親的恩情》，也許不自覺地感覺來日無多，再不記下來，恐怕終成一生憾事的緣故吧。

十年前我的妻子慕貞也離我而去，擺脫這混沌惡濁的世界走了，朋友中有些人讚她去了西天佛國，我也作如是想，可是，母親節對於我而言又脫落了一重意義。此前十年，明和蔚倆個兒子節前的祝福停止了，節日這一天可能的見面和家庭聚餐的歡樂不會再現眼前了。從此兒子們好像忘掉抑或根本不知道有這個節一樣，再沒有在我面前或通訊中提及母親節這三個字，至少在我們家再沒有這個節了。我深知兒子們的良苦用心。我們家母子父子之間息息相通，這是一種深深的難得的理解和幸福，人世間任何事物、情感都難以與之比擬，我珍惜萬分。

今天是世俗的母親節，我沒忘記。

天窗玻璃傳來急驟又響亮的雨滴聲，抬頭仰望，雨珠們順著玻璃中心高聳處往四邊滑落，扭頭再看樹林，粗壯有力密密層層的雨條從天斜插過來，不知何時東風又起，起勁地伴隨雨條嬉戲。不一時，雨滴聲縮回去不少，又轉變為雨絲了。

變易如常，自然萬物如是，萬物之一的叫做「人」的那種物，焉能逃脫自然法則，變幻莫測難辨難懂難纏，可笑求長生求不老，可笑求情又求愛，這些不可捉摸的東西本來就是水中撈月一般而已。

我願做頭豬做隻羊，我還願做匹馬做條牛，牠們不會思不會想，腦神經不像叫做「人」的那麼複雜那麼細微那麼奸詐那麼自私那麼虛偽那麼無賴那麼無聊，否則倘能做個長不大的童子直至從地球上消失，也是一種不淺的福份呀。

今天是世俗的母親節，二〇一三年五月十二日。我一日未出門，前後門都緊閉；我一日未碰電話，本來就無一通打進打出的電話。世界與我無涉，我與世界無干。赤月條條來，無牽掛而去，未嘗不是一種不壞的模式，於現時呢，活著就是活著，甭想甭思安心于豬馬牛羊群。

二〇一三年五月十二日

三、無盡的憶念

慕珍北京大學讀三年級時油畫像（幼子海蔚收藏），友人畫家張法根繪。

我的心已經死掉了，兩年前。現在的我的軀殼只是苟延殘喘著，行屍走肉，假如這也可以叫做活在現世的話。

照佛家語，慕珍她離開這惡濁的娑婆世界返回到真如淨土世界去了，那邊充盈著光明、慈悲、善意、平和、吉祥的氛圍，本應當是我們每個人真實的歸宿。十方諸佛如本尊釋迦牟尼佛、阿彌陀佛、觀世音菩薩、大勢至菩薩等等一日六時接應眾生往生佛國淨土世界。

慕珍晚歲虔誠學佛，信、解、行、證一絲不苟。甚或超越她早年求學、然後工作時的認真、恆久的態度，前者是嚮往精神的心靈的真實不虛的慰藉，後者只是為求得生存、服務于社會的技能，兩者焉能同日而語？二〇〇三年夏天的一個晚上，她得到一個夢，確切地說不能叫做夢，因為那是在似睡非睡狀態，處於意識與潛意識之間這個層次。她告訴我：

「我平穩地飛起來了，從我的睡房飛出去，不感覺有門窗、牆面的阻擋，一直飛，我飛到了藍天白雲的天空，自由自在，美妙異常，我漫無目的地飛翔……突然間，迎面飛來一位聖女模樣的神仙，眉清目秀，純潔無瑕，笑盈盈看著我，伸出祂的右臂，掌心裡托著一顆狀如雞蛋（去殼）、晶瑩透亮的神奇寶物，示意贈我。我不假思索地搖搖頭，並告訴祂：『不要。』

祂不顧我說什麼，一把抓住我左臂，把那寶物塞進我的左手心裡。我正要尋思還贈祂什麼物品時，剎那間，我的右手掌裡也有一個寶物，與祂送我的寶物一模一樣，也是晶瑩透亮，看起來只是體積略微小一些。我遞過去送祂，祂微笑著收下了。我問祂：『這是什麼地方？』祂回答：『快到北極了。』突然，祂不見了。我驚醒過來，知道是南柯一夢。

太奇特了，我特意回想一下，記住它。清晨起來第一件事就告訴你。」

慕珍問我是怎麼回事？這情這境預示什麼？

我一點也說不出個所以然來，只是盯住看她。不過，我想起在這之前一個多月，她就做過一個類似的夢，於是我倆共同回憶那個夢境：

「她飛起來了，沒有開睡房門，就飛到廚房間，又飛到客廳裡，繼續在客廳裡飛了一圈，又飛回到睡房眠床上。她在飛的過程中就向自己發問：

『我怎麼飛起來了？』」

我們都說有了第一次短程飛行經驗，才有這次快飛到北極去的體驗……那末究竟預示什麼？我們一直不清楚。今年（二〇〇五）初我讀到高橋信次〈般若心經真義〉一文說道：「我們在睡覺時，如果心靈調和便可能會來到我們所處的天上界。像這種光的天使在熟睡時，脫離肉體舟而到次元不同的世界遨遊的例子就有很多。」這一解釋給予我一些慰藉。

*****　*****　*****

慕珍和佛菩薩結緣或示現很早，那是她讀初中的時期，每天清晨天剛濛濛亮就起床上學，走到學校時寄宿生剛開始做早操。她迎著東方太陽昇起的方向走四、五里路，一路上她不間斷的小聲唸「觀音菩薩……觀音菩薩……」為什麼唸？不知道。誰教她唸？沒有呀！唸就是唸，根本就沒有想過這些問題，沒有經過思索的唸「觀音菩薩……觀音菩薩……」三年如一日。後來讀崇明中學高中部，離家五十多里路，住校，不走讀，也就沒有機會再唸「觀音菩薩」了。

再早，還可以追溯到她出生那年的事：夏季，崇明島濕度高、悶熱，她出生不幾天，皮膚上出現一粒粒紅色小泡，民間稱「熱毒」，癢而疼，晝夜啼哭不止。父母焦急萬分，用多種民間偏方治：因為熱，摘取大芭蕉葉，讓她躺在上面取涼；又取河底爛污泥一點一滴塗抹在小紅泡上，星星點點遍滿身……也不見起什麼大作用，沒好轉。眼看女兒受苦受難又日見消瘦，父親忍不住對母親說：「要不埋了吧？」母親不答應，堅持說：「女兒仍要吃奶，或許還有救。」正在這當口，宅門前有個游方郎中搖著小手鼓經過，立刻請他進來診治。那郎中一看一問，便說：「不礙事，取鮮黃瓜汁餵她，過三天就退熱，不用擔心。」農村裡新鮮黃瓜有的是，趕緊從瓜藤架上去摘，日夜餵黃瓜汁，果然不到三天，小泡收縮變小變乾，她也不哭了，睡眠了，七天後，熱毒盡退。母親嘆道：「玉玉小命救過來了。」這游方郎中是誰？村裡人都不認識，以前從來沒見過，以後也沒有再到過村裡來，不知去向，無影無蹤，世上的事真的就這麼神奇！

＊＊＊＊＊　　＊＊＊＊＊　　＊＊＊＊＊

慕珍打小天資聰慧，在學校品學兼優，深得小學中學老師喜歡。放學回到家裡，幫助母親做家務活，割羊草飼養山羊，待山羊長大後賣了，補貼家用和買書本等學習用品。星期日和節假日，常常和母親一起到棉花田玉米地鋤草，不愛戴草帽，不怕曝曬，大汗淋漓，衣衫濕透，視為家常便飯。夏日裡清晨起床，洗濯一家人一大木盆換洗衣物；有一陣子，腸胃不好，清早起床吐清水，不當一回事，沒看醫生也沒吃藥，熬過去了。父親在家鄉小鎮打工，並不每天回家，隔三差五回家來，她總為父親打好洗臉溫水，放好面巾；晚飯後又準備好洗腳溫水，乾淨的鞋子分左右放在腳盆兩側。她孝敬父親如此，父親愛她如玉。

她最愛聽父親講故事了，她說這是最開心的時刻。夏夜裡晚飯後，七鄰八舍都喜歡坐到宅院空場上納涼，她也一樣，洗完澡，拿一把葵扇，往半新不舊的藤榻上一躺，仰望繁星點點湛藍色的天穹，數星星，星星朝她眨眼，還有拖著長長尾巴的慧星不時閃過……宅院裡有人耐不住了喊她父親：「大伯，給講個故事！」「接著昨晚繼續講，還沒完呢！」父親檔不住大家的請求就講開了。她最初接觸古小說就從聽父親講故事開始的，「封神榜」、「三俠五義」、「七俠五義」、「薛仁貴征東」、「薛丁山征西」，往後聽「三國演義」、「水滸傳」、「說岳全傳」……她聽得細致入神，被古代英雄人物的孝順、正義、扶弱、濟貧……

的精神所浸淫，深刻影響她一生。

慕珍還未上初中就把父親不多幾部藏書都讀完了，常常在晚間做完作業後，就著煤油燈夜讀，母親在一旁紡紗或做針線。上初中後，她常利用午飯後休息時間，鑽到新華書店的角落裡讀，北堡鎮那麼小，人少，去看書的次數多了，店員都知道她是誰，誰的女兒，所以即使看上一小時也不會管她的，很照顧她。她每回憶到這裡時我故意尋她開心地問：「你幹嘛躲藏在書店角落裡呀？」她可認真地回答：「怕被父親路過這裡看見呀！因為我和父親一起吃午飯，草草地吃完收入洗好碗筷就對父親說我到學校去了，其實我急於到書店裡來了，如果被父親發覺，那可太不好了。」我倆都陶醉在這一問一答之中，真記不清重複過多少遍。

北堡鎮有個劇場，地方越劇團、滬劇團、錫劇團經常在這裡巡迴演古裝戲，有《盤夫索夫》、《雙推磨》、《珍珠塔》、《庵堂相會》等劇目，當然她很喜歡看《梁山伯與祝英台》、《西廂記》和《紅樓夢》等愛情戲，慕珍和她的一班女生都喜歡看，但沒有錢，她們常常趁下午課後去劇場門口等著看「戲尾巴」。那時候，尤其日場戲演出時間過半，收門票的人敞開入口，不收票，任人自由進入坐在後排看戲，謂之看「戲尾巴」。她們下課早可以多看到一些「戲尾巴」，下課晚看個十分二十分鐘也就過癮了。既愛看戲又愛讀同名小說如《紅樓夢》、《西廂記》、《水滸傳》等中國古典小說，但不喜歡讀《三國演義》，心機太過。初中畢業前她已讀完《傲慢與偏見》、《紅與黑》、《悲慘世界》、《九三年》以及莫伯桑和梅里美等西方作家的許多短篇，喜歡俄國作家列夫・托爾斯泰的《安娜・卡列尼娜》、《復活》，但不喜歡《戰爭與和平》，太冗長、繁雜。喜歡讀中國作家巴金的《家》、《春》、《秋》，不怎麼喜歡讀茅盾，最不喜歡魯迅遣詞造句的晦澀和聱牙。在我感覺，她喜愛明朗、樸實、熱情的風格，又富於獨立、正義、奮鬥精神和同情心的文學藝術作品。

讀初二時，她的大哥林寶從福州回家鄉完婚，送給小妹她一斤紅毛線，足夠織一襲毛衣。她第一次擁有這麼珍貴的禮物，銘記於心一輩子。她自此開始學織毛衣，第一次穿上毛衣，這襲毛衣伴隨她上初高中，乃至上大學，我倆結婚的時候她也穿上，不過幾經拆洗、翻織，已經從長袖變換成無袖的背心，一直至今天，從北京帶到溫哥華，盡管褪色成淡淡的洋紅色，依然保存在枕頭邊，春秋季節時常穿穿。所以，二〇〇二年我們回北京，她總算了卻了一樁心願，邀請大哥夫婦到北京一遊，快樂地度過一些日子，大哥感慨地說：「我們兄妹幾十年來第一次有這麼長相處一起的日子。」說起毛衣，我要補充說一句，我們家三個男孩——我和海明、海蔚兄弟倆從未買過毛衣，我們所穿的每一件毛衣毛背心都是她親手織成，無論工作再繁忙，她永遠照顧著我們——她的三個孩子的冷暖。二〇〇二年在我的海門老家過春節，她為我織成最後一襲對開扣子的靛青色大毛衣和長圍巾，願伴我終老不挨凍，永遠溫暖我心。

讀完初中，慕珍的祖父發話了：「女孩兒家識那麼多字已經蠻好啦！總是人家的人，不用再讀下去了。」父親不贊同祖父的說法：「只要孩子考得上，我就讓她讀下去。」慕珍一輩子牢記父親對她的深切關愛。她沒有辜負父母的期望，一九五七年秋順利考取重點中學崇明中學。高一下學期開學，學校來了突然間好些位新老師，教語文、代數、三角、幾何、物理、化學的都有，他們班也分配到三、四位新老師任教，她發現這些老師講課真好，深入淺出，條理清楚，一絲不苟，堪為師表，她十分慶幸聽這些新來的老師授課。時間一長，才知道這些老師原來都是右派分子，多數是從上海各大學被降級處罰到中學來的。她從心底裡更加佩服、尊敬和同情這些老師，但對剛讀高一年級的她並不真正明白這「右派分子」意味著什麼？對這些中學生也許是福分，但就這些老師而言卻是禍患。究竟是福？是禍？人生啊！人世間啊！竟是一迷團。

一晃三年過去了，高中畢業時，學校考慮保送她留學蘇聯，不過最後被縣官的女兒頂替了。她則考取了北京大學，北大是她嚮往的學府，特別是由蔡元培先生奠定的「科學與民主」校訓十分引人，何況還籠罩著「五四運動」發源地的神祕色彩吶！進入北大，一切都是新的！她參加在東操場舉行的新生運動會跳高項目比賽，還得了名次。蔡惠珍同學廣東人，參加賽跑，光著腳丫子，大家覺得新奇，但在南方卻是很平常稀疏的習慣。

她被分配住在學生宿舍樓群第三十六齋四層四一八號房間裡，兩架上下層鋪，四人一室，她住上鋪。

*****　*****　*****

我的故鄉海門在長江口北岸，與崇明島相望，木製機帆船航行十五分鐘即可抵達。從五代建制以來，崇明、海門兩縣歷史上就是近鄰。上世紀五十年代起同屬江蘇省南通專區管轄，慣稱「崇海」，經濟、教育、文化、交通往來頻繁，互有到對方上中學讀書的學生——「縣際學生」，還有不少婚嫁的親戚關係。一九五七年後，江蘇省才忍痛將崇明等縣劃給上海市管轄，一如北京市擴大郊區地域，以滿足直轄市的需求，但民間交往依然故我。

我和慕珍見面源於一個機緣。一九六二年寒假快要結束的時候，長江口連颳大西北風好幾天，令崇明到上海，海門到上海的小火輪都停航，我們回京返校都必須到上海搭乘火車，所以待風小，頭班小火輪開航時就趕到上海，我急匆匆去金陵東路火車售票處臨街的售票窗口一問，才知道三天內已沒有直達北京的慢車票，售票員建議我買第二天去西安的車票，到徐州站轉去北京的火車。一聽轉車就頭大，便問：「轉車方便嗎？」答：「方便。等三、四個小時。」又問：「轉車的人多嗎？」答：「有。剛才還有北京大學的兩個女同學也是買這趟車票，也在徐州站轉車。」他也許為增加說話的可信度，用手向左一指，我順他手指方向一看，的確看見約一百公尺處有兩位女大學生模樣的人向前走，一位穿紅上衣，另一位穿灰藍色上衣。于是乎壯了我膽，就買了和她們同一次車票北上。

第二天一上車，我就留心有沒有北京大學女學生，車廂裡亂哄哄的，沒有看見佩帶大學校徽的人，只好坐在座位上等。月台上送客們向後退走，車子開動了，車廂裡的人安頓下來，嘈雜的聲音也逐漸靜下來，這時，我突然聽到一陣輕脆悅耳的笑聲，尋聲回頭望過去，眼睛一亮，穿紅上衣的姑娘坐在我背後方向四、五排的座位上，莫非就是昨天售票處遠遠看到的那位？再定睛仔細一看，左胸前佩帶著白底紅字「北京大學」校徽，心頭一驚，安穩了，確實是她，轉車不怕啦！不過仍有點疑惑，昨天見的明明是兩位女生同行的，今天怎麼就只有一位了呢？

我們學生只準坐慢車才能獲得半價優惠，從上海到北京單程票價九元九角，已經超過一個月的伙食費標準一元九角了。剛出市區第一站叫華亭，停了不止五分鐘。全程一四八〇公里近百個大大小小車站，停停開開，好像停的時間比開的時間還長，要走二十八小時才到北京站。利用大站停車時間長的機會，不少乘客都會到月台上走一走，伸伸腿動動胳膊以舒緩疲勞，也有人順便買點吃食的。宿遷站到了，停十多分鐘，我下車散步，剛走了一個來回，就看見北大女學生站在車門口向外瞭望，但不下車來。我走過去生怯怯仰頭問她：「你也是趕北京開學的嗎？」

她點頭說：「是啊！」反問我：「你呢？」

我答：「我也是。據說這趟車到徐州站轉車，是嗎？」

她這時走到月台上，看看我才問：「你是哪個學校的？」

我答：「中央美術學院。」

她問：「你的校徽呢？」我把棉襖左裙敞開露出別在藍單掛上的校徽給她看，她仔細看了，好奇地說：「校徽還有綠顏色的！第一次見。」是的，我的校徽暗綠色底上金色字，不明顯，窄窄的橫長條上還有一棵松樹形圖案，更加複雜難辨認。

站台鈴聲響了，火車又要前行，我們伙同旅客走進車廂坐到各自的座位上。火車到蚌埠大站，要停二十多分鐘，我又走到月台散步，看到她站在月台中央和一個穿海軍服裝的人說話，過了一會兒我向他們走去，她見我走近，微笑著手指我對那海軍介紹：「他也是去北京上學，也要在徐州轉車。」那海軍轉過臉看著我說：「那可好，你們有伴啦！」他肩章上一槓兩顆星，是個中尉，三十來歲。他問了我在哪個學校讀書，學校在北京城的位置等等問題，我一一作答。他自我介紹說回部隊連雲港，也要在徐州轉車。他又叮嚀說，徐州是大站，中轉樞紐，上下車的人很多，要當心好自己的行李。不久，徐州站到了，果真大半車廂的人都下來了，我尾隨著她和海軍中尉下車並出站，中尉領我們走到候車室門外台階上對我們說：「時間還早，還有三、四個小時，不會讓你們進候車室內候車，你們只能在這裡等。」又加重語氣對我說：「你們兩人一起走，互相有個照應，她是女學生，你多照顧著點兒。」他揹起背包和提一手提包踏著堅定的步伐走了，頭也沒回。我們目送他的背影，直到淹沒在人群中。多少年後，慕珍和我多少遍回憶到這兒，後悔當初沒有留下他的名和姓，還有通訊處。不過，當時慕珍和我根本沒有一絲一毫想到將有這一生大姻緣啊！

中尉走後，我們辦好轉車去北京的簽票手續，時值正午，無風，不算太冷，就在站前廣場上候車。我們四處張望，都是北方老鄉短途旅客，哪有學生模樣的人啊？只有我們兩個學生。總算又乘上往北京方向的火車出發了，我們的座位挨著，逆車行方向而坐。進入夜間行車，沿途小站上下車的人越來越少，昏暗的燈光、混濁的空氣和緩慢節奏的搖晃都起著催眠作用，又累了近二十個小時，她睏了，慢慢進入夢鄉，頭部時不時靠近我的右肩，又時不時離開。我這個人坐車不易入睡，闔眼就算休息，聽著火車輪子單調重復的節奏。好幾年後我不止一次開玩笑說她靠到我肩頭睡覺時，她總要伸出手掌輕拍我肩背說：「造謠！造謠！」

車到天津西站停十多分鐘，她醒來問我：「到哪兒啦？」

「再過兩個多小時就到北京。」她聽了有點興奮，不睡了。於是我們小聲聊天，她問我的學校究竟在哪兒？我詳細告訴她就在北京商業中心王府井，離百貨大樓很近，走五分鐘路，跟東安市場貼隔壁。她說真沒想到大學開在市中心，北大在城外西北角好遠，她一個學期進不了一兩次城。我說是的，就像我去頤和園那麼難，太遠了。我又說晚飯後夜自修之前我們同學散步都可到百貨大樓轉一圈，其實根本不買什麼東西，由此引出她問我：「你能幫我打聽一件事嗎？在你順便去百貨大樓時。」她喜歡用倒裝句式。

我答：「好呀！什麼事？請說。」

她說：「我弟弟快結婚了，要買兩床線梯被面，崇明、上海都買不到，聽人說，北京有賣，所以我媽叫我到北京關心關心，我答應了，但真不知道哪一天進城，再說就那麼巧，進城一次就買到了？」

我答：「這不難，行。」

她又說：「真麻煩你了。真行？」

我說：「我也不用特別為你去找，哪一天閒來無事順便問一問而已，沒什麼的。」

說話間，火車停靠在北京站台上了。我們各自拿著極簡單的行李隨人流，鑽地道出站，走到站前廣場上，迎面看見耀眼的「北京大學接待站」的橫幅，橫幅下面兩張課桌旁坐著幾個學生做登記，好些個背著書包、行李放在隨身地上的北大學生在等待。她高興地說：「學校來校車接我們的。」接著問：「你怎麼走？」我說乘一〇三、一〇四路電車十五分鐘就到。

突然我們幾乎同時問對方：「你叫什麼名字？」

這才各人自報家門。又拿出紙筆寫下名姓、通訊處，留給我的字條上寫著：

陸慕珍　北京大學化學系　六〇—〇三級　宿舍三十六齋四〇八室

她唸我給她的字條：「張薔，好奇怪，像女性的名字。」

我沒啃聲。我們各自收好字條，手也沒握，她急匆匆奔向學校接待站，我走向一〇三路電車站。好幾年之後我才知道，她一向沒有跟人握手的習慣，反而覺得握手怪彆扭的。

後來怎麼買到線梯被面，又怎麼通知她等等細節全記不清了。不過由此我們斷斷續續有些交往，也就是偶爾寫封信而已。我給她的信他還唸給同宿舍的同學聽，沒有什麼祕密，好玩呀！元旦近了，我們班同學自製手繪賀年片，畫隻小熊貓一支嫩竹就好啦，我寄給朋友，也寄給她一份，她給同學們看，都很好奇。他們班有個男生好調皮，有時會在我給她的信封上畫一漫畫笑臉以取樂，她也不在乎，一笑了之。本來就沒什麼私情，坦然得很。有一年我們班去洛陽龍門石窟實習兩個來月，放暑假才回到學校，假期裡抽一天去看她，跟她講石窟寺裡有許許多多佛菩薩像，以及最大最莊嚴的盧舍那大佛特別的親切慈悲……過了好幾年偶然談到龍門石窟話題時，她才告訴我那次見面的印象我被曬得那麼黝黑，亮晶晶的，真是黑又亮，很是驚奇，可當時沒有把這種感覺告訴我，怕傷害我的自尊心。我去北大看她的次數比她到城裡來多好多，返往車資要六角錢，不便宜。我們常相約未名湖裡湖心亭見面，那是北大校園裡風景最優美的區域，湖心島連結湖的北岸，面積不到湖面十二分之一，島的東部築有一座八角亭子就是我們為之命名的湖心亭，木質，色澤斑駁，頗有韻致；亭的東側水面上停靠著一艘石舫，只存甲板，初看似個石質平台。十二層八檐磚塔從東南角倒影入湖，微波搖曳，自添生氣。週六下午沒有課或週日，我去看她時總帶一冊書，坐在亭子裡邊觀風景邊看書邊等她。坐在亭子裡還有一個便利條件，往西南方向看老遠就能看到她必經之路，所以，我每次都遠遠地看見她夾著藍布書包急忙忙地穿過小山丘、松樹林向湖心亭走來，她往往被校學生會（任過一、二年文化部長）或其它會議拖住而晚到，她總說：「對不起，讓你等了。」我常回答：「剛到。」或「一會兒。」當然最巧的是同時到達，格外驚喜。有一回不知怎麼談到什麼叫進步什麼叫落後的話題，我告訴她我還不是共青團員。在當時那種社會環境裡流行的意識總是以是否團員作為青年人進步與落後的標準，不料她卻不以為然，說出這樣的話來：「是不是團員不是衡量一個青年人好壞、進步與否的唯一標準，有些黨團員還不如未入黨入團的人呢。看人看問題可不能那麼簡單、機械。」當我告訴她我求學過程中的種種困惑和挫折感時，她同情我、鼓勵我，並說她反倒欣賞我的意志堅強，她說她自己「從小學到大學一路都是順順利利的，從來就覺得小學畢業後就應當上中學、上大學，這有什麼好懷疑的，順理成章。就像參加少先隊入團入黨一樣，也是應當這樣的。這一切發生在我的生活中，我自己都沒有想過要怎麼去追求，完全覺得前途就應當是這樣，早安排好了的。」我說我也不知道，無可奈何。後來我還是入了團，當我告訴她時，她高興地祝賀我，並補充說：「這是形式。」可見她思維的深刻和犀利。大約讀三年級下學期的時候，我身體不舒服，隔天到協和醫院打針吃藥，前後約一個學期。她知道後很為我擔心，怕我心情不好影響學業……是的，她的友善之心之情，令我不由自主地靠近她，喜歡她。

就讀北京大學化學系物理化學專業二年級時夏季，純潔熱情、善良可愛。

她第一次到學校來看我是在暑假裡的一天午後，她穿白色短袖衫，藍色人造棉裙子，赤腳穿黑色塑料涼鞋，頭髮紮兩個小角，簡潔樸素大方秀氣，給予我永遠不滅的印記。她和她的一個女伴一起來，到我宿舍小坐後，我提議陪她們去中國美術館看展覽，已記不清看的什麼展覽了，出得美術館，那個女生借故先回她的學院去了。就剩下我和她兩人，我們沿著一〇三路電車路線一直走，經北海、西四，出阜成門轉甘家口直到動物園，邊走邊說走了兩個多小時，我們一點兒不覺得累。她從動物園乘三十二路汽車到中關村站下車，進北大東南校門最方便了。我回頭乘一〇三路電車回校。

北大校園很大，可能僅次于清華園。有土丘有水有樹林，什麼燕園、未名湖、磚塔等等名目頗多。學生飯堂、圖書館就有好幾個，有一次路過一幢大樓，她告訴我她經常到這第三圖書館看書做作業，因為座位不足，學生多，所以往往在週日圖書館一開門，就去搶座位，把書包放在座位上再去食堂買吃的，晚來的人不會把別人的書包拿走，並承認座位已被佔用了，很是謙謙君子風度。我記住了。一個星期天午後我走進第三圖書館去找她，純粹是碰運氣。進門一看，分樓上樓下兩層，第一層裡一排排長條桌，整整齊齊，面對面八把椅子碼放有序，陽光從寬敞的玻璃窗送進，真個是几淨窗明的好去處，怪不得她那麼喜愛圖書館了，裡邊只有少數幾個空位，但有書包佔著座位，主人未到。大致二百多人正埋頭用功，鴉雀無聲，著實令我嘆服。我在門內目光四下一掃，還不及大半圈，就發覺這背影就是她，我輕手輕腳走向她的座位旁邊剛停下，我還沒想好怎麼出聲，她一抬頭猛然看見我，驚喜地說：「你先出去，我就來。」聲音小到只有我聽見，或者只是唇語吧。出得館外，她第一句就問我：「說好不見的，怎麼又來了？」我如實說：「下午實在沒事，想你就來了。」她又問我第二句：「怎麼知道我在這裡？」我答：「你忘掉有一次路過這裡，你告訴我常到第三圖書館看書的，我卻記住了。」她笑著嗔怪我：「你呀！」為這突如其來的相見，我倆心裡都有說不清的高興。

*****　　*****　　*****

一九六五年夏季畢業，我留校任教。我的同窗好友蔡清枝分配在美術研究所，在同一校園裡工作。一日，我約清枝同去北大看她，我一本正經地告訴她我被分配到新疆工作，她轉過頭去看清枝，清枝忍不住笑了，她立刻明白我誆她，回頭說：「我可要生氣了，你不能誆我。」我趕緊說尋個開心而已，不要認真。並如實告知，我教書，清枝搞研究。是日，我們三人在海淀老虎洞一家小飯鋪用餐，算是慶祝。

她讀六年制，所以還得讀一年書。可是六六年春，畢業班不做論文，卻被下放到京郊農村搞「四清」運動，她去了平谷縣軍庄公社灰口大隊，她寫信告訴我：這裡是半山區，現在正值梨、蘋果花開時節，紅白相間，滿山遍野，漂亮極了。老鄉淳樸無比，說是老解放區，卻生活仍然困苦得很，適齡兒童失學現象很普遍，令她疑惑。又說常到公社開會，晚間獨自一人走回大隊，房東告訴她要小心，春天裡常有野狼出沒。我建議她提一根木棒防身。她回答我：「不怕。」

不久，文化大革命開始了，他們被叫回學校，但不讀書搞革命貼大字報打派仗，校長陸平被揪被鬥，管不了畢業班的學生畢業大事。你看一個人的命運全被環境所左右，真是不可想像啊！全國學生大串聯，她去過成都、重慶、貴陽、韶山、石家庄等地。回京我們見面談到串聯時，才曉得她在成都的時期我和清枝也在成都，要是知道的話，總應該在成都見一面的，也許還可一同串聯去了。這是後話了。再後，她又和別系的小吳小李等好幾個女同學組成長征隊，從北京出發西行，經太原去延安。白天走路、演出流行的文藝節目，夜宿老鄉家，就這樣走了一四、五天，她們翻山越嶺，已經進入山西西部的呂梁山區，正在這時，廣播電台宣布大串聯結束，叫學生返校復課，於是她們打道回北京。可是老師在哪？學生在哪？仍舊一片混亂，打派仗佔山頭的情形愈演愈烈，武鬥之風強勁，為此，她寫了一份大字報，貼在北大著名的三角地：宣布退出新北大公社，擁護復課鬧革命。事後幾位好心的同學勸她收回聲明，仍留在新北大公社裡為好，否則，將來對你畢業分配工作有影響（意思是分配不到好工作好地方。她告訴我不在乎，並說這是私心）。也有同學勸她加入井崗山，她都

——婉拒。全班好像只有她一人不隸屬于某一個群眾組織，慕珍就是這樣的人。

果然，一九六七年底、六八年初宣布拖延了一年半之久的工作分配方案，叫她到位於河北省邯鄲市的六機部第七研究院第十八研究所工作。不過，當她告訴我這消息時，同時對我說也是對她自己說：「我會回到北京的。」我點頭贊同並對她說：「一定。」

一九六八年二月十六日，慕珍和我結婚的日子。距我倆第一次見面已經整整有六個年頭，從相知相識進入相愛而成就這段終生不渝的情愛生活，永遠珍藏於我倆心靈的最最深處。從此以後的三十五個春秋，她把無際的真摯的愛傾注於我和明兒蔚兒，一時一刻沒有缺失過，無論環境順逆善惡、狂風暴雨、嚴冬酷暑，她始終如一，永遠以陽光春風、溫暖慈愛沐浴籠罩我們這三個愚癡的男孩。反觀我給她的關愛遠不及她于萬一，真是天壤之別。根本稱不上的婚禮的婚禮在美術學院留學生樓最西頭的一間套房裡舉行，李麗、李洪鈞等幾位北大女生作為慕珍的伴娘和家人前來，和我這邊的朋友相聚一起，起哄熱鬧一番。有人要她唱歌，她說唱不好，但還是唱了。經不住人再三起哄又唱了一隻歌，後來還是北大娘家人出來幫她解圍，大喊：「陸慕珍，不該你唱了！」把目標轉向我。後來我倆談起這故事時她說：「我喜歡爽快，叫唱歌唱兩隻不就完了？哪曉得沒完沒了啦！把喉嚨都唱乾了。」我說：「不能說唱就唱，哪還有唱個完？」「這訣竅早不告訴我？」「我也是臨機想出來的。」還有一個節目很滑稽，有朋友假裝撿到我寫的一封情書，就開始胡編亂造，繪聲繪色如演戲道白，又不時有人插科打渾，惹得大家前仰後翻地哄堂大笑。慕珍對我說這個人真會編，有鼻子有眼的，真好笑。我們收到的禮物中最特別的是毛主席胸像立像十多件，石膏和塑料材質的都有，最惹眼的一尊通體染成金色戴一頂紅五星八角帽的立像，不倫不類。

婚後約一星期，我倆回崇明、海門拜望雙方父母雙親。領結婚證書要報出生年月日，她填一九四一年六月十八日（農曆）出生，二十七歲，生肖屬蛇（小龍）；我填一九四〇年六月十八日（農曆）出生，二十八歲，生肖屬龍。我倆是同月同日生，只是不同年，她比我小整整一歲三百六十五天。她不敢相信那麼巧，說要向我母親求證。所以到我父母家第二天早飯前，她就詢問我母親我的生日，我母親告訴她：「平兒的生日是六月十八日呀！」她高興得跳了起來，並把這原委一五一十地告訴我母親，我母親笑著說：「真有那麼巧！好合啊！」我父母很喜歡她，因為她講一口地道的崇明話，不夾帶普通話的字音，大家聽得懂，沒語言隔閡，好溝通。尤其我母親好脾氣，待人和善、直爽，正跟新兒媳性情相近，所以很合得來，自然容易親近熱絡了。我母親尊敬公婆長輩的名聲在外，七鄰八舍沒有不誇讚的，也從不與人家爭長論短。母親私下裡對我稱讚她和善，又說一個人是否和善和心地好是最要緊的。我的大妹張薇和小妹張芹說小嫂沒架子好說話。後三年，明兒出生，她缺少乳汁，就由大妹幫著餵奶，這樣我們之間來往的更機會多了，她讓明叫我大妹「媽媽」而不叫「姑媽」，越走越親近，她真正成了我們家的人了。二〇〇二年回海門在大妹家住了近一個月，他們的心裡話有時寧願跟她說而不對我講。

*****　　*****　　*****

時間過得真快，接獲通知叫她去工作單位報到，剛到十八研究所又獲通知，七院系統新來的大學生統統去湖北漢陽地區沉湖農場勞動。由解放軍組成的軍訓團管制，分為七個男子連，兩個女子連，春夏秋冬下農田栽種收割水稻，秋末冬季到造紙廠幹活，農閒時學毛選，鬥私批修，改造思想。這期間有一事值得一敘：

勞動快一年的時候，軍訓團派政工幹部到各連徵求大學生們對軍訓的反應、建議和意見，以備他們向上級彙報成績巨大，邀功請賞的。慕珍不明白他們善於陰陽兩套互用，誤以為他們謊言「言者無罪，保證不抓辮子不打棍子」為真，所以她帶頭向所在排的排長提意見，諸如強迫命令太多，不願聽取大學生們合理建議，不照顧女學生每月生理上的特殊性，尤其春天水田結著薄冰時一律下水等等。政工幹部回去以後不久，連長找慕珍談話兩次，中心意思是你是黨員，又是副指導員，有意見為什麼不先找指導員連長說，卻向軍訓團告狀。慕珍說這些意見都是向你們當面提過多少次的，你們就是不聽不改，再說向軍訓團反映也是我的權利。

她把事情點穿了，那還了得！等級森嚴的軍隊，連長就是一個小諸侯，習慣于在他的領地裡胡作非為，沒有少幹指鹿為馬的勾當。連長排長串通起來整她，其手法如製造萬千大小冤案一般無二。套路無非是：先假借學毛選提高認識以發動群眾，誘惑人性中非善非正的一面搞背靠背揭發，將謊言作證據，上綱上線，罪案成立，公開批判陷「敵人」于人民群眾的汪洋大海之中，然後「敵人認罪」，最終以無產階級大獲全勝唱凱歌為結束。不過現在這場戲只上演到扣她反對並破壞軍訓，反對接受工農兵再教育的帽子，逼她在全連大會上作過一次檢查這個階段，戛然而止。為什麼？俗話說：蒼天有眼。就是這個排長偷竊老鄉木板材料等財物的惡行被老鄉當場抓獲，軍訓團又派人來調查，才發現連排長公報私仇，才被制止，給慕珍平反，群眾又一次受教育。

三個月後，軍訓結束，在離開沉湖農場前夕的軍訓團表彰大會上，慕珍被評為接受工農兵再教育的先進典型，吃苦在先，堅持原則。……慕珍偶然談及此處，總坦然一笑說：「都過去了，想這何用？」其實我明白她何所指，早在六三年左近，還在大學讀書時代，報紙發表「九評」批判赫魯曉夫修正主義主張什麼「三和一少」，開會討論，慕珍發言：不打仗，很好，省下來的錢用于改善人民生活好。這段言論已被紀錄在黨支部書記的小本子上了，說她有修正主義思想。在當時這是一個大是大非的政治問題。她說過就忘掉，哪曉得靠搞政治思想工作吃飯的那群就像得到寶貝一樣，等待時機就可以藉此整人了。文化大革命中群眾查抄黑材料時，同學看見了才告訴她的，她一直蒙在鼓裡，全然不知不覺。

七十年代初，我們迎來了兩個男孩誕生，取名海明、海蔚。姓海，意在祝願他們心胸寬廣如大海，海納百川又不易受污染。長男名明，期盼光明、明朗；幼子名蔚，借蔚藍色之美形容大海，天水相接，渾然一體。他們未姓張也未姓陸而擇姓海，反映那個動蕩不堪年代裡我倆的惘然若失之感。我主張不姓張，因為我父親本是一位繪畫教師，而正值革命年代被鬥爭被打倒，連累我兩位妹妹不准上學讀書，荒唐至極，確是實事。我害怕這類連坐法危及後代，所以棄張姓。慕珍主張也不姓陸，理由是她心直口快，保不住哪一天獲禍害子。今天聽來，相當幼稚可笑。其實一旦被羅織罪名，所謂欲加之罪，何患無詞？在九百六十萬平方公里裡任你易姓換名，免不得遭受一番苦難。即使事過之後，向你賠禮道歉，做一場平反鬧劇，又有何補？何意義？但在其時，我倆是何等的慎重其事，豈敢以兒戲視之？記下此節，也算是對那個特殊年代留下一點小小的印記。

慕珍調回北京工作，大約是一九七四年間。七院總部在北京，十四所在北京，她從十八所調至十四所工作。既工作又帶孩子，忙碌是必然的，也憑添了那個年齡段的生活樂趣，慕珍更辛苦，每天上班帶海明、海蔚乘班車，到達單位後先送孩子進幼兒園，傍晚下班時從幼兒園把孩子接出來再乘班車回家，做晚飯，忙家務，夏季裡，每晚洗濯一家四口換洗衣物，收入完畢已很勞累，從無怨言。先住在美術學院大院裡，後分到了宿舍樓單元房，好高興呀！兩個孩子為我們的生活帶來許多歡樂，他們從不挑食，有葷吃葷，有素吃素，總是吃得香噴噴的，爽爽快快，慕珍常說：「兩隻小豬，好餵養。」他倆也不講究穿衣，從不羨慕小朋友的穿著而吵鬧過。海蔚有件黑燈心絨長棉衣，是用媽媽的舊上衣改做面子，舊襯衣做里子，中間鋪層棉花絮縫上，一針一線都是慕珍親手縫製。還沒上小學讀書，祖父教海明識字畫圖，他專心致志，踏實憨厚。他會一邊唱一邊表演：「張老三，我問你，你的家鄉在哪裡？……」他裝扮著彎腰、背手，一蹲一蹲漫步向前走……像小老人一般，表現一回引我們大家歡喜拍手叫好一回，可是海明總是不為所動，自顧自表演完畢。海蔚生下來不到三天，就會在眠床上翻身，向左或向右。

因為媽媽沒有乳汁，由外婆和小舅接回崇明餵奶粉沖的牛奶。他出生十五天就乘火車從北京到上海輾轉回崇明。慕珍跟我說：「在協和醫院產房裡，我聽見隔壁嬰兒房間裡那大聲哭喊的聲音就知道是我的孩子，怕他餓，趕緊跟護士說快去餵他呀！護士回答我剛給他餵過奶，吃多了不好。可是我怕他餓，心裡好急啊！」沒有乳汁餵兩個孩子，她一直引以為憾，孩子長大成年後，她還不止一次對他倆道歉：「媽媽對不起你們，沒有餵你們奶。」海蔚小時候常會感冒發燒，多次去兒童醫院急診，慕珍最是擔心受怕，等待的時刻最難捱，醫生見多了，不急不忙，可是我們心急火撩的，她比我更著急，難怪多少年後仍說：「孩子不管長到多大，都是媽的心頭肉。」說著順手一把摟抱住孩子們。海蔚的智力像媽，記憶、理解和領悟力都和我關係不多，長相卻像我。他未上小學讀書前，就讀完當年一部流行長篇小說《歐陽海之歌》，能把主要情節復述給我們三人聽。當然我相信他並非認識每一個字和明白所有字詞的含義，但讀小說本來並非必要如此呀！這一幕幕場景，邊寫邊現，我都不知道是欣喜呢還是心酸流淚呢？順其自然，也許兩者摻雜都有。

許國璋英語電台廣播教學開播，我們沒有錢買收音機，借了三十二元買一台熊貓牌半導體收音機收聽學習，每晚一到廣播時間，慕珍學英語，孩子從不打擾，她總說他倆是乖孩子好孩子。後來，七院十四所開辦英語提高班，由孫開遠老師任教，她那時已在院部工作，得李坤女副院長支持去提高班學英語，半日工作半日學習，收穫頗豐。孫老師是一位學識淵博受人尊敬的教授、長者，待人豁達大度。在日後交往中，我有幸多次向他請教受益。他豐富曲折的人生閱歷真是一部二十世紀中國知識分子斑斕史詩。

不久，七院獲得赴美留學的兩個名額，在全院系統舉行英語統一考試，結果慕珍獲第一名，因此她於一九八〇年秋季進入美國威廉・瑪麗海洋學院攻讀碩士，專修海洋化學專業。讀研究生是她的宿願，大學畢業時正值鬧文革，學校關門，哪還有研究生可讀？十四年後因緣際會，她才能了卻這心願。這時的她已年屆三十九歲，做了兩個孩子的媽媽，壯年的思維、記憶的能力已然遜色於青年時期，更何況有丈夫、孩子的情感維係，擺在她面前的困難重重，究竟去還是不去讀研究生？在一個短時間裡成為我倆反覆思考的難題。我們終於找到一個絕妙的問題問她也問我：「如果放棄這次機會，以後會不會後悔？」她告訴我會後悔。我也說我不支持你達成你的心願會後悔的。正在這時，清枝從廈門出差來京，我們以此問題詢問他的意見，他直接了當回答：「去！人家想出去出不了，你們倒猶豫不決！」他是晉江人，十有八、九的人家是僑眷，思路就是不一樣。

＊＊＊＊＊　　＊＊＊＊＊　　＊＊＊＊＊

就這樣慕珍做了中美建交以來第一批自費公派留學生。那時節中美還未通航，一九八〇年八月二十日她從北京出發，經卡拉奇轉巴黎，再飛越大西洋抵達華盛頓，繞了大半個地球。住進中國駐美國大使館招待所三天，然後由方教授來接，開車不足三小時抵達學校所在地維吉尼亞州諾福克市威廉斯堡。離開北京時，身上只帶按官方規定出國人員用人民幣換得的三十美元，住大使館招待所每天交五美元，三天共交一五美元，從使館購一條棉毯十元，僅剩五美元了，所以大使館借給她二百美元以維持最初的生活費用。她是該校第一位來自中國大陸的留學生，當地報紙採訪報導了她。

二十世紀八十年代初的早期留學生普遍年齡偏大，多數是六十年代文革前的大學本科畢業，因文革荒廢了多年業務實踐，現在要把十多年前的學業馬上撿起來，同西方學術機構的水準銜接並作為新的起點著實難度不小，壓力之大非個中人難以想像。當時外國媒體報導中國留學生因學業壓力而自殺於異國他鄉，絕非一、二特殊個案，引起國內教育部反省後明令不鼓勵留學生讀碩士、博士學位，改稱為「訪問學者」，意即在所學專業領域內學多少算多少，不用聽課修學分參加考試。不鼓勵讀學位不是不准讀學位，慕珍堅持讀學位，必然付出更多。

為導師研究課題每週做二十小時實驗的報酬就是獎學金的來源。尤其開初學業上的艱難和辛苦我在《陸慕珍海洋環境保護文集》的〈編輯緣起〉中已記萬一，此處不擬贅言。在這兩年間她的思想探索精神最真切最誠摯的記錄都保存於她和我的往來書信裡，總計三十萬言上下，至今完善無損一頁。假以時日，後五十年一百年，如有目光精湛者研究今天歷史，尤其是解析追求精神自由的知識分子的思想脈絡，這無疑是一份即使不是絕無僅有，也定是十分難覓、珍貴的第一手資料。誠然，究竟是爛紙一堆，還是寶物一件？智者見智，仁者見仁。

天道酬勤。歷經兩年辛勞，慕珍獲威廉．瑪麗學院海洋化學專業碩士學位，論文答辯通過，一天也不願耽擱，返回祖國，渴望見到親人！

她搭乘一九八二年一〇月九日夜十一時二十八分中國民航班機飛抵北京，她的母親、明兒和蔚兒和我到機場迎接，將相隔七百八十天積聚的親情完全熔融在緊密的擁抱之中，我們一家人永遠不分離！

休息一週後，她回第七研究院上班，院屬醫院管姓女醫生為她體檢，認為她機體透支過度，乏力、虛弱，因此讓她喝湯藥調劑兩月有餘，幫助彌補這兩年多來積欠下的虧損。

七院領導研究慕珍外出深造獲得的專長不能在本院範圍裡發揮，因為專業不對口，他們顧全大局，幫她尋找國內對口單位。不久，獲悉新組建的中國海洋石油總公司正缺海洋環保專業人才，八十三年春季，她順利轉到總公司安全環境保護部上班。她滿懷信心踏實愉快地工作，報效祖國的拳拳之心令她工作不辭勞苦。總公司和部門領導都充分信任她的專業能力並給予全力支持，使她為石油公司海上開採作業中的環境保護領域做了不少基礎性開創工作，如：制定條例、法規，環境評估，基本設施建設，工作指引手冊等等，有的參與討論有的組織領導有的直接實施，她深入天津塘沽、上海、廣東湛江等南黃海、東海、南海分公司，到海上採油平台實地考察了解基層實況，然後合理引進挪威、英國、丹麥、美國、加拿大等海上石油開採先進經驗並加以實施應用，直到取得成果為止。她代表中國海洋石油總公司出席在休斯頓召開的國際海洋環保研討會，第一次向世界同行報告中國保護海洋環境的現狀和未來的應對設想，得到與會專家熱烈歡迎。她將幾厚冊會議發言錄帶回國內並組織專家翻譯成中文出版，以供國內有關專家及同行參考。從出國留學、學成回國到中國海洋石油總公司工作的十年中（一九八〇－一九九〇），是她生命中最閃亮最開心最有成效的第一個十年，難以忘懷的「精忠報國」的十年，也是實踐她碩士論文獻辭：「獻給我的祖國和善良、公正的人們。」的十年。

任職於中國海洋石油總公司環境保護處，去廣州市出差，心情舒坦。

*****　　*****　　*****

人生有幾個十年可能做出成績？有人一個，有人兩個，有人……，她有兩個十年做出了成績。在開啟第二個十年之前，有一段與我關係極重要的插曲我不能隱匿不敘。

一九八九年夏季天安門屠殺，我得重病，險遭不測。我為之付出心血的藝術雜誌《美術史論》和《中國美術報》相繼被奪走，被勒令封閉。我被隔離審查交待所謂違反文藝方針、資產階級自由化和支持天安門民主運動等等莫須有的罪名而等候發落。當然有良知的人都明白其真相，完完全全是徹頭徹尾的封建極權主義的野蠻的反人道的行徑。孔子勸我：「道不行，乘桴浮于海。」我聽了孔子的話，面對絕壁懸崖，只有跳崖墮海，以求一線生存之機。天地確然太渺小了，滿虛空，遍法界，知我者唯慕珍一人。她義無反顧，暫時放下她心愛的海洋環境保護專業，暫時告別故土的親友和同事，還有那江河湖海，率領我們一家四口旅居加拿大溫哥華。

放下一切，從零開始。什麼高級工程師、處長、碩士、什麼房子……什麼名聞利養，統統放下，完全拋棄。這需要何等的勇氣和智慧？這需要何等的膽略和堅韌力？回答都得用「無上的」來形容才契合。就在這溫哥華，她去過兩家快餐店打工，還短期看護過老人，最長的工作時間一週七天。她在麥當勞工作時，右小臂上留下又一塊被熱油燙傷的傷疤。她是我們全家的頂樑柱，庇護三個男孩的好媽媽。度過最初階段最不能忘懷的移民生活。剛到溫哥華不出三個月，海蔚在溫哥華社區學院（VCC）旁聽英語、數學課程期間，數學老師推荐他代表VCC參加全北美中學生數學比賽，海蔚的成績為全省第一，這是VCC有史以來從未有過的殊榮，學院為之開慶祝晚宴，邀請慕珍和我和明全家出席，SFU大學數學系立即決定破格接收海蔚入學，免去托福等入學考試程序。這件事給了慕珍很多很深的安慰，孩子很爭氣。的確為移民生活初期的一大亮點，鼓舞著我們一家人。

不久，慕珍進入加拿大聯邦政府資助的移民女科學家培訓班。三個月後，被卑詩省電力公司發現她有北京大學畢業、美國海洋化學碩士、高級工程師、以及中國海洋石油環境保護的多年工作經驗等豐富背景，隨即提出希望她接受公司因找不到專家而擱置多年的一個研究項目，即：淨化水力發電廠鍋爐冷卻水，降低排放到海洋時的污染度，以利於海洋生物的生存環境，保護海洋自然生態。

因為這機遇，開始她第二個十年生命發光期。這個項目對她而言，完全是個全新的課題。她從了解、熟悉、搜集有關現況，尋找與這項目有關的已有英語文獻資料開始，思考解決問題的大致路向，找出研究的重點和可能出現問題的關鍵所在，提出初步的研究方案、步驟，預估達成研究的總目標。再後來，設計實驗方案並裝置流程、培育三文魚苗做試驗、測試水樣等等全過程，經過兩年多實驗、比較分析、研究，最終得出結論，海水溫度和氯氣使用量有關，找出某溫度下使用多少氯氣量，某溫度時停止使用氯氣的規律。使原來的排放水標準從一百個 PPB 一下子提高九倍，減到十個 PPB。這樣大幅度改善電廠排放入海灣的污水的純淨度，使海洋魚類、貝殼類生物和數不盡的微生物被污染的可能性減弱到最低度，有

赴倫敦考察海上石油汙染應急處理方案

益於維持海洋自然生態平衡。另外，從經濟效益上講，僅這一家電廠每年可節省數百萬加元。所以她這項獨立研究成功的成果被省府認定為新標準並推廣到一切與海水利用有關的工業，如化工廠、造紙廠等等。為此，CXY化工廠聘請她去作顧問，指導該廠採用減少海水被污染的新技術。中國來的專家考察後確認：中國現時用不上。十個PPB標準太高了，現在中國一百個PPB標準都達不到。不過，三十年以後中國肯定要採用新標準需要這新技術。那就等三十年後再說吧！

加拿大政府每年花幾千萬加元無償援助中國改善自然環境和農業方面的項目，由海外開發署負責實施。一九九六年起的近兩三年裡，慕珍參與了加拿大援助中國上海、青島、秦皇島等三個港口污水處理項目。她特別高興又能直接回到第一故鄉並為之服務。因為在中國海洋石油總公司工作時，曾負責安排加拿大海外開發署專家援助處理海洋油污染問題，這次，她又作為加拿大海外開發署派出的海洋科學家身分返回中國，雖然角色有異，卻目的同樣是解決中國海水被污染問題。回北京與交通部水運科學研究所老朋友會見並商談此合作項目各種安排和敲定程序，以及確定中國專業人員及專業負責人赴加培訓內容等一系列細節安排。又遊走上述三個港口實地考察了解情況，與港口專業技術人員交流等等。再順道回中國海洋石油總公司與老上司老朋友會面，感覺特別愉快。同行的Mr. Graham Seagel也是總公司的老朋友了，多年前曾訪問中國，並同總公司合作過。隨後，中國專業技術人員分兩批來加拿大培訓一個月或六個月不等，慕珍盡力安排好他們參觀訪問和實際技術操作的訓練，並邀請他們到家裡作客吃溫哥華有名的大螃蟹，「有朋從遠方來，不亦悅乎！」她喜歡誦古人言表達自己的心意，她喜歡看到朋友快樂、開心，尤其他們遠離親人過春節，從太平洋西岸來到了東岸，最好也能享受到家庭團聚的溫暖。他們中有認識多年的老朋友如張秀芝、王優生、趙前等，更多的是年輕的新朋友，她都把他們當作來自祖國的親人，並非僅僅是孤立的個人，所以有更深一層情愫在。

二〇〇二年我倆回北京再見他們時，尤其中國海洋石油總公司的同事和老上司們的誠摯和熱情，令我這個陪伴者深刻感受，相信她和他們的內心深處有許多默切是無法用言語詞彙達意的。而在慕珍，我知道她說的意思：地球是小了，難怪人們叫地球村，以前我在海洋石油總公司工作總覺得為祖國為養我育我的人民盡一份責，到了加拿大這個第二故鄉再返回中國工作有種異樣的比先前深一會體驗，這裡的人民，那裡的人民，還不是一樣的人民？都是人類的一分子。中國近海的水、加拿大西海岸的水，都是太平洋的水，減少哪裡的海水污染都對人類有益，都為人類的生存保有良好空間環境，怎麼能以國界、種族、文化的差異來分呢？她愈來愈覺得從事海洋環境保護工作，十分有意義，也更加喜歡了。

*****　*****　*****

退休後，她熱心去做義工，如食品救濟所、社區安全警訊所、社區服務中心以及中僑互助會（洽談了但還不及去）等機構，都是為社會底層公眾生活所必須的，她想通過這些服務更多更深入地去了解加拿大這個社會，尤其底層公眾的精神層面的歷史和現狀，在這個號稱福利社會的西方國家裡，公民享有的民主和自由以及社會財富分配方面究竟是如何體現的，公眾的公民意識建立在何種基礎上以及目前處於何種程度或等級；社會與個人的協調機制、原則和原理，個人自由民主等各種權利社會如何給予保障和限制；諸如此類社會的、哲學範疇的思考，她都興致盎然地去面對去挑戰，她提議創立的「粒子學會」在深度思考中力圖反映上述這些課題的進展以及終極思考：人類從哪兒來？每個人來這兒短短數十年究竟做什麼？人類又去哪兒？我承認這是些人類進入古文明社會就產生的老老問題，但對每一個個體生命而言，依然是一個逃避不了的全新的老問題，我倆也是一樣。

溫哥華二十街居家客廳北窗下席地而坐。

「做人做事，憑良心，必做到問心無愧。」慕珍如是說如是做。

九二年冬，著名藝術家朋友鍾橫協助我們購下一棟老屋以供全家人棲息，屋前屋後各有百年以上巨松一棵，夏蔭涼冬檔雪；屋右三株如山毛櫸，樹梢超屋脊，綠葉密蓋。慕珍喜歡稱我們的住房為「林間小屋」。一點不錯，閉門即深山，寂定增智慧。

室內沒有什麼不切實用的擺設，極普通的桌椅板凳和一架電視機，唯一的一組音響設備尚可，她愛聽《紅樓夢》、《孟麗君》等CD，外國民歌、電影《魂斷藍橋》主題歌〈人鬼情未了〉為最愛；《飄》、《咆哮山莊》、《簡愛》等浪漫主義電影每年覆映覆看；青少年時代喜讀的小說前文已提及，退休前後愛讀金庸、梁羽生等武俠小說，常與兩孩兒就此高談闊論韋小寶、郭靖、楊康、洪七公等……可親可愛的人物，此時刻最愜意最開懷。其實那是晚餐後「餐桌漫談」的一個專題而已，早在明、蔚上小學讀書之前就已開啟飯後聊天的風氣，初期多從認字、解字義始，比如：天字和大字和夫字和犬字的異同，好像從沒把夭字扯進去；後來玩接詞遊戲，如：明開手說：「欣欣向榮」，蔚接「榮華貴子」，媽接「子孫滿堂」，我接「堂堂皇皇」，又輪到明從「皇」字接下去，一直連接到大家找不到詞語為止。再後來，孩兒們智識逐漸豐富、智力開發增強，就小學校裡學校教育學生的一些現象討論，各抒己見，都是「餐桌漫談」的素材，有時為解某詞意而爭執不下，往往請出辭海、詞典作老師，其實也是獲得知識的一條路徑。再後來，尤其到了溫哥華，孩兒們閱讀面接觸面更形擴展，也有些像專題報告報導的樣子，其他人聽和提問，我記得海明講他初到加拿大只有三五個月，即隨一小組推銷百科全書去中部、東部幾個省份小城鎮、鄉村見聞；海蔚講天文學的粒子轉變雲動：慕珍和我都極仔細聽並不時提問，興趣濃厚。有時漫談的話題人人都想發言，情緒激越，音量放大，爭先恐後，回憶起來，仍激蕩我心。客廳素壁上掛幾幅字畫作點綴：我父親的寫意花卉、朋友董川的篆書、和在下的密不透風山水。

一九九四年聖誕夜全家合攝，歡樂無比，自左至右：長子海明、慕珍、幼子海蔚、慧山，攝於摯友Al Bonnie Brotherston家客廳。（Al 攝影）

男大當婚，女大當嫁。孩子長大成人必經之人生途徑，她回答海明找女朋友的標準時說道：「只要你們相愛，我們都接受。有善良的心，是最主要的。長得漂亮不漂亮並不重要，那是外在的，不長久。」這席話成了我倆對明兒、蔚兒兩兄弟日後自由戀愛結婚的原則建議。她曾嬉言：「我為張家生了兩個男孩，在舊社會已是功勞大大的了。」又嘗言：「好兒媳就是半個女兒啊！就像好女婿是半個兒子一樣。」明、蔚先後分別成婚，我們從來不催促他們馬上生兒育女。但她又承諾：「如果你們生了孩子，不論女孩男孩，有困難我們一定會協助幫忙。」

慕珍愛讀書，有一天到UBC遊玩，我們順便到這所大學註冊處轉轉，得知他們有好多科目供六十五歲以上老年人修課，不需入學考試，也不需交納學費，完全免費。慕珍和我說：「將來我學法語，只要到那時腦筋還好用。」學法語是她第一次到巴黎，聽巴黎人講法語發音那麼可愛突然萌發的想法，距說話時已有二十年之久了，她一直記在心上。她對北大校園也記憶猶新，多次和我和孩兒們說：「叫我再回北大讀書我都願意，一進校園一進圖書館，那安靜那年輕人的氣氛真叫我嚮往！」已購置《簡愛》、《咆哮山莊》和《傲慢與偏見》等英文版小說備讀。

穿衣喜寬鬆、隨意，紅、白、黑三色她最愛，尤以紅色更傾心。穿半新不舊的衣服舒心。吃飯不講究，有時愛吃帶皮紅燒肉，有一次趁我盛蔬菜的時候，她一口氣吃了三塊紅燒肉，然後故意問我發覺少了沒有？我回答：沒有啊！她後來自己當笑話講給朋友聽，引得大家哈哈大笑。晚歲三、五年喜素食，上海小油菜百吃不厭，也常食豆製品、喝自製豆漿、酸奶。還喜歡飯後吃一點甜食，如栗子麵鮮果蛋糕和麻團等，大約一月不到一次。愛吃水果，如：蘋果、水梨、橘、柚、柿、葡萄……不怎麼愛吃西瓜，但愛喝西瓜皮煮湯。晚歲酷嗜榴蓮、藍草莓。第一次吃的榴蓮是台灣朋友秀文和景瀚送的，以前見到商店有售，不知怎麼切開怎麼吃？味道又怎樣？從來不買。多虧秀文極力推荐才嚐試並愛吃了。說起吃水果，她告訴我她第一次吃香蕉的體驗，大約小學二、三年級的時候，有一天傍晚她父親從鎮上回家遞給她和弟弟各人一根香蕉，把玩好久不忍吃，待吃了頗覺其味特殊，幾十年勿忘。小時候和小朋友一起爬樹摘家種的梅、杏、柑吃，不等熟透，也不怕酸。

應摯友Ms. Hazel邀請乘遊艇環繞溫哥華海灣遊，船窗外背景為北溫山。

早先在北京，我寫文章她是第一讀者，直率給我批評建議，大至題旨小到用詞，常自信地對我說：幫你把關吶！又說讀你文章的感覺比面對你真人更有趣。後來在溫哥華，她常對我敘述她思考課題思路、以及成文的梗概，我說我不懂你專業，你對我說沒啥用，對牛彈琴。她鄭重地說：「你不是常從邏輯上提出問題嗎？這是幫我呀！其實更重要的你不知道，我向你敘述過程就是在整理思路，做深化一步的功夫啊！」是的，常常她說到一個地方，喊「等一等，等一等」，拿筆和紙把剛剛突然跳出來的想法趕緊記下來，就怕它跑掉抓不住。所以她一直說做新課題研究樂趣無窮，但嘆息年歲一年年老了。她又說：一般規律是年輕時代多做具體的項目，年齡大些或更大些做做指導，少動手了。可是我正相反，四十歲讀學位，補大學畢業論文似的；在海洋石油總公司倒是做了七、八年指導性工作，好，在加拿大又做具體項目，獨立研究獨立完成，想想人的一生真是受命運安排，自己怎麼能作得了主？再後來，在她再三督促、鼓勵和幫助之下，我終於完成了《最後一滴淚——中國美術報一四九〇夜》這部書稿，十五萬字，四十一個圖版。她還幫我騰清部分文字，我們一起拍攝圖版，她校讀初稿，提出好幾處重要修改意見。更何況《中國美術報》在那個時代能創辦，如果沒有她的堅定支持無疑是不可能實現的，在那本書裡我有敘述，處處印記著她的心血。所以，在那部書的扉頁上寫著：「獻給我的妻子陸慕珍女士。」她是當之無愧的。

慕珍喜歡油畫響亮豐富的色彩，喜歡文藝復興三傑的作品。二〇〇三年春天她陪我遊歐，到了凡蒂岡西斯廷大教堂天頂畫——〈最後的審判〉面前，仰望著米開朗琪羅這件驚世駭俗的巨作，她對我喃喃耳語，完全陶醉在豐富復雜的人物神情動態之中，思維興奮而敏捷；後來再看到佛羅倫薩美術學院保存的數十件完成和未完成的米氏人體石彫，包括舉世無雙的〈大衛〉在內，我們佩服到五體投地的程度，足足逗留了兩個小時以上。六百年來令萬萬千千人仰望這位曠世藝術大師，與達・芬奇和拉斐爾並列在一起堪稱文藝復興三巨人。後來的印象派繪畫色彩燦爛、活潑與她的性情契合，所以她喜愛他們許多許多畫作，莫奈畫荷花她最愛，她在那幅寬十餘米的〈塘荷〉前竟欣賞半小時以上。她想像力豐富，任意馳騁，我多次認真告訴她應寫小說，構想變幻奇妙，她回應我：「你寫。」

她對中國畫印象不太佳，不少作品墨色太重，不喜歡，但也有例外。二〇〇二年我們到南昌南郊外青雲觀，專門看八大山人陳列館的畫，我已轉過了一個廳，她走過來叫我回去看一幅梅花鹿，一幅枯枝殘葉蓮塘（都是丈八尺巨軸），頻頻指著畫心叫我看，我隨著她的手指方向使勁看並開動腦筋拚命想，我除了看見畫面形象之外並未悟到什麼，她有點失望：「你沒有看進去，裡面有東西！」她沒有再深說什麼，自個兒立在那兒品味，給我的印象是：她從這兩軸畫裡悟到了什麼，決非止于畫面形象。因我愚鈍不悟，大有「不為不知者道也」的意味。臨了，轉到青雲觀東南角八大山人墓旁，她說：「叩三個響頭，幫我照個相。」一照辦了。並對我說：「我要學畫畫，從八大山人學起。」我好高興地說：「正好你已退休，有時間了。」後來我們在北京買了《八大山人畫集》上下兩大冊，揹回溫哥華家裡。

二〇〇三年夏末遊加拿大東部渥太華、多倫多、蒙特利爾等市，從加拿大這邊眺望尼亞加拉大瀑布壯觀景象。（陸慕珍 攝）

二〇〇二年遊浙江普陀山，朝佛拜念，偶見一碩大佛字激動不已。遂以大佛字為背景攝影，留下永恆的心儀的記憶。

閱讀古典名著、聽音樂、與朋友聚會、旅行、親近大自然和漫步海灘等等都是我們的休閒方式。Kitsilano Beach海灘和Jaricho Beach海灘離家比較近，一五分鐘車程，所以經常去那邊走路或鍛鍊身體，藍天白雲、碧海綠樹、遠山黛黛時或白雪皚皚都會引起她欣賞和讚嘆。尤其晚霞多姿多彩、變幻無窮的美妙景致常常令她激動，一定會指給我看並讓我分享這快樂。她同時聯想到孩提時代辨認雲彩裡隱藏的馬車、飛鳥和亭台樓閣等仙人居所的樂趣。有時逢到濛濛細雨天，她會提議：「我們去散步，好嗎？」她特別喜歡雨中行，到海畔散步。我倆打一柄或兩柄傘，或依偎或獨行，沐浴在那天籟之中，欣喜地注目水面上升起的層層翳霧，海面更顯得茫茫無涯，雨珠兒打擊水面激起的一圈圈波紋，生滅倏然，妙趣橫生。眼前的情境洗濯我們心靈的煩惱，引發我們神思妙想；感嘆自然偉大之時，益覺我們自身之渺小，似小螞蟻小飛蟲似微塵，簡直完全可以忽略不計了。不過，她不像我會由此滑向散漫、茫然而無所作為的消沉狀態；她反是更謙卑更清醒而積極向上，健全樂觀，面向現實，盡心做有益于他人的事。這正顯示出我和她的境界差距。

有一天午後颳大風，房後松樹枝幹搖蕩不已，這真是溫哥華少見的天氣，平時都是斯斯文文的，總是微風和小風，真是「溫」和呀！我們慣常笑話真「溫」啊！她問我：「去海邊看浪有興趣嗎？」我說：「好啊。」到得Kitsilano Beach海灘，很少有人。海水趁著風勢正興風作浪，捲起千層雪，密集著衝向海灘，浪花激起一人來高。我們手拉手走近去，欣賞祂的強力和咆哮，把我們的頭髮快往後吹平，衣服前身緊貼，後身吹得飄舞像船帆。我們互相對話得大聲喊叫才能讓對方聽見，嘴裡已嚥進大口大口鹹濕的海風。後來天黑下來了，黑得那麼快，而且好像就壓倒在海面上了。黑夜黑風變幻莫測，而且我感覺它在不斷地擴展，像要吞噬這沙灘這陸地這些樹木這一切。我心裡有些怕，身上感覺又有點涼，提議回家。她卻對我喊：「多麼難得見到啊！再待一會兒。」後來我們坐到汽車裡又遠距離看了一會兒，她對我說：「少見呀！真難得一見的景觀！」平時見這海灣裡的水面總顯現平和安靜的模樣，不想也有發怒的時候，現時還不能稱之為狂暴或暴怒的程度，尚且已經如此，真是夷匪所思。慕珍自言自語道：「古人說水能載舟，亦能覆舟。多有道理！」

晚歲的她，悲天憫人的情結很深，看任何人都會深懷悲憫之心，站在他人立場上為他人設想過重過多，視己渺小「不如一隻螞蟻」，微不足道。二〇〇三年春天我倆漫遊歐洲一個月回到家裡，她極認真地對我說：「哥，我已經還了最後一個心願。以前我答應陪你去一次歐洲，看博物館，現在完成了，我再沒有什麼未了的心願了。」她把二〇〇二年回中國看親友看老同學，邀請她大哥到北京旅遊都說成是還心願。誠然，那次我倆還朝拜了那麼多的名剎古寺，也是還了一大願，如普陀山南海觀音，峨嵋山金頂普賢菩薩，南京棲霞寺、北京法源寺、戒台寺、潭柘寺以及其他好多寺廟。當然五台山、九華山未去成是一大遺憾，還說留到下一次從深圳入境看望南中國的朋友之後再北上。

*****　　*****　　*****

經歷過兩種不同質的社會，經驗過人世間多種多樣、變幻無常的景致，閱盡了從崇明和海門田野走到大都市的形形式式變型，還有翻讀過先聖先哲們遺贈給後人的種種智慧結晶的書卷，我倆攜手跨過了一輪甲子年代，已然淡化了被拋在身後的一切一切。所以慕珍常說：「當一個人對社會無所貢獻的時候，生命失去了意義，就可以走了。」她在生命的最後兩年裡，多次向我表達這樣的思考，我亦同意。然而我萬萬沒有料及來得那麼突然和迅速，她說到做到，相形之下，我是思想的叛徒、是罪犯。所以，本文一開始我就交待：我的心已經死掉了，兩年前。確確實實，確鑿無疑。

慕珍去了哪裡？是我兩年以來一直痛苦地追問的唯一問題。

有朋友告訴我：她在天上等著我們，你和她會有一天相見。

有朋友告訴我：她去了天國，進入天堂。

有朋友告訴我：她去的地方比我們這個世界好得多。

有朋友告訴我：她在天上界繼續修煉，你不要再打擾她。

有朋友告訴我：她已回西方淨土佛國實報莊嚴土。

有朋友告訴我：「我突然看見她，十七、八歲的摸樣，臉色很漂亮，白裡透紅，烏黑的頭髮向上挽一個髮髻，穿一件白色內衣，外罩一襲淺玫瑰紅色的道袍，緞子質地，隱約繪有孔雀圖案。她向我微微笑笑，好害羞的樣子。」（二〇〇三年十月十八日早上）

有朋友告訴我：「我去樓下開車去醫院看陸阿姨，就在這瞬間，我看到一條金色的龍橫空而出，在祂後面緊跟著一位十七、八歲的姑娘，兩個髮髻紮在左右兩邊，穿道袍……到了醫院才覺悟到這是陸阿姨升天的景象。」（二〇〇三年十月十六日早上）（二〇〇二年春末，慕珍和我回崇明，見到弟弟陸士傑時，弟弟對姐姐說：「我有個祕密一直不敢告訴你也沒有敢對任何人說過，怕洩露天機受罰。大約父親過世三、四年的時候，我接連做過三次夢：第一次夢見父親已修成一條龍，只見龍頭未見身體，在老宅東南角；第二次夢見父親已修成一條金色的龍在天空中飛翔，並對我說：『我是你爸。』第三次夢見父親已修成佛，就在侯家鎮南邊的廟裡，也是親口對我說：『我是你爸。』」今天我聯想：莫非金龍就是慕珍的父親現身來接引她女兒的，因為生前他們父女倆感情至深。父親仙逝對她打擊極重，近三十年時常縈繞她心頭，每每憶及父親，她神色凝重，黯然飲泣。）

我們的大兒子海明在二〇〇三年十一月二十四日做夢見到媽媽並和媽媽交談：

「我夢見媽媽閉目睡在床上，我跪在靠門的床邊，我看到媽媽的雙腿在被子下動，媽媽睜開雙眼，我喜悅地喊：『媽媽，您醒啦！您都好了，醫生瞎說……』媽媽微笑著說：『傻孩子，我已經圓滿了。』」（「圓滿」佛家語圓融和合，已經修滿正果成佛。）

慕珍六十二歲時畫像（水彩，長子海明收藏），友人畫家張頌南繪。

我做過許許多多次夢見到慕珍，一如往常世間生活，場景在北京、海門、溫哥華幾處都有，詳細記錄在我的日記裡，只有一回始覺她已回佛國而猛醒夢斷……

我願永遠做夢！永遠做那永續不斷又不醒的夢！

我自覺已徹悟：夢是什麼？夢即是人生啊！人生又是什麼？人生就是夢啊！

夢即人生！人生即夢！

所有一切都是鏡花水月！鏡花水月！

唯一不二，無有他哉！

二〇〇五年十二月十六日於靜虛齋

長眠於溫哥華中央公園南側 Ocean View Funeral Home and Burial Park 海景墓園。

【輯二】

四、駕鶴西歸兮——記陳風子長者兩三瑣事

陳風子先生駕白鶴西歸了，那是今年八月十二日晚霞撒滿天際的時刻。

三個月前我從外方行遊回溫哥華市郊野的茅齋，第二天接聽畫家李于琬君女士的電話，她告訴一個令我驚詫的消息，陳風子先生住進烈治文市立醫院，我問：「有多久了？」

她回答：「三個星期多了。」

我又問：「因為什麼毛病？」

她答：「不是十分清楚，四月中旬的一天，他和陳師母到川味館吃晚飯，可是那天晚上大約九、十點鐘陳先生頗感胃部不適，於是去了醫院看急診。經醫生一查，很快得到結論：胃出血。隨即被留下住院觀察並治療。」從這一夜起，先生就再也沒有機會回他居住了數十年熟悉的家屋裡了。說到川味館，先生是那餐館的老熟客，廳堂裡掛著先生的兩幅書法，其中一幅篆書李白的《月下獨酌》之三*，最膾炙人口了。

急診處理後，先生被轉到住院部繼續觀察。幾天後醫生又說他的胰臟部位發現微量出血，原因不明，需要留院觀察。先生已經不耐煩了，要求出院，但醫生不允許，出不了醫

院。先生已失去了行動自由，一向康健愛動樂觀的他怎麼受得了，竟然身不由己了？先生對醫院有一種天生的禁畏懼怕之心，平日裡連醫生他也以儘量少見為妙。

第二天午前，我約了行簡兄一起到醫院看望他，也是于女士告訴我先生住南區三百十七號病房。那是個週末，很少人，很安靜，我們不難找到了南區，值班醫生告訴我們在走廊裡靜候一會兒，因為護理人員正為陳先生做擦洗清理。待我們進入三十七號時，他已擁坐在一張可調節靠背坡度、並有墊腳蹬板的輪椅上，鼻孔裡塞著橡皮長管，連接在旁邊架子上吊著的一隻輸液瓶，說是正在輸液，已經多天沒有正常進食了，全靠輸液維持生命之需。我覺得他的臉頰消瘦了許多，本來不顯胖的兩腮向裡凹陷了，氣色似乎還好，雖沒有原先的紅潤，但也不特別顯憔悴，閉了眼睛養神。我倆輕輕走近他，分列左右兩旁，彎腰自報名姓，他聽見了，慢慢睜開眼來，臉上略過一絲微弱的笑意。他的手指似乎要動，我倆趕緊雙手捧住他的左右手，緊握著不鬆開。我嘴笨拙，在這種愁人的情景裡不知說些什麼才好，只好安慰他安心養病，過些日子我們陪他去飲茶之類讓他高興的話題。他用手指輕輕地撫摸代替了同意的回答。陳先生一直微合著眼，忽見他嘴唇輕輕地上下開合，我和行簡兄側過耳去諦聽：「好辛苦啊！」先生告訴我們他所面對病痛的深深的感受。

記憶裡，大約近十年了，我和妻子慕珍邀請先生和師母到國際觀音寺用素齋，並將臨時來溫哥華度假的李鑄晉先生伉儷介紹給他們認識，在齋堂見面、握手寒暄過後，行動矯健如青年的先生主動為李先生移動座椅，令李好奇地詢問陳的年齡，先生笑著回答：「八十八歲。」害得李先生怪不好意思的，趕緊轉身自己移動椅子，並歉意地喃喃低語：「我還是小弟弟。」

先生告訴我他年輕時愛練拳，練得一身好筋骨。時至今日，仍保持每天鍛鍊不綴，天不亮就起身，揮舞長劍於庭院中。他說古儒常備長劍於身，健身在先，防身其次。我想學舞劍，先生說：「從三才劍法學起，你來，我教你。」三才者，天地人也。說這話的時候，我剛移居到距先生府上很近的地方，走路差不多只需八分鐘。我還當面跟先生說，將來請教的機會多了，怕打擾他。他拉著我的左手說：「你隨時都可以來，歡迎。」

先生不善在眾多人群前講演，似乎稍顯木訥。溫哥華藝術界敬重陳先生德高望重，每每畫展開幕式都會請他致詞，他總是合十胸前說：「很好很好，我都畫不出來，請大家欣賞。」簡潔樸實的稱讚幾句。把時間讓給他人作長篇大論之用，他卻坐在那邊洗耳恭聽，也從不忘記鼓掌稱讚之。其實他的讚賀詞早已寫就，懸掛在展廳裡，多數為五言七言詩。

風子先生浙江諸暨人，明代畫家陳老蓮的同鄉本家。早年就讀于浙江大學工程系，畢業後參與隴海鐵路、川藏線上二郎山公路、青藏公路的建築。抗日戰爭期間任國民政府運輸局處長，歷盡艱辛將前線急需的作戰物資，從香港轉運至內地再轉到前方，克盡守職。每當他回憶敘述這段不尋常的故事時，他的眼神，他的手勢，他的言語之流暢和鏗鏘有力，我的思緒隨之而轉動起伏，深感他青壯年時代虎虎有生氣的膽識和力量。

先生一生分居大陸、香港、溫哥華三地，每地居住的時間分配也相差無幾，大陸三十七年；一九四八年移居香港初期，養兒育女，生活相當艱難，與夫人一起創辦雜誌，編輯年鑒，並開始了書法和篆刻生涯，潤筆之資用以養家糊口，也由此奠定了他日後以篆書及治印的藝術人生路向。七十年代初，先生移居加拿大，至今三十餘年間，從未返回故里，安居樂業於此。他嘗言溫哥華是難覓的人間樂土，纖毫無爽，知足者常樂也。

三年前春末料峭的一日，蔚兒從加州回家來，我們邀請先生伉儷、鳳章李先生伉儷、小坤顧先生、蔡杏莉博士、張麗娜畫家等名流在玉庭軒飲茶。為方便請益，蔚兒靠近先生的座位，每當蔚兒發問求教，先生必作周詳解答，敘述完備，使我等後輩有機會瞭解先生當年在大陸的種種經歷和諸多業績，並增添許多智見。先生時時謙卑地稱蔚兒為弟弟、弟弟。這次會面讓我極其罕見地感受到先生興致濃郁、熱情洋溢的談天說地場面。

去年隆冬時節，有一夜鵝毛大雪紛紛揚揚下得通宵不停。翌日清起，滿世界銀白如白糖，積雪幾達兩尺來深。午前十時，我踏雪出門去拜訪先生，當走進他們住宅區，從拐角處望過去，遠遠地就看見先生已經微啟門戶等候我了。待我跨入門檻，一把將我摟住，輕拍我的右肩膀，詢問我冷嗎？先生滿心歡喜地說笑道：「孟浩然風雪中騎驢過灞橋。」他用的唐人典故。我接過話頭也胡謅一句：「王子猷雪夜訪戴山陰道。」又趕緊補充道：「學生慧山踏雪尋師來了。」我們隨即爆發出一陣爽朗會心的歡笑聲。

正是這一回，在我們談話間，先生突然游離話題，對我正言道：「不要在乎兒子們打不打電話來，或多長時間給你一通電話。」我一時頗感不解其意，一臉疑惑。他繼續說下去，解釋給我聽，「我有一個兒子就住在溫哥華，他也不經常來電話的。」在我腦際突顯一個鏡頭，去年春季，先生為平整後院，自己開車出去買了三袋碎石子來鋪，每袋重五十磅，從前門進後門出到後庭園。搬第一袋時尚無沉重吃緊感，卻在搬動第二袋時一下閃了腰，頓時直不起腰，疼痛異常難熬。為此又針灸又理療又綁腰帶，最嚴重時夜不能眠，不能平躺也不能側臥，他指著餐桌旁的坐椅告訴我，「實在難熬時就坐在這裡等天明，兩臂靠在桌面上，像小學生午睡模樣一般，憩一會兒，合一合眼。」前前後後折騰了三、四個月，他一再說靠他強健的體質才這麼迅速恢復如初的。又聽他回到打電話的話題上來，他說：「早年在香港跟他學治印的一個學生，屈指算來已近四十個年頭了。後來這學生移民加拿大入大學讀書，畢業後在渥太華國家博物館做事，每週六上午必致電話過來，問候聊天談藝術，每次總要講兩個字（廣東話一小時叫一個字，兩個字即兩小時。）才收線，難為他多少年不輟。」有時還專門要和師母聊一陣，師母坐在一旁聽到這裡笑得合不攏嘴，心裡有多美多甜呀！當日的我真的並未十分理解先生這番話的深意，只是心中甚為這位遠方的學生所為而感動。過後，我尋思先生知道現今的我已孤雁一隻，我的情人加妻子已去西天淨土佛國四載了，不免老來寂莫之感，想兒想女的，先生他講他自己的故事，意在勸慰我理解兒女輩為事業為小家而奔忙不易，人間的世情世事不應過於看重，以釋我懷，用心實在良苦至善。

也正是這一回，先生看我注目他客廳裡手書陶潛飲酒詩第五首，他走過來對我說：「陶淵明的詩我最喜歡的就是這一首。」並吟咏開了：

結廬在人境　而無車馬喧　問君何能爾　心遠地自偏
采菊東籬下　悠然見南山　山氣日夕佳　飛鳥相與還
此中有深意　欲辯已忘言

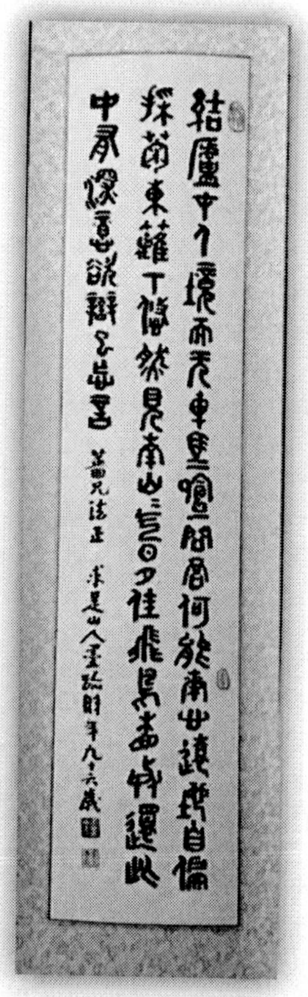

風子長者身健氣爽遠超世俗，九秩六歲高齡時親書陶潛詩贈予勉勵晚輩遠離塵世修身養性，意味深邃綿長。

我第一次見到聽到先生如此樂陶陶的快意情狀，怎能相信他已屆九秩又六的長者呢？先生轉過頭問我：「喜歡嗎？我寫一首送你。」我回答：「喜歡至極，愛之若狂。」半月之後，一些朋友再聚玉庭軒，先生拿出他篆刻的「百壽字」印品分贈諸後輩，提早賀歲，諸友歡欣滿心。當我走近他身畔問候時，先生將裹在大衣裡的一隻牛皮紙大口袋抽出來塞給我手裡，我問：「什麼？」他答：「寫好了。」我欣喜過望，一時語拙，竟說不出一句道謝的話來。陶詩陳篆，珠聯璧合，安置在我以靜虛齋命名的書房東牆面上，日日面對，時時憶念。

先生本名長風，旅居香港後期始以大號風子行於世。辛亥革命年誕生，生肖屬豕，享年九十有七個春秋。

先生西歸日後三四天，蔡博士見到我時說：「陳爺爺這麼好的人，不是去了西天佛國，至少也做了天人。」又問我：「你說他臨終時意念清醒不清醒？」我點頭給予肯定的回答。又自言自語：「回去給陳爺爺念經去。」我也彷彿自語道：「我為先生誦阿彌陀經去。」

二〇〇八年九月於靜虛齋

* 李白詩〈月下獨酌〉之三：

天若不愛酒　酒星不在天　地若不愛酒　地應無酒泉　天地既愛酒　飲酒不愧天
已聞清如聖　複道濁如賢　聖賢既已飲　何必求神仙　三杯通大道　一門合自然
但得醉中趣　勿爲醒者傳

五、憶風子先生

風子先生離開這個世界已經有五十多個月了，他的精神卻依然留存在我的心中不滅。他待人平和、謙虛，學識淳厚、精深，篆刻書法樸拙、自然，在在都值得我細細咀嚼和回味，平日裡的一言一行都是我學習的楷模。

十一月初的一天，謝琰先生由陳威廉先生陪同約我到禪悅齋用午餐。其時，謝先生興奮地向我談起他為紀念陳風子先生冥壽百歲籌備出一冊書的構想，並邀我寫一篇文字放進去，由他統籌。他還告訴我書名都想好了。我聽完謝先生的一席話，確然被他的熱忱感動了，況且他又拖著病體幾年來頑強地與癌癥作抗衡，我當即表明一定遵囑，記下我對風子先生的憶念。就成了這篇文字的由來。

一

有一年我從外地回來，聽蔡杏莉小姐說風子先生把腰扭了，約了時間同去看望他。剛進門把我嚇了一大跳，只見先生倦伏在餐廳長條餐桌西側，還歪過頭來說不便起身給我們倒茶。

記憶中往日裡拜望先生，先生知道我喜歡喝綠茶，總拿出珍藏的上好龍井茶讓我品嚐，並總是親自斟水泡茶，我趕緊跟進廚房搶著把杯端起來。今天見此狀此語，激起我心中一陣酸痛，不是滋味。好在Emily已經陳爺爺陳爺爺叫了好幾聲，大概也是心中疼痛，一時間不知說甚麼才好吧。先生招呼我們坐下，待我們落座時，不及我們詢問，先生自己就講開了：「近兩個月來我沒有睡過眠床，整日整宿伏在這張桌子上療傷休息。現在好多了，最難熬的日子已經過去，能這麼快恢復全靠我過去練功的底子。」叫我摸摸他後腰上綁的護腰圍，捆得緊緊的，紮紮實實的，紋絲兒不動。趁勢我問先生怎麼樣受傷的呢？先生告訴我們：「後院長雜草，要改鋪碎石子，就從商店買了幾袋回家，問題出在從前門車上搬到後院去，搬第一第二袋時不覺得怎麼費力，哪曉得搬第三袋時剛跨出後門一步，突然聽到咯吱一聲響，知道不好了，勉強把袋子放好，腰卻挺直不起來了。」說得那麼平淡、不經意，我可知道這年風子先生已經九十有二歲高齡了，每袋石子重約五十磅，焉能等閑視之！先生具備何等的堅強意志、何等的過人毅力、何等的親為親力和自強不息的品格，令我做晚輩的實難望其項背而汗顏不止。

二

好些年頭啦，大約已經過去了十二年的舊事。一天，李鳳章先生偕于琬君女士來舍下喝茶，那時我家還在溫哥華東區靠緬街住，他倆年長於我好多歲，老遠從列治文開車過來令我們夫婦心中甚是不安，喝茶時李先生很是慎重地向我提出一件事：為風子先生作傳記，要我來捉刀，問我願意不願意。

隨著李先生夫婦給我倆約略講述陳風子先生的豐富而鮮為人知的人生經歷，我倆都被深深感動。講到他從浙江大學畢業之後任職於民國政府期間，到西南地區開山建橋築路的故事特別感人。我順遂他們的話語想像著青年陳長風驕健身軀和意氣風發的神情，心頭捉摸著先生的傳記一定感人，傳之後世大有益處。同時自覺才疏學淺，無力勝任，十分慚愧和遺憾。真希望有能人為之。李先生也說這個寫傳的意思還沒有問過風子先生。過了一陣子，又見到李先生時他轉告我風子先生沒有作傳的意思。再後來我見到風子先生的時候，他明白告訴我不是不要我為他寫傳記，而是他自己覺得平平凡凡的一生實在沒有什麼好說好寫的，馬馬虎虎就這樣過來了。我明白這是謙詞，但也不好多說什麼了。風子先生的傳記留待他的學生或後來人去作了，然而我仍特別期望從他的傳記中讀到風子先生在壯年時期恰逢社會政治大動蕩裡那堅貞不渝的韌性、遭遇逆境審時度勢以求生存的智慧、以及精益求精的敬業態度的精彩篇章。我相信未來的讀者和我一樣會深受教益，並銘記於心間，即使想遺忘也難的。

三

有一日，一位篤信基督教某教派的朋友來茆簃告訴我：「昨天我給陳老師傳福音了。」她滿心的歡喜和滿足溢於言表，我理解她的心情，傳福音是基督徒們分內之事，畢生要做的大事。

不過，我有點好奇的是風子先生對佛學有研究有興趣，早些年在觀音寺組雲城雅集，與當地書法諸家交流敘誼，並為寺內藏經殿大門兩立柱書：「**寶殿莊嚴宏開淨域　覺行圓滿共證菩提**」，堪稱寺內法書之最，我每每到此，必駐足凝視默誦以內省之。思想至此遂向這位朋友讚道：「你真有辦法。」她即告訴我也不容易，曾約了好幾次，陳先生皆因事忙而未答應。後來大約有感於她的鍥而不捨精神轉而同意讓她去他家傳福音。當天她又約了另外一位教友同去，她們按約定時間進門時，看到陳先生早已作好準備等待著。他認真地聽她們兩個來小時的宣導，自始至終沒有打斷她們的話語也沒有提問，他們三人愉悅地完成了這次會面——傳福音聽宣導。我為風子先生也為她們兩位高興，他們的相互理解和合作共同完成了各自的心願，風子先生的仁慈心和平等眾生的觀念特別令我敬佩。

忘了是什麼因緣，一次風子先生跟我聊起宗教來，也許他知道我讀過一點佛經，也曾到佛寺去打過佛七等等，他在有意無意間開導我，卻是以極平淡的口吻從他自己說起的：「觀音寺要我寫字，我一定寫；前些日子一家教堂也要我寫字，我也寫。神明在天，我們在地，佛菩薩、基督都需敬仰，都不要得罪。」我十分佩服先生所言，並告訴他我讀《金剛經》、《阿彌陀經》、《妙法蓮華經》的粗淺心得，又說去寺廟朝拜佛菩薩的感受。他聽後跟我說：「信佛不一定要剃度、皈依，這只是一種外在的形式，我們不天天在學佛嗎？佛在我們心中。」風子先生短短幾句話提示我警醒我，趁一時之興，我就告訴他幾年前曾讀過一些印光法師的文字，相信現處在末法時期，他公開勸人在家修佛，不要去廟宇，還進一步說連廟宇都不必建造。印光法師的話深深印入我心中。風子先生聽了笑笑，輕聲又風趣地對我說：「還是做個居士好。」

四

有一回在玉庭軒飲茶，原先是我邀風子先生和師母的，同時又約了些朋友相陪，如顧小坤先生、李鳳章先生、于琬君女士、蔡杏莉小姐、張麗娜小姐，還有小犬海蔚正好從加州回家看我，就這樣在二樓定了一張大圓桌。當天風子先生先各位早早到了，他是玉庭軒的常客，和老闆及服務生很是稔熟。他這麼早到為甚麼？只為把一百元現鈔先押放在櫃檯上，與飯店員工串通好了。所以餐將畢，我離餐桌付賬時，收銀員大聲說已付過了。我們大家都很錯愕，他們卻哈哈大笑說：「我們聽陳老師的。」風子先生就是如此體恤照顧我們晚輩的。

餐桌上不知誰詢問風子先生哪一天生日，先生笑著回答：「天天生日，天天快樂。」引來大家嬉笑顏開。

這時，先生從口袋裡掏出錢夾，拔出一份汽車駕駛執照來對大家說：「你們看，剛新換的，這卡可用到我一百零一歲呢！」停一停，先生繼續說：「換執照的辦事人員說我是溫哥華持駕照年歲最長者啦。」我們聽了一陣歡欣祝賀聲，也把風子先生樂開了懷。駕照傳閱到我手中時我仔細端詳照片，先生天庭飽滿，輪廓分明，五官端正，兩道劍眉有力，目光炯炯有神，哪裡像是九十六歲高齡長者的模樣呢？記得十年前，他八十六歲時，有一次在我們溫哥華家裡午餐後好多人在一起品茗聊敘。三點鐘過後，風子先生突然起身向大家一合十，開言道：「各位慢慢敘，我要先走了。」見大家臉上掛著不解的神色，他解釋道：「我的小女在機場工作，下班時間快到了，我去接她。」大家又一變疑惑不解為驚訝佩服，一陣掌聲表達了由衷的一切。

今時此刻，風子先生在天上？在西天淨土佛國？在須彌山？在哪兒？——因為我愚鈍而無明。不過我彷彿看到風子先生在我等凡夫俗子不明的空間雲遊、篆刻、舞劍、練功，並在等待和接引必將先後前往拜見他的朋友、晚輩和學子們。

二〇一二年十一月十二日於茆簃

六、鍾橫先生——加拿大華裔藝術家第一人

巴塞羅那地標雕塑競標勝出

一九七〇年代法國與西班牙聯合修築連接兩國之間的高速公路正處于商談、設計過程，地處高速公路西班牙一側的古已有名的巴塞羅那市開始醞釀設置一個地標性雕塑作品，讓每一位從這條高速公路進入巴塞羅那市的旅遊者立刻感染到該城充滿神祕風情的活力，這活力又要與西班牙豐富艷麗、濃烈奔放的文化傳統相銜接融合。心態開放豁達的巴塞羅那市人向全球藝術家發出一個公開訊息——第一屆國際雕塑競賽（The First International Sculpture Competition, Autopista of Mediterranean, Spain），希望世界頂級的藝術家們都來投標競爭。

剛從香港移居到溫哥華市不足兩年的鍾橫正在就讀當地的一所藝術學院（The Vancouver School of Art）雕塑系，這項競賽的訊息令他心有所動，在仔細研讀競標書之後，開始做周密的準備工作：包括閱讀西班牙文學巨星塞萬提斯的《堂吉訶德》長篇小說，翻閱畢加索、達利等藝術家的畫冊，諦聽加里西亞民歌民曲，都只為找到西班牙民族文化傳統的感覺；與此同時他著力思考這座雕塑所處地理環境的特點：高速公路旁，空曠遼闊的空間，高瀨率車流的迅疾速度，都向作品提出了如何醒目，一瞬間的注視而留下印象呢？顯然

作品的長寬高三度空間的尺寸宜大不宜小，高速度下的物象越小越容易被視覺神經忽略，甚至根本就無法注意到，所以作品尺寸一定要大，要鉅大，才能給予視覺強力的震攝作用。其次要推究的是作品的形式，鉅大又繁富和鉅大又簡潔是擺在鍾橫面前的兩個選項。比如高迪富麗堂皇又幾乎不放過任何細節的裝飾風格建築在巴塞羅那市近百年中獨樹一幟，巴塞羅那市民已習慣地以高迪建築風格為驕傲，具有強力的傳統文化因素，順著傳統文化的軌道駕輕就熟走應該說是一種不壞的選擇，過往的許許多多藝術家都是這樣走過來，不過近現代藝術家的思考路線有了轉變，極簡主義雕塑藝術正在六七十年代的北美風雲突起，迎接方方面面的挑戰而企圖向歐洲擴張傳播，顯而易見從鍾橫最終完成的作品證明他選擇了後者——鉅大的尺寸和最簡潔的藝術處理手法，鍾橫給他的極簡主義雕塑作品取了一個復雜拗口的中文題目：〈**戲於線對線關係與面對面關係之間**〉，這件作品以不鏽鋼為材料，造型真是簡又而簡，兩塊長方體從天而降，以相對的方向成四十五度角斜插地面，在地表面擦肩相遇相溶；從另外的角度也可以這樣描述：兩塊鉅型不鏽鋼長方體從地表面以九十度角相交點出發，直刺天際。其氣勢銳不可擋，其精神高昂無比，其威力絕無窮盡，其鋼強堅不能屈。鍾橫創作這件作品時還沒有從學校畢業，年紀僅二十八歲，真是個稟賦聰穎之士。一舉奪標，鍾橫去了巴塞羅那市參與製作雕塑和安裝過程，回來後，鍾橫這個響亮的名字在溫哥華，以至全加拿大的藝術圈子裡迅速傳開了，這項殊榮確系加拿大華裔藝術家有史以來破天荒第一遭。

手執菸斗的鍾橫

創作靈感奔突如泉湧

接下來的七十年代裡，鍾橫又有兩件環境雕塑作品被豎立在公園裡，一件題名為〈**比華船紀念碑**〉（Monument S. S. Beaver），放置在卑斯省蘭裡堡（Fort Langley）國家歷史公園（National Historic Park）裡。蘭裡堡是一座最早通航並連接鐵路的港口型小城，水路和陸路交通發達，在早期開發西部加拿大發揮過重要作用，並擁有過它的黃金時期，國家歷史公園的建立正是促使人們不忘歷史的見證，在歷史公園的東北部十分靠近菲莎河支流與鐵道接近的地方建造了一座木結構大屋，裡面陳列著不少早年碼頭、火車站的黑白圖片和少些倉儲的實物，記錄了當時極盛的繁忙和興旺場景。鍾橫創作這座雕塑的原型是一艘頗有歷史價值的船舶，早在一八三五年它首航於北太平洋，一八五八年航行于溫哥華島與溫哥華市之間，到了一八八八年才停止了航行，這艘船的歷史印記著早期移民的奮鬥不息精神。雕塑以一組片狀鋼板組合象徵比華船頭尖角圓弧形導航作用，與另一組半圓形片狀鋼板組合象徵動力作用的水輪，龍骨將這兩組象徵物一前一後地連接成一件完整的作品，雕塑的穿透性很突出，從四面八方任何一個角度都具欣賞性，尤其與北邊的河流鐵道綠樹及遠山相當協調。鋼材漆成紅褐色，或許只是因為經過了三十多年的風雨雪霜的浸蝕金屬氧化作用的緣故，而顯得頗具滄桑與歷史感了。相對於溫哥華來說，蘭裡堡屬內陸河流港口，其重要性逐漸被瀕臨太平洋沿岸城市溫哥華所替代，更因為一九八六年世界博覽會在溫哥華舉行，溫哥華市的魅力彰顯和地位提昇迅疾，而蘭裡堡的角色急劇消褪和減弱，當年的雄姿慢慢被人們遺忘或淡化，鍾橫的這座雕塑與陳列館裡的圖片、實物正在一道繼續發揮著提醒和警示人們記住過往歷史的正面影響。

另一件作品是一九七七年創作的，較〈比華船紀念碑〉晚了兩年，現在放在西溫哥華海邊Ambleside Park的綠茵上，作品的標題是：**〈形成三個互相垂直面的回歸曲線〉**，那是鍾橫專為「北美木雕國際會議」（Wood Sculpture Symposium of the Americas）製作的雕塑，也是他唯一用木材為材料的雕塑作品。雕塑大約有三個成年人那麼高，淺絳色薄透明油漆讓原木質紋路都呈現得清清楚楚，遠遠望去那些用於連接厚實長木塊的深褐色圓形大螺母帽四個一排或六個一排都清晰可見，日曬夜露，三十四年來未曾見大加修葺過，卻依然保護得完好如初，足見作者當時選木材之嚴格精良和長遠之眼光，這也從側面反映出木材生產大國加拿大木材保護技術之精專了。鍾橫從標題給出了有兩項提示：一項是這座雕塑有三個互相垂直的面組成，一個大面和兩個小面（同樣尺寸），三個平面的關係是都成九十度角相交；另一項是說三個面形成曲線回歸。這裡必須說明一點，這三個面的文字表述似乎有些微侷限，所以也可以試著這樣說，三個面是中空的，這三個面實際上是三個框架，三個正方形框架構成的三個面之間的關係是互相垂直的。正因為是框架，中空的，鏤空的，既解決了雕塑的穿透性，不僅不會阻擋人們的景觀需要，而且幫助人們從三百六十度擴展了多樣選景的可能性；試想不中空的三塊厚實木質平面相交在一起會是一種多麼的尷尬和狼狽相啊！且極有可能早就被大風吹倒了。回想鍾橫曾多次對我說過：「我的作品都是經過數學精確計算過的。」我聽時還不十分明白所指，走筆到這裡我似乎才有所悟，到底他有土木工程知識作依靠的呀！因為是一大兩小的三個框架，也就有了沿框架的邊沿遊走是相通的可能，形成一條首尾相聯的曲線，無怪乎鍾橫稱它為「回歸曲線」，構思真是太巧妙了。

時間很快進入八十年代，鍾橫在前三年有密集的驚人創造。〈**通往西北通道之門**〉（一九八〇）於〈**喬治．溫哥華紀念碑**〉（Monument in Tribute to George Vancouver）競賽中勝出。〈彈簧〉（一九八一）為溫哥華市法院而作的雕塑（Sculpture for the Court House Complex）。〈十二頂點的古典平衡〉（一九八二）是安置在渥太華市立公園（Sculpture for public Park, Ottawa）裡的雕塑。

〈通往西北通道之門〉簡潔到了極致，用簡潔的文字表述——一個正方形框架，底邊中點被斜切後又被左右微微分開。所以從南北方向看是正方形框架，如「口」字形，若從東西方向觀察，如「人」字形。這作品聳立在海邊一座公園（Vanier Park）的一大片草地上，四周數百公尺裡無建築物和高大的喬木，東北西三面受海水環抱，大有頂天立地，唯我獨尊的恢巨集博大氣勢，作品好，選址也好。不過選址在先，作品製作在後，可見鍾橫具有因地度勢之法眼偉力。建立這雕塑的原意是為紀念一位探險家，他是英國人，名字叫喬治・溫哥華（George Vancouver），於一八七二年航行到這片荒無人煙的地方，他從這裡踏上陸地第一腳，也正是現在這座雕塑安放的地方，為紀念這位探險家就將這片土地上的昔日小漁村以他的姓氏溫哥華叫開了，經過了一百零八年的現代人想到要立碑紀念他。有意思的是過往今來的藝術史上還沒有過為一位人物立紀念碑而不選擇做人物頭像、胸像、半身像或全身像的（恕我寡聞又陋見），鍾橫卻獨出心裁，重在挖掘人物所為事蹟的價值及對後人的意義，溫哥華船長為後人打開了一條通道一扇門，原先幾乎與世隔絕的這塊可愛的土地甦醒了，英國人首先來了，西歐人亞洲人隨後絡絡續續各種膚色的人也都來了，才合成了今日溫哥華。今人不忘前人發現之功，是他——喬治・溫哥華把門打開的，又是另一位雕塑家——鍾橫把〈門〉立在這兒用以紀念溫哥華先生。雕塑三十多年下來，現已不復見早先鋼質的熠熠光亮，卻更呈現出敦實、沉重和蒼涼的性格。

鍾橫作品〈門〉的簽名

鍾橫作品〈門〉為紀念最早發現溫哥華的船長溫哥華而創作的，這雕塑矗立在他踏上這塊土地第一腳的地方，正對着西北方向的東太平洋（Emily 攝影）。

〈彈簧〉被安放在溫哥華法院北門入口處，結構異常單純，用一根剖面為正方形（每邊三十又二分之一公分）長鋼管按照掠衣服小木夾子的樣式連續繞五圓圈，兩端分別留出約四公尺以四十度角斜向伸出；也可以這樣描述：將掠衣小木夾子用的彈簧放大數十倍或者百數倍就是了。將彈簧底部固定於地面，兩端緊貼建築物的第二層牆面，令觀者產生視覺錯位，以為這彈簧支撐著龐大的建築物似的。當我第一次看到〈彈簧〉並在其表面上用手往返撫摸時禁不住笑出聲來，陪我去的鍾先生立刻笑盈盈的問我笑什麼？我告訴他：「我太佩服你的智慧了，我聯想到如果一個民主國家的司法是獨立的，公平和正義的，不受政府更不受政黨挾持或左右或影響，那是國本之根基，如果這座法院大廈象徵國家，那麼你的〈彈簧〉就是法律就是執法機構的象徵，支撐著它，不讓這幢大廈——國家傾斜或倒塌下來，其間自有彈性存在呵。你啊，殫精竭慮，勞苦功高！」他聽來哈哈大笑，左手握住我的左臂，伸出右手從我背後連拍我的右肩膀好幾下，口中連聲說：「請你去喝義大利濃咖啡，小杯的黑咖啡。」我明白他意指藝術家常聚居的康馬索大街（Commercial Dr.）上那家著名的義大利咖啡店。〈彈簧〉構思之巧妙不可言語，隨手拾起日常生活中常用之簡單物品，似不經意卻蘊涵了藝術家滿滿的才智啊！純色亮紅油漆漆成的〈彈簧〉在四周圍慘灰白色水泥牆麵包圍中非常突出搶眼，選用這純色就已功不可沒！

〈十二頂點的古典平衡〉是鍾橫又一件獨具匠心的傑構。基本原素與〈形成三個互相垂直面的回歸曲線〉相似，在構成上又有分別。我嚐試著分解開來看，他用了同樣體積同樣形狀同樣尺寸的十二根長立方木塊，每根木塊長、寬、高的比例均為一：一：三。有點像玩魔棍的意思，關鍵在於怎麼把這十二根木塊連接起來構成一件有意思的藝術作品，令他煞費苦心，可能做過不知多少次設計、計算和模擬實驗、修改，才得於如願以償。成為我們現在看到他最終完成的作品樣式，我揣摸是這樣構築而成的：任選長木立方塊的一條長邊為基準，從一頭與長邊垂直相交的另一短邊開始，沿此短邊線作四十五度平面切割，形成一個斜面（假定稱作「甲斜面」）；接著把這根長木方塊旋轉九十度，仍以原先的那條長邊為基準，從另一端同樣作四十五度平面切割，於是又形成一個斜面（假定稱作「乙斜面」），我們看到新產生的兩個平面處于原長立方木塊的兩端，它們既互不相接，又不互相平行或垂直，然而就因為這兩刀切割徹底改變了原來長立方體的形狀，我沒有找到一個現成的詞可以表述它。然後鍾橫將其餘十一塊作同樣的切割處理，再接下來將一根木塊的甲斜面與另一根木塊的乙斜面連接，繼續連接下去，再與另一根木塊的甲斜面連接起來——直至最終用盡了十二根木塊，則正正好好首尾完全相互連接了起來，就構成了我們現在看到的作品全貌了：底部三足鼎立，極端穩固的經典平衡。數學原理講兩點成線，三點成面，三足永遠比之四足凳穩固得多。我們試著在腦際裡也可以將其作品翻個個兒，上下顛倒，底朝天，面向下，仔細捉

〈十二頂點的古典平衡〉，安置於加拿大首都渥太華的公園，汲阿拉攝影。

模依然是原作的模樣，一無改變，確乎是恆長的經典平衡。以十二根木塊生出十二個頂端，創造了十二頂點結構的平衡雕塑，立於此，供人欣賞，無庸置疑，這是鍾橫聰敏才智的結晶和貢獻。誠然一位藝術家能在十分相近的時段裡創作風格迥異的作品，而且都是佳構，實為罕見，唯一可做的是斂衽讚譽之：那是原創力極端旺盛，靈感充沛活躍之巔峰時刻。若依創造心理學的說法，人類在三十至四十歲之間的創造力為最旺盛的年齡段。鍾橫正在這時段，倒是可以引證之一例了。

不過，一九八一年創作的第三件雕塑〈面與邊系列〉給了我些許聯想空間，它放置在西門菲莎大學（SFU）四角大廈南走廊外平臺上，五個同樣尺寸的正立方體一字兒排開，立方體每邊長九十一點五公分，每個正立方體間隔距離均為六十點一公分。為了文字說明的方便，我暫且按圖示從左至右分別編號第一第二……第五，鍾橫的實驗是用弧形線切割正立方體的邊下手的。第一個正立方體，維持原立方體不變，即十二根邊，六個平面都是正方形，二十四個直角；第二個正立方體，切割了最遠角的那條豎邊，四個平面都生出一個圓角，因此成不了正方形，剩下兩個平面是正方形，二十個直角；第三個正立方體，切割了左側面最遠角的那條豎邊和右側面下面的那條橫邊，即切割了一豎一橫兩條邊的結果是什麼呢？只剩下一個平面是正方形，一個平面有一個圓角，三個平面有兩個圓角，一個平面有三個圓角，十四個直角；第四個正立方體，切割了最近角的那條豎邊、又切割了右側面下面的那條橫邊、再切割了上部平面的遠處那條橫邊，合計切割了一豎兩橫三條邊之後的結果會怎樣呢？已經沒有一個正方形平面了，一下子突變為六個平面都有三個圓角，剩下六個直角。第五個立方體，切割了近處右側面上下兩條橫邊，又切割了遠處左側面左右兩條豎邊，合計切割了兩橫兩豎四條邊之後，竟然沒有一個正方形平面，六個平面二十四個角都成了圓角，直角消失殆盡。至此，遊戲結束了。

鍾橫玩了一個什麼樣的遊戲呢？他沒有告訴我，我猜想跟他曾經多次對我說過、前文已經引用過的那句話有關：「**我的作品都是經過數學精確計算過的。**」切割了硬梆梆的邊角直線為弧形線，直角平面改變為圓角平面，改變了幾何形物體的形狀，鍾橫用實驗的方法一步一步演示出來，從切割了一條邊線直至四條邊線對六個平面逐步的分別變化，最終的結論顯現在第五個立方體上，他宣稱：用這樣的孤形線切割法來切割一個立方體是最簡極獲取六個圓角平面正立方體的方法-只用切割了四條邊；換言之，如若要改變正立方體的二十四個直角為圓角，只需用他提供的方法切割這四條邊就能達至目標。如此觀察，的確是簡而又簡，可稱極簡的了。

鍾橫在翌年《無限對極限：非數理的自我本體對話》展覽畫冊扉頁上的一段話挪到這兒，也許有益於讀者對其作品的認識，這段話是：**「我所用每一個非人格化的幾何形式，它貢獻自有的邏輯。假如它能顯現出某些生命的實在或宇宙的某些眞理，這只不過是個人見解的反映。眞理，我是當我向形式的定義提出質問，它向我的本體意義提出挑戰。」**誠然，遊戲本身已經結束，再從觀察第五個正立方體的無直角造型，兩個垂直的平面由弧形切割而生出柔性的轉角，這柔性的造型元素在此已初見端倪，聰穎過人的鍾橫該不會想不到迅疾轉換到《十二頂點的古典平衡》上去，我猜測極有可能，這是天賦高人一等的創造者必然會走到這一步，直上頂峰，了卻心中大願。這件作品放在大學校園裡十二分的合適，它蘊藏著激勵年輕有為學子們，開動腦筋，深入探索！

老華工後代　侍母大孝子

鍾橫先生，本姓鍾名惠桐。初到溫哥華時逢人便自我介紹：「我叫鍾惠桐。」廣東來的朋友喜稱他「亞鍾」，西方人則稱他「Alan」。據他香港中學時代的校友陳萬雄先生在〈雕刻家鍾橫的戶外雕塑〉一文中說，鍾就讀藝術學院的時候，「開始踏出藝術家之夢的第一步，他認為偉大藝術家能縱橫四海，為彰顯大志，即改名鍾橫。」祖上廣東籍，祖父早年為修築橫貫加拿大東西部鐵路而橫渡太平洋做勞工，貢獻了畢生精力後長眠於本那比中央公園南側的海景墓園，現在的鍾氏墓地裡已經聚集了三代人，鍾橫的父親後來也隨他的祖父走了，接下來的八十年代末，他的弟弟在一次車禍中喪生，同在車上的母親因此而癱瘓，不能行走，隨後終年住進療養院，神志界於迷糊與清醒之間的交織狀態，端視生理機能的狀況而變化，後來漸趨穩定，雖然似乎思維能力有明顯好轉，但終未恢復說話能力而自住進療養院的那天起，他立下規矩自律，從此不離開溫哥華一整天，每天下午四時至六時必到母親床榻前陪伴她，她不便言語，但能聽，也能一知半解的思想，不管母親聽懂多少他堅持與母親講話溝通，她母親慢慢學會用嘴唇的開合、眼神的表情、頭頸的輕微搖動等細微動作表達她的意思，鍾橫當然心領神會。

他母親每餐都需要由看護餵食，唯有晚餐必由鍾橫親自餵食，自八十年代末至九十年代初的前三年裡沒有間斷過一日（一直延續到一九九三年夏鍾被發現身患癌癥赴多倫多求診時止）。每到週末，鍾橫接母親出院到市內中餐廳去飲茶解悶，也可改變一下療養院的飲食，回味他們早年居住香港時代飲早茶的習慣和那種感覺。為解決將輪椅平穩上移進入汽車，讓母親坐得安全又舒適，鍾橫動手設計改裝他的那輛七座車，從右後側面特製成一條鏈子昇降設備，令輪椅出入汽車既方便又安全。飲完茶又讓母親坐在輪椅上乘車回家，讓她在客廳看電視消遣，這時候的輪椅已向後仰作半躺半坐式，因為考慮坐輪椅時間過長會累人的，想得真是細緻周到，體貼入微。有一次鍾橫請我們一家人去用餐，還專門將他母親接到家，並把我們一一介紹給她，這是我們唯一的一次見到她老人家。鍾橫侍奉母親的這種母子情感之深之切足令天地為之動容，世間稀有。

話說到這兒，人們讀到這兒禁不住會發問：鍾橫為何如此之孝順母親呢？我沒有直接向鍾詢問過這問題，但我回想鍾橫平日對我講起過的家庭舊事中，讓我領會到他對母親的信任和尊重，鍾的父親早故，全依靠母親全力撫育和照料一家六口在加拿大這塊陌生的土地上拚搏成長，其間遭受的挫折和艱辛困苦難為人言，只有親身有過相似歷練者才會無言即明。鍾橫上有大姐二姐，下有一弟一妹，他排行老三，又是家中長男，最能理解做母親的心思，扶助母親主持家政，照顧好姐妹和弟弟是他義不容辭的職任，傳統意義上的長兄如父，大概就是這個意思了，也因此他最佩服母親的能力，母親在家中的絕對權力他是真心實意地接受和維護，即使碰到與私人意志相左時，他都能割捨自己去附和和滿足母親的意願。舉例來說，普通現代人視婚姻自主自由為天賦權利，且為國家法律條文認定，自己拿主意，從不去瞭解父母家人的感受和意見、建議，這方式已被普遍接受。鍾告訴我他與第一位情人來往已經好些年，卻一直踏不進婚姻這界域，原因不來自他倆不願意，而是他母親並不認同，不認同墨西哥女子做兒媳，就憑這一不是合適理由的理由令鍾橫和第一位情人分手了。鍾可能有一時的不情願和不愉快，但終究克服了，沒有對母親記下不了的情結。後來鍾又有了第二個情人，在一起相處了好些年頭，朋友圈子裡都知道又認同，我也見過好幾次，鍾在求治癌癥期間一直陪伴伺候他，有一個短時間鍾還搬到她在渥太華街的居所住，只為照顧鍾方便些。就是這樣一個女子，在鍾橫母親眼裡也未能被接納，允許結婚，所以鍾橫終生未娶，沒留下兒女，又孤零零地獨自早早走了。母親對鍾橫的婚姻似乎可以用得上專橫兩字來描述，通常也會被認為剝奪了兒子一生的幸幅，兒子對母親由此生出不滿、怨憤、疏遠、離棄親情之間的任何一種情形都好像是可以理解並接受的，可是鍾橫不與世間人情相合，寧願選擇報答母親恩情之路，這才是鍾橫自己。

初識鍾橫　相見恨晚

我和鍾橫第一次見面是由陳萬雄先生引領他來我們家的，事先陳先生只說有個朋友一起過來，沒有告訴我名姓，可以說我一無所知。那是一個午後，我聽到東山牆邊有零亂的腳步聲就迎了出去，陳先生是見過幾面的，另一位就是今天要介紹我們相識的朋友了，他中等個子，臉龐稍形瘦削中透露出秀氣，五官端正又稜角分明頗具性格，上鬚和下頦上蓄著一束不算長的虬鬚，雙眉濃重又寬闊卻不算長，一雙靈動的眼睛生機勃勃，目光閃耀著內在穿透力，就是「睿智」這兩個字的意思。到後來才發現他的頭髮攏到後腦紮個了小辮，當下在我的「歡迎」聲中兩雙手緊握到了一起，這一握手，發覺他的手掌大得可以，這一握手，發覺他是一個實在人，重情義之人。為什麼這麼說？社會上一般脾氣屬于敷衍的男人跟人握手時，免不了輕輕一觳了事的習氣。我倆不這樣，實實在在著力握住對方的手沒鬆開，都轉過頭來聽陳先生介紹：「他就是我跟你說過的張蕾。他是鍾橫。」就這樣我們一起走進茆舍喝水聊天，聊了一下午，聊什麼都記不清了。不由得都油然而生相見恨晚之感來，日後來往緊密，很快他成了我們一家人的朋友。一九九三春季的一天，他問我們夫婦倆：「有時我路過緬街，可以預先沒打電話就來敲門嗎？」我們給予肯定的回答。他爽朗又高興地笑了，我們之間又靠近了一步。原來此地把預先不打招呼冒然到訪視作不甚禮貌，只有很稔熟的朋友才可這樣隨意。

鍾先生生性熱情開朗，說話急速又大聲，大笑起來又旁若無人，用心卻很縝密，尤其熱情幫助需要幫助的朋友。一般新移民剛到埠，人生地不熟，兩眼一抹黑，此刻最需要得到指點，鍾先生往往就在此時出現了，並伸出援手。後來跟來自大陸的朋友一起憶念他時，幾乎每個人都會說出一兩件、兩三件甚或更多的來自他的幫助事例，事不分巨細，誠心幫助不欺生那是最重要的，他絕無一絲一毫一些老華僑欺新的惡陋習氣。他講廣東話還是香港話，我也分不清，總之開始不容易懂，半猜測半意會，有時就靠寫字來解決，大約過了一年時間，我們之間的交流已很少有語言上的障礙，原因不是我學會講廣東話，而是他講話更接近普通話了，他改進得很多很快，當我稱讚他時，他反而說都是向你們一家人學出來的嘛！他就是這樣的謙卑。

有一回他到我們租賃的第五街房子裡，正趕上晚餐時分，就在一起分享時，他忽然提了一個我們意想不到的問題：「你們租房住，月月付租金，為什麼不買座房？租金用來還貸款利息大概也差不多少，這樣幾年下來房子是你們自己的了，像現在這樣等於幫別人付房貸了。」其時我們剛來不足兩年，兩個孩子在上學，全靠我妻子的工資收入勉強維持家庭的所有開銷，哪有餘款去置房呢？我們還開著一輛價值兩千元的二手車，這車也是鍾先生幫著找的。所以聽了他異想天開的問題，我妻子立即答道：「一沒有錢，二也不會買，怎麼個買房法呀？」鍾先生說：「現在買房首付百分之二十五，利息不高，你們租的兩房一廳月租金近七百。如果房子值二十萬，除了首付款之外，貸款十五萬，利息大致一千元左右，比現在租金只多三百元，你總能負擔得起吧？」我妻子接著說：「每月一千元利息沒困難，問題難就難在到哪天才能積蓄出這首付款，比如說二十萬的房子，首付就要五萬，哪兒得湊齊這許多呢？」鍾先生又說了：「這就行了，每月銀行利息你付，首付款你們算算缺多少，這缺口我借給你們，我有錢放在銀行裡也沒多少利息。」我問：「真的嗎？」他說：「真的。」我說我寫個字據給你，他不高興地說：「要寫字據，就不借給你們了。」一餐下來，我們家竟決定買房子，是不是來得太快太突兀了？那個時代像我們家這樣的技術移民經濟都很拮据，又一時難於找到自己原來專業領域的工作，不像二十年後的今天大量投資移民般闊綽。這一席談話幾乎像天上掉下餡兒餅一樣，直讓我們一家人興奮不已。而在鍾先生則胸有成竹幫我們仔細考慮過了的，所以他又說明天帶兩冊書來——當時的房地產廣告，半年出一厚冊，約三、四百頁——給你們，你們先在書上找到合適的房子，然後找房產經紀人去看房。等你們覺得差不多了，驗房時我會去把把關，畢竟我學過土木工程建築的。兩個月後我們家搬進溫哥華二十街的住處，第一次在加拿大這塊土地上有了落地生根的感覺，我妻子十分感慨地對我說：「都是鍾先生一手幫我們的。」「是的，沒有他的引導和具體指點，我們還不知道推遲多少時日才能買房安定下來吶。」我沉思道。

複製民主女神像

我和鍾先生在一起談藝論道的日子裡，感覺他的內心似乎不太愉悅，「蹉跎歲月」四個字常掛在嘴邊。正在這時溫哥華支聯會為紀念六四天安門愛國遊行示威運動舉辦一次藝術展覽會，他積極投入組織和創作了一件作品參展，在當時是極具影響力的。緊接著支聯會意欲豎立一座複製的天安門民主女神像——天安門民主女神像在北京，僅存在不到一週七天的日子就被推倒了，可能創造了雕像壽命最短促的世界之最——當時的支聯會負責人李燦明在鍾橫的紀念文章中是這樣說的：「猶憶溫哥華支聯會於九零年為籌建民主女神像到處奔走，因多名雕塑家報價均超越支聯會預算，曾為此大費思量。其後幸得鍾橫自告奮勇，一口答應為民主女神塑像，其大德大勇，支聯會同人為之鼓舞。」李繼續寫道：「在塑製過程中，花費了鍾橫先生許多心血，在設計力求成本輕又可經久擺放，又有大理石的質感。這是海外最早豎立的大型中國民主女神像。」揭幕那天，鍾先生約我一起到UBC大學校區東南隅的廣場上，象徵自由和正義精神的民主女神像高擎火炬照耀著人民前進的道路，她就矗立在廣場的北端，正當前來參加揭幕禮的青年學生和同情支持六四運動的各界人士人潮鼎沸，紛紛發表即席演說之際，我們安坐在東南角的一個小土坡草地上遠遠地觀望暝想，思緒萬千。待到儀式結束時，許多人爭相擁上前去與女神像合影留念，鍾先生卻悄然離去，沒有人留意到民主女神像複製者的行蹤。於人世間追名逐利的渾濁汪洋大海之中，鍾橫先生竟瀟灑如此。

勇與癌癥周旋

一九九三年仲夏的一天傍晚，鍾橫先生來我們家說了一個震驚的消息，他身患肝癌，醫生告訴他已到晚期，只能存世三個月。我們聽了都目瞪口呆，怎麼能呢？不可能。我清記得兩三個星期前他來時說最近老像患感冒，乏力，我們勸他去看看醫生，他說是應該去看醫生了。平日裡他和我一樣不願見醫生，身體有些不舒服的時節，自我調理克服一下就過去了。回憶起這一陣子他一直在捏弄鉛團塊，本想用它作雕塑的材料，為研究其特性，已近個把月天天在工作室裡玩它，我妻子曾經提醒他鉛分子極容易令人中毒，尤其身體抵抗力疲弱時更會乘虛而入。鍾先生現在神清氣爽，哪有醫生所言的一點影子，所以我們說應該去復查驗證，搞清事實再說。鍾先生自已也不相信，他準備第二天去復查。又過了一個星期鍾先生說醫院確診為肝癌，並給出了一大堆檢查數據。此時的他反倒十分平靜，不相信只有存活三個月的診斷，也沒有一絲慌亂和恐懼的神態。我們與他討論如何選擇醫院醫生的事，他說出他獨特的見解，不去正規醫院也不找醫院裡的專科醫生，理由是如果這種醫生用藥能治好癌癥，那麼今天癌癥早就不列為絕癥了，住進醫院不過是送上去做試驗品而已。所以他信心十足地說，找偏方找民間郎中治療反倒有一線希望。說得不是沒有道理，從此就循這思路開始求醫求藥。

第一選中多倫多市，傳說那邊有個神醫如何如何神奇，於是女友陪他去了多倫多，三星期左右返回溫哥華，告訴我們那位神醫不露面，按其規則鍾將醫院檢驗數據、自我感覺寫成文字傳真給他，等他消息，其間不止一次地發傳真訊問，開始回答收到了資料，到後來既無回音又不讓見神醫一面，白白苦苦地住在旅館裡苦等虛耗，最終無果而回。

至一九九三年底早已超過了醫生危言聳聽的三個月，鍾的體力下降，體重也明顯下降，大約在年底或年初交接之際，鍾先生開始服用一種清水煎劑中藥，是從北京海淀區老虎廟有名有姓的一位醫生免費郵寄過來的，並申言治好了病才收錢，治不好不收錢，似乎蠻有把握的架式。鍾先生說開初兩付藥感覺有些作用，主要是幫助排泄，清理腸子或消化系統的異物，繼續飲服則感覺精疲力竭，又食欲大減。正值此時，我有事去北京，他就將目前的身體狀況寫成詳細文字和一些作為藥物的費用交給我，並將這位醫生的姓名、寄藥來的通訊處和電話號碼都寫給了我，以期我面見這位醫生請教下一步治療方案。可是蹊蹺得緊，我找到北京老虎廟地區後，就是找不見這位醫生所說的門牌號碼，於是我打電話，有人接聽，我將來意說明後，對方聲稱他不是醫生，他只是為醫生管理雜務者。又說醫生去了河南，我立即說我去河南面見醫生，他拒絕，說我不能去。轉而一想，那我將鍾先生病況詳細文字及藥費留給他由他轉給醫生也好，他也拒絕接收。當我告訴他我就在老虎廟地區的當口，他立刻掛斷了電話。我再也撥不通這個電話號碼的電話了。我在附近徘徊，發現有個小房子的牌子上寫著「居民委員會」，如遇救星一般推門進去，三幾個看上去很和氣的老太太正烤火取暖聊天，我將我的疑問一說，她們差不多以同樣的表情看著我，斬釘截鐵地否認那條胡同裡有這個號碼。她們都是管理這個地區的人還不知道有沒有這門牌號碼？顯見醫生給的號碼是杜撰的。我又發問有沒有個醫生叫ＸＸ，她們都說沒聽過這個名字。所有的線索都斷了，我的希望破滅了。我甚至疑心剛才接聽電話的就是這位神祕的醫生本人。我回到溫哥華後如實向鍾先生報告一遍詳情，我們都無可奈何地苦笑了，鍾先生說：「我懷疑寄給我的藥不過就是普通的竹葉。」

緊接著鍾先生香港的朋友打聽到金錢龜能治肝癌的秘方，又說香港有機會買到從大陸偷運過來的活金錢龜，因此，鍾決定很快動身去香港就醫。他到香港後我們總計通過兩次電話，第一次大約在他離溫市之後三兩個星期，告訴我們活金錢龜不是很容易買到的，所以等到現在才托人買到了一隻，好像也不能天天進補，過一兩個星期再買再食。第二次電話告訴我們他感覺渾身乏力難支，治癒的可能性很渺茫，他準備購機票回到溫哥華家裡來。我努力鼓舞他振作精神，說我們大家想念他，朋友們也都想念他，快回家來多熱鬧多好啊！這是我和他最後一次談話，是在電話的兩端，遠隔著渺茫無邊無際的太平洋。掛上電話後，我和妻子默然相對，沒有說話，心裡卻都湧起鍾橫先生去多倫多前夕在他庭院古松樹下慎重地對我倆說的那句話：**「我死也要回到溫哥華。」**

高空中遺世

一九九四年七月二十一日從香港直飛溫哥華的飛機起飛還不到半小時，鍾橫先生感覺呼吸困難，一直陪伴他的女友立即找機上服務小姐，機長知悉後立即返航著落香港機場，救護車已等候在停機坪旁，可惜在這特殊的半小時裡鍾橫先生已經告別了這塵世，去了他該去的美好世界，他在飛機上在空際中完成了生命的偉大轉變，充充實實僅用了四十八個春秋。

一星期後他終於回到了溫哥華，實現他生前最後一個願望，安靜地躺在木棺槨裡，安葬在海景墓園（Ocean View Cemetery）的東南隅，跟他的祖輩、父親和弟弟們組合成的鍾氏家族怡然自得。從墓園北高南低的地勢向南眺望一馬平川，菲莎河水日日夜夜向西流淌，永無止息！頭頂上闊曠無涯際的藍天映襯著的白雲綿延不斷地慢悠悠地正在空中自由飄蕩，地久天長！

二〇一一年二月於茆舍

七、我記憶中的王遜先生

上世紀六〇年代初，我就讀於北京城裡的中央美術學院。到了二年級第一學期時，王遜先生給我班開了中國古代繪畫理論課。現時我還清晰記得先生第一次走進教室的那個瞬間：我們班二十五位同學端坐在教室裡靜靜地等候先生到來，可是打開教室門進來的不是先生，而是系共產黨支部書記，他徑直大步走上講臺，神情嚴肅地環顧了一下教室，一字一句一板一眼地告誡我們：今天來給你們上課的王遜是個大右派分子，他是美術界江豐反黨集團的軍師、骨幹分子，所以同學們在聽課時要留心，要提高警惕，如果發現什麼問題，及時向我們支部報告。他又一次環顧教室的各個角落，走下講臺，跨過教室之門，才示意老早等候在教室門口外邊的王遜先生進教室。共產黨支部書記告訴我們王遜是個大右派分子時，不明他是有意還是無心忽略了稱謂，但願他是無心的。先生就是在忍受著這種屈辱中登上講臺的。

王遜先生左臂夾著書本和講義，右手擎著一隻白瓷茶蓋杯出現在教室門口裡邊，一副十分瘦削又蒼白的臉龐上，平靜得幾乎看不出任何表情，以緩緩的步子向講臺走來，他將茶杯輕放在講臺右上角，再把書本和講義放在講臺中央，才緩慢地抬起頭，不無羞澀地望一望同學們。只要你注意到過那一望的眼神，你會一輩子都忘不掉。王遜先生眼睛本來不大，甚至還可以說有些小，深陷的眼窠裡那深邃的目光充滿智慧和憐憫。「同學們，我們現在上課……。」教室裡鴉雀無聲，空氣顯得那麼凝重，近乎肅穆，可是先生的聲音竟然傳不到坐在後面三、四排同學的鼓膜上。同學們聽不清先生聲音的臉部表情，先生怎麼會看不到不明白呢？於是先生提高聲調的努力，我們同學們又怎麼會感覺不到呢？不一會兒，先生咳嗽了，連聲的咳，他連忙掏出一塊折疊得四四方方的白手帕，雙手捂住嘴，臉頰脹得通紅，他不好意思地轉過身去，背對著我們，隨著咳嗽聲高低強弱的變化節奏，先生的背部不停地抽搐聳動。打自這節課後每當先生來上課，好像是董川同學吧，總預先打好了一藍色鐵皮小圓孔暖瓶的開水放在講桌左上角，以便先生不用彎腰就可倒水。另外，還準備了一把學生椅放在講臺旁，請先生坐下來講，可是先生從來沒有坐過，仍然一直堅持站著講。即使咳嗽令他一時直不起腰來。

先生上了第一堂，又來上第二堂課……到後來我才聽說先生患過嚴重的肺病，是第三期還是第二期我不清楚，也沒敢問過他。又聽說，一九五七年反右派鬥爭後期，他被罰到北京東郊雙橋農場勞改，就是因為他患肺結核病的緣故，才沒有像其他右派分子那樣發配到東北北大荒或者西北新疆等氣候條件和生活環境惡劣的地方改造，僅就這一點而言，王遜先生還是應該感謝共產黨的恩情，你看黨多麼細微地區別對待、照顧那些反黨反社會主義的右派分子的。然而他的肺病並沒有因為雙橋農場和北大荒的不同地域和環境的異樣而有好轉，又是共產黨看到了需要照顧王遜先生的病情，終於允許並安排他回到位於城區中心地帶的中央美術學院院內圖書館做資料工作。顯而易見體力消耗不像田間勞動那麼大了，飲食上也許有所改善吧，再則服藥和看醫生總是比較方便一點吧，所以，我猜想至少有上面三方面的黨的關懷，王遜先生的病情才沒有朝嚴重惡化的方向去，保住了一條性命。事實勝於雄辯，現在他能登上講臺為我們上課就是明證啊。至於王遜先生自己怎麼看待的呢？是不是感恩呢？我不清楚，不過，不用著急，五年後那場曠古絕世的文化大革命運動開始後就明白了，在這風口浪尖上，王遜先生作為我們系唯一的教授、作為一九五七年的著名大右派分子這兩項頭銜，他又厄運難逃，又被抓出來，並被正名為反動學術權威、老右派，被造反派戲稱為「死老虎」。因為近幾年裡沒有什麼新罪行可被揭發，造反派叫他寫材料，交待西南聯大、清華大學期間的所謂歷史問題。

不久，還是系共產黨支部裡的人覺悟高，揭發出王遜先生的新問題，說他改造期間並不老實，在圖書館的資料堆裡整理、編寫卡片時，不思共產黨的關懷和照顧，竟然叫囂這期間「因禍得福」，令他閱讀到不少學術性質的資料。你想把正大光明的反右派鬥爭對他的揭發、批判、挽救和改造說成是「禍」，該當何罪啊！因此，為這「因禍得福」四個字，在系裡全體革命師生開大會批鬥過他。他在「坦白從寬，抗拒從嚴！」「敵人不投降就叫它滅亡！」的狂呼亂叫聲中只有低頭認罪了，並口中喃喃喃……，不知怎麼回答，革命群眾也沒聽清他說了什麼。但他作為老右派分子說出「因禍得福」四個字來，已足證他並沒有改造好，沒有感謝共產黨的恩情。而揭發這四個字的竟是已被當時造反派炮轟下臺的共產黨幹部，是不是應當算作覺悟高、黨性強呢？我真的也不知道。

一九六二年暑假。清枝兄和我都沒有錢買火車票回家，兩個來月大部分時間留在學校圖書館、宿舍裡和校尉營八號校園裡度過。一天午餐後，我們從學校食堂走回宿舍的路上，在二六六號公共教室旁看見王遜先生走進土山旁的小屋去，很是驚訝。以前我們從不知道老師們的住處，校內沒有教師宿舍，以為都住在南院、西夾道、煤碴胡同等處，現在看到先生走進那間小屋心裡狐疑得緊。因為土山上有一字排開的座西向東的五、六間磚瓦平房，陽光充足，土山北邊，貼著土山造一排房，只三間，最北頭一間用作賣飯票，我們每月至少都會進去一回兩回的，離土山遠，陽光從早晨到中午都能照進去。中間一間好像是為留學生做飯的廣東籍老溫師傅住。最南的一間緊貼著土山，中間沒有一絲空隙，後牆貼著二六六號教室的牆，左側是和溫師傅的隔牆，它的右前方也是東南方向有一座二層高的美術研究所樓房把陽光擋住了，所以這間小屋三面被包圍終年照不進一絲陽光，潮濕陰暗，夏天悶熱不透風，冬季無暖氣，只得生煤球爐子禦寒，那是一間永無天日的小黑屋。

隔一日，我們商定去拜訪王遜先生。夏日的傍晚，吃完晚飯，太陽還掛在天上老高。我們敲了先生的房門，聽到悉悉嗦嗦的腳步聲走近門來，先生沒問誰就打開了門，我們幾乎齊聲喊：王先生！他連聲說：請進來，請進來。隨手把門帶上了。電燈亮著，藉著燈光我才看清楚這是一間起居室，一張破損了扶手但乾淨的雙人沙發靠在南牆腳，沙發前一張舊木咖啡桌，北牆邊兩張學生木椅並排著，東牆窗前按一張學生用小課桌，上面堆了好幾冊書和稿紙、筆筒之類文具用品；西隔板南側開一扇門，掛一幅貴州藍印花布門簾，門左側一個三層舊木板搭的書架，碼滿了書籍，間隙裡還騰出地方放幾個陝北布老虎、小泥玩等民間飾物。我猜大概布簾裡才是先生的臥室，一個地地道道四壁無窗的小黑屋子，大約不足五、六平方米，臥房和起居間加起來也不會超過十二平方米吧。先生開始動手為我們煮咖啡，問我們喝得慣嗎？我回答好，並說這是我生平第一次喝咖啡；清枝兄是喝過的，他也說好喝。先生問我們放暑假為什麼沒回家？我們如實回答沒錢買火車票。先生接著又問我們的鄉里在哪兒，家裡有哪些人，父母做什麼的等等，我們都一一作答。後來談到目前學習上，先生教誨我們要多思考，藝術史上所謂有結論或流行的說法，仍是可以再思考再被質疑的，因為藝術問題往往不像科學研究那樣有這樣那樣的定論，更何況藝術研究學科又那樣的年輕。先生的講課就不重在傳授知識，而在提示方法，幫助學子探究學問的途徑以及指出那些未被前人觸及的方面，並期冀在前人探索的成果上再向前一步。

先生離開這塵世已經三十九個年頭了，那是一九六九年的春季裡。據說先生彌留之際，他的專案組負責人還親自趕往協和醫院告訴先生：你的歷史問題審查已有結論，沒有問題，予以解放。又據說先生吃力地眨了眨眼，嘴角似有若無地向上一翹，一句感謝的話都沒說，咽氣走了。有人感歎道：王先生終於聽到「解放」的結論，放心走了。也有人評說：先生對此不屑一顧，含有譏諷的意味。眾說紛紜，我們又何必認真計較這些呢。

記下這些往昔瑣事，又隔了這麼多年頭，也明知沒有什麼意義，但總是抹不去，姑且寫出來，總該可以忘卻了吧！

最末還需說幾句，感謝張曼君女士慷慨允諾，令斯書順利印刷出版，留存人間。還有我的大學老師、王遜先生的同事李松先生，他于斯書用力最多，我是在他的感化下才萌發編輯斯書的念想；他又為之作長序，所以我心存感激盡在情理之中。

二〇〇八年暮春　陰霾日　於靜虛齋

補記

系主任第一

中央美術學院美術史系於一九五七年反右前夕，由江豐院長提議創建，籌備工作在系主任王遜先生主持下進行，參加籌建工作的還有王琦、許幸之、金維諾等。那年暑期招生錄取了吉寶航、李松濤、奚傳績、范夢、范曾、周建夫等幾位新生，一切就緒只等秋季開學。天有不測天雲，六月初突如其來的反右派運動打斷了正常的部署，江豐被誣為反黨集團的頭子，王遜被定為江豐反黨集團的軍師，他們兩人紛紛中箭落馬，美術史系也就被扼殺而流產了。時間過了三年，到了一九六〇年美院在陳沛任書記時又揀取舊話題要辦美術史系，這次成了，但系主任已沒有王遜先生的份兒了，他還在勞動改造，直到兩年後他才勉強登上講臺為美術史系第一屆學子上課，前文已記述了他在教室門外旁聽系黨支部書記的一番話，他會作何感想呢？我是當年坐在教室裡聽講的一名學生，對這些政治鬥爭、人事變遷的史實一無所知，完全被蒙騙了，我相信我的同學們都和我一樣全被瞞住了。幸虧過後的歲月沒有完全白過，才逐漸理出個頭緒來，把它轉變為文字記錄下來，因為有人不希望把真相保留下來，希望集體健忘失憶，但是我的良心不答應，所以我在這兒記下：王遜先生是中央美術學院美術史系系主任第一。

右派分子檔案第二

有一年冬日，京城賊凍，不知從何處冒出一個怪念頭，花了幾天周折，費了不少無謂又似乎必須的口舌、填表等等手續，並被迫拍了一幀頭像照作為留底擔保了，才准允我走進京西海淀區白石橋西側外觀富麗堂皇的北京圖書館翻閱公開出版發行的《人民日報》。

在《人民日報》一九五七年八月二十八日第二版上我驚恐地看到王遜先生的名字用粗黑體刊登在大標題中，難得翻閱舊報，以免絕響，茲將原文照抄如下（原文無作者署名）：

爲抗拒黨的政策製造群衆基礎和理論根據
李宗津王遜是江豐集團的「軍師」

本報訊　江豐反黨集團的骨幹分子李宗津、王遜，通過民盟組織從事反共反社會主義的罪惡活動，已被揭發。從已揭發的材料說明，李宗津和王遜是江豐反黨集團的「軍師」和「理論家」。

李宗津和王遜都是中央美術學院的教授。王遜是學院民盟支部的主任委員，李宗津是組織委員。這兩個右派分子在反動的「五月會議」（以江豐為首的美術界右派分子發動的向黨進攻的高潮）中起了重要作用。他們不僅是這次會議的參加者，而且是積極的組織者和謀劃者。這次會議的策劃工作，有一次是在李宗津家裡進行的。參加者有江豐、彥涵、洪波、董希文等人。早在會議以前，李宗津、王遜就利用一切機會反對黨對國畫的政策。在盟的會議、教學會議、學術性會議以及《美術研究》等刊物上，藉口學術討論，打擊美協和文化部的威信。民盟在美術學院舉辦的「文藝沙龍」，成了鞏固江豐反黨文藝思想的中心。在五月會議上，王遜攻擊人民日報，攻擊文化部領導同志，他把中宣部和文化部根據毛主席的指示改進國畫工作的措施，說成是「打擊江豐」，是「一陣風」。李宗津在會上吹捧反黨分子江豐，他把江豐說成是「最辛勤、踏實地為新中國美術事業，為貫徹毛主席的文藝方針而努力工作著」的唯一的「領導者」。「五月會議」以後，王遜曾利用職權在《美術》月刊編輯部再三爭執，要縮減畫頁篇幅，將會議記錄在《美術》月刊全文發表，打算在全國美術界煽起反黨火焰。

和黨提出「長期共存、互相監督」的方針相反，王遜竟公然提出了「事先監督」的反動口號，來與黨抗衡。所謂「事先監督」，就是學院中一切重大措施，都要事先取得盟的同意。他們妄圖以盟代黨。事實上在江豐支持下，他們早已通過盟干涉美院各系工作，甚至人事安排。最為惡毒的是他們還企圖藉故干涉黨的事務：王遜把江豐的反黨活動，說成是江豐和美協負責同志的「宗派鬥爭」，他們竟宣稱：要由民盟出面，來調解共產黨內的「宗派鬥爭」。他們的組織工作是按照民盟市委右派分子馮亦代的指示行事的。馮亦代在整風前曾到學院「指示」工作，批評他們發展盟員工作「落後」，「人為地提高了條件」；接著，李宗津、王遜等就著手在全院中、高級教學幹部中不擇手段地大發展。李宗津、王遜利用民盟進行的反黨活動，很受江豐賞識。江豐提出的「公私合營」辦院計劃，就曾先在盟內徵求意見。王遜看過。江豐還托盟搞好統戰工作。李宗津通過黨內右派分子，還可看到黨內機密文件。李宗津、王遜說：「江豐的意志貫徹不下去時，盟應該起作用。」

李宗津平日在學院內一貫飛揚拔扈。他常說：「江豐的意見，就是我的意見；我的意見，就是江豐的意見。」他利用民盟組織，強制盟員「統一對國畫的認識」，為江豐抗拒黨的國畫政策製造群眾基礎。在盟為這個目的召集的一些學術性會議上，只許李宗津等人販賣他們對民族遺產的虛無主義思想，凡是不同意他們意見的，就被壓制發言，橫加打擊。他們還把接受黨的政策，願意改變自己錯誤看法的盟員，稱作「動搖」。李宗津是宣傳「國畫不科學」、「國畫不能反映生活」等謬論的最勇猛的「炮手」。江豐對過去一年黨領導的美術事業，作了「進一步、退二步」的機會主義結論，李宗津就要發動盟內力量整理一年來的美術資料，來證明江豐結論的「正確」，由於彩墨畫系教授張仃不同意他們的虛無主義思想，李宗津就對張仃打擊。李宗津還利用教學散佈毒素，他向學生宣傳藝術事業「今不如昔」，說解放後藝術技巧衰落了，這是「不可否認的客觀事實」，其原因是由於畫家作畫時要考慮黨的政策。他向學生吹捧右派分子錢偉長「對科學負責」，費孝通「心地善良」，李宗恩「對業務刻苦努力」。他甚至向學生宣傳說：胡適主要還是學者。李宗津為什麼極力宣揚這些人呢，原來他們是一夥的。李宗津從前的一個學生，寫信給中央美術學院整風領導小組，揭發了他的醜惡歷史：李宗津出身官僚地主家庭。解放以前，曾給蔣介石畫過全身像和騎馬掛軍刀的油畫，歌頌這個人民的公敵。當蔣介石發動青年參加青年軍時，李宗津還曾到學生家裡去做宣傳鼓動。

在美術界座談會上，群眾撕下了王遜的「學術」面具。王遜是江豐的「智囊人物」。江豐反對黨的文藝方針，王遜為他提供「理論」根據；江豐污蔑造謠攻擊黨的時候，王遜供給「子彈」。為了證明江豐反對國畫是正確的，王遜污蔑說當代的老國畫家繼承的繪畫遺產，所有的只是「糟粕」，不是「精華」。周揚同志召集美院教授談話，沒有請他，他卻準備了一套發言內容，要教授們去為江豐的反黨文藝思想辨護。王遜還一貫利用黨的事業來實現個人的野心。一九五三年，文化部為了加強對國畫工作的領導，籌備創立民族美術研究所。王遜在江豐的支持下，竟然利用研究所的工作人員，為他搜集美術史研究的資料，把研究所變成了為自己研究工作服務的資料室。

王遜先生獲得黨報《人民日報》點名批判的殊榮之餘，從所謂「學術」角度深入揭發的跟進文章中值得一讀的是中央美院國畫系教授葉淺予寫的〈**揭開江豐反黨集團的學術外**

衣〉，頗能代表從所謂學術角度的武斷和棒殺，下手毫不留情又蠻不講理，也可見一斑。故將關於王遜先生的部分摘錄如下：

> 王遜在一九五四年曾經寫過一篇有名的文章，反對學習國畫的傳統技法。他說：民族繪畫的技法，只能描寫固定的客觀對象和定型的表情，是死的方法；而西洋繪畫中的科學寫實技術可以描寫任何事物，是活的方法。並且強調：有志於改進國畫現狀的畫家必須先學會這樣一種活的方法，並且要用這種科學的寫實方法整理傳統技法。很顯然，王遜爲江豐認爲中國畫「落後」和「不科學」作了巧妙的註解。使江豐反對學習傳統有了所謂理論武器。

王遜的中國美術史提綱，也是在江豐的中國畫不科學的思想下編寫出來的，因此他對否定的部分說得比較具體，肯定的部分比較籠統，因為他是在運用西洋繪畫中的科學寫實技術的觀點來觀察中國畫的。後來江豐要王遜研究元明清繪畫和西洋印象主義繪畫的反現實主義問題，還想一筆抹殺元代以後的中國畫。

葉先生的結論是：他們（文內指江豐反黨集團成員王遜、李宗津、莫朴、王曼碩）打著「學術」的幌子，販賣民族虛無主義思想，向黨的「百花齊放」政策進攻。

後來我有機會見到一九七八年為王遜先生寫平反材料的兩位美院先生並詢問相關問題，他們說這批材料現在都存著，沒銷毀，應該在院黨委檔案櫃裡，要查看並不難，反右距今已逾五十年，理應解密了。同時在座的一位先生主動向我提供協助，寫下了可找誰誰的名姓和電話號碼給我，又說這些人你都認識，查看平反材料不難，打個電話去好了。在餘下的時間裡我給這人那人重複打了好多通電話，回答不外乎幾種情況：「過去那麼多年了，看它有什麼用呀？」「你咋一提，我還真一時記不起來，待我想想，再聯絡吧。」「這個我作不了主，得請示領導再說。」「我不經手多年了，查看手續蠻複雜的，你看等一等怎麼樣？」軟釘子碰了又碰，推、拖、耗的戰術弄得我不知所措，逼得我偃旗息鼓，自動放棄，他們中的任何人一律都操小聲和氣的改良官腔，也沒有人說過不准查看的狠話，和和氣氣地逼你走，直到今你自己死了這條心為止，總算達到了本不願讓人查閱的目的。我卻至今不明白究竟為何？

再後來，一位高人不知從哪兒聽聞我要查閱王遜先生的反右檔案材料，我們見面時他抿嘴微笑，只說一字：**難**。我也只有點頭認可，不語。不料他從一隻十六開大小的黃色牛皮紙口袋中抖落出來幾張複印紙來，標題明明白白地寫著：**〈關於江豐同志在一九五七年被定爲右派分子問題的復查結論〉**。（一九七八年十月七日）

我如獲至寶，詢問道：「給我？」

「是給你的，只有一個條件，答應我永遠不向人透露我是誰。」

「我答應，永遠保守祕密。」我回答，又慎重地道：「謝謝你，讓我瞭解事實真相。」找不到王遜先生的《右派分子處理登記表》和《復查結論》檔案材料，天佑我得到這份材料，因此不敢祕而不宣，借此難得機會發表於此，曬曬太陽，見證在陰謀變陽謀論下的一九五七年反右派運動何等的卑鄙骯髒，何等的荒唐滑稽，何等的草菅人命，完完全全是封建專制制度下棒殺知識分子的一場悲劇，不過卻收到莫大噤聲的奇效，「夾起尾巴做人」成為了那一代知識人的集體座右銘，當然也有極少數例外。

關於江豐同志在1957年被定爲右派分子問題的復查結論

江豐，男，68歲，上海人，家庭出身工人，本人成分工人，1932年在上海加入共產黨，1932年到1935年，曾兩次被捕，出獄後失去組織聯繫。1938年到延安，經中央組織部審查恢復黨籍。1957年被定為右派分子，開除黨籍，從高職二級降為行政十一級。1961年初摘帽，在中國美術館工作。1970年去幹校，1972年退休。

根據1958年2日14日中央美術學院黨總支填報的江豐定案材料〈右派分子處理登記表〉，江豐被定為右派分子，係根據以下六個方面的問題：

（一）抗拒黨的文藝政策和方針，違背黨的教育方針，將美術學院變成自己個人的獨立王國。

（二）拉攏、勾結黨內外對黨不滿分子如彥涵、莫樸、楊角、張曉非等組成以自己為首的反黨集團，共同反黨。

（三）整風期間，發動反黨集團，組織、煽動群眾，向黨倡狂進攻。

（四）印發「五月會議」記錄，向全國點火，並煽動杭州分院鬧請願，搞大民主，成為美術界縱火頭目。

（五）支持龐薰琴反黨集團和丁、陳反黨集團。

（六）否定肅反運動成績不是主要的（原文如此——原註），說「文化部肅出了什麼特務來了！」誇大城鄉生活懸殊（原文如此——原註），說「如果有人一號召，千萬農民都會起來吃大鍋飯」。污蔑工農聯盟，攻擊民主集中制，攻擊八大決議，破壞中蘇友好，說「文化部錢部長不學蘇聯了。」

經查定案材料，以上六點，當時都沒有任何查對核實的證明材料，有關內容，僅散見於1957年美院整風辦公室編印的《江豐反黨資料匯編初輯》，其中包括書面揭發、交代、大字報摘錄以及在反右鬥爭大會上的發言記錄等，而據該資料卷首聲明，「所有發言記錄，均未經本人核對，許多揭發，亦未經查對核實。」上述定案材料，據江豐本人申訴，當時沒有允許本人進行申辯。

有關江豐定案的六個方面的問題，實際上可以歸納為三個問題：

（一）江豐是否反對黨的文藝、教育方針政策？（二）江豐是否有一個以自己為首的反黨集團、是否進行過反黨活動？（三）江豐是否有攻擊黨和社會主義的言論？

現在，我們根據調查所得的實際材料，證明以上三個方面問題都不能作為劃江豐為右派分子的根據。

（一）江豐是否反對黨的文藝、教育方針政策？

定案材料中指出江豐反對黨的文藝、教育方針，主要是說江豐反對黨在國畫問題上的方針，說江豐不執行黨對國畫家的統戰政策。

事實是，江豐認為國畫要發展，要改造，要吸取西洋畫法的有益因素，提高國畫表現現實生活的能力，因此他主張國畫要學素描，他在杭州中央美術學院華東分院和在北京中央美術學院擔任副院長時期，對國畫教學進行了一些改革，增設了素描課。江豐的這些主張和措施，和黨在國畫問題上的方針政策，並沒有抵觸之處。

當時文化部副部長錢俊瑞同志和美協副主席蔡若虹同志不同意江豐的主張，認為國畫學了素描便是輕視傳統，便是「消滅國畫」，對江豐提出批評。江豐不接受錢俊瑞的批評。江豐對國畫問題的主張，在美術界得到許多同志的支持。

國畫要不要學習素描，是爭論的焦點。這是學術問題。究竟哪一種主張比較正確，哪一種主張能更好地貫徹黨的文藝政策、方針，應通過自由討論的方式來解決，更重要的是要通過實踐來檢驗。

同時，有關美術學院的國畫素描課問題，文化部黨組並未做出決議要求取消。同此，江豐同志不同意錢俊瑞同志的意見，堅持自己的學術主張，不能因此便說他是「抗拒文化部黨的領導」，給江豐扣上「反對黨的文藝政策方針」的帽子。

當時文化部和美協領導指責江豐「反對和不重視執行黨對國畫家的政策」，理由主要有兩點：（1）江豐不給華東分院的國畫教師排課；（2）對社會上的國畫家也不關心，對他們生活上的困難及作品的出路都不夠關心。

關於第一個問題，據復查，在江豐同志負責杭州美院工作時期，並非所有國畫教師都未排課。在解放初期。為了適應當時的社會需要，大力開展普及工作，全國藝術院校以普及為主進行了改革，個別不適于擔任普及教學的國畫教師，暫時未能排課。到 1953 年培養普及美術人才的任務基本完成，繪畫系才重新分為國畫系、油畫系、版畫系，國畫系教師都先後排了課。這種情況是由一定歷史條件所決定，不能完全歸過于江豐。

關於第二個問題，由於在解放初期，根據黨的政策，把原來已有工作的國畫家包了下來，全部留用。至於社會上還有一些原來就沒有固定職業的國畫家，限於當時的客觀條件，尚未來得及考慮他們的工作按排問題，這是事實。因此，對這部分社會上的國畫家，在團結和按排方面所發生的錯誤和缺點，主要應由文化部負責。當然，美協領導（包括江豐）也應負一定責任。這在當時美協負責人之一的華君武同志批判江豐的發言中，也曾提到這點。我們認為：這種工作中的錯誤缺點，決不能歸之于江豐一人，更不能上綱到「反對黨對國畫家的統戰政策」的高度。

（二）江豐是否有一個以自己爲首的反黨集團？是否進行過反黨活動？

當時，指責江豐組織以自己為首的反黨集團，進行反黨活動，主要是指以下幾點：

（1）在整風期間，江豐組織、煽動群眾參加「五月會議」，向黨倡狂進攻，並在會後印發會議記錄，企圖把「五月會議」的反黨影響擴大到全國範圍，成為縱火頭目。

（2）支持龐薰琹反黨集團和丁、陳反黨集團。

（3）抗拒毛主席的指示，拒不回杭州去作檢查。

據復查：

關於「五月會議」。

第一，所謂「五月會議」，是指1957年5月24日、25日先後在美院和文化部舉行的在京美術家座談會，其中24日的會議，有文化部劉芝明副部長和中宣部文藝處副處長蘇一萍同志參加。在這次會議上，劉芝明同志代表文化部正式邀請在京美術家25日在文化部參加座談會，號召大家對文化部和美協領導提意見，還曾發了正式通知。劉芝明同志還在會上說：為了使座談會開得好，大家可以互相結伴共同研究會上發言內容。

第二，在1957年5月25日文化部召開的在京美術家座談會上，對國畫要不要學素描的問題，大部分人的發言支持了江豐的主張。並對文化部領導提出了批評和建議。在個別人的發言中，不免有偏激、過火之處，但全部發言並無反黨反社會主義的內容（見會議記錄）。

第三，這次會議的記錄，是在會議開始時，由劉芝明同志指定有關人找人作的，劉芝明同志要求美院負責整理和列印，送交文化部若干份，並同意發給參加會議的發言者。

第四、江豐本人在得知文化部召開這次座談會後，曾建議廖靜文同志參加會議，發表意見，支持自己的學術觀點，並建議把一些新國畫作品拿到會場上去以實例證明他的國畫主張，不是「消滅國畫」。在美院有關人員分發「會議記錄」名單時，江豐曾提議發給中央領導同志和文化界有關同志以及《人民日報》、人民美術出版社等單位，使領導和群眾都能瞭解事實的真相，明辨是非。

根據以上事實，足以證明，「五月會議」是整風期間由文化部領導召開的正常的座談會，會上發言並無反黨反社會主義的問題。江豐在會前曾與一部分同志研究會上發言內容，是為了支持自己的學術觀點，並對文化部、美協領導提出批評意見，這種作法是劉芝明副部長允許的，也是作為一個共產黨員應有的民主權利，而當時文化部在上報中央的材料中，竟把這個說成是「煽動群眾向黨進攻」，並把散發會議記錄一事說成是「向全國點火」，是與事實完全不符的。

（1）原定案材料認為江豐「支援龐薰琴反黨集團」和「丁、陳反黨集團」之說，亦無確鑿可靠的事實根據。

江豐曾建議工藝美院由文化部與輕工業部共同領導；院長可在黨委領導和支持下由教師和學生、職工代表選舉後交上級批準。這些作法並未排斥黨的領導，與右派分子提出的「民主辦校」主張有本質的區別。所以，認為江豐「支持龐薰琴反黨集團」的罪名也不能成立。

江豐對丁、陳在 1955 年被「作協「組識審查，曾在個別同志面前表示過不滿意見，當時中央尚未對丁、陳的問題定性，所謂江豐「支持丁、陳反黨集團」的罪名，也不能成立。

（2）關於江豐是否「抗拒毛主席的指示不回杭州檢查」的問題，根據江豐、莫樸兩同志的申辯和前浙江省委第一書記江華同志與前文化部副部長錢俊瑞同志來往電報內容記載，浙江省委曾於 1957 年 4 月與文化部聯係商請江豐、莫樸去杭州「共同商量」，「解決與黨外知識分子的關係和美術思想上的一些問題」，電文中並未提到毛主席要江豐、莫樸回杭州檢查的事，江豐、莫樸都否認錢俊瑞曾向他們傳達毛主席要他們回杭州檢查的指示，陸定一同志也說記不清有此事，錢俊瑞只是在 1957 年美術界反右鬥爭動員大會上提及此事，但今天錢自己也不能肯定此事的確鑿性。又沒有其它旁證材料可以證明錢俊瑞當時曾向江、莫兩人傳達過毛主席這項指示，所以，說「江豐抗拒毛主席的指示，拒不回杭檢查」的罪名，是毫無事實根據的。（敘述了半天，結語應是錢俊瑞在美術界反右鬥爭動員大會上公開造謠，中傷江豐，妄圖置他於死地，人間冤案由此製造成功，20年冤案只輕鬆地一句「改正」帶過，而像多少個錢俊瑞們應該得到什麼教訓，又應該得到什麼處理，則總是從不追究其道德的法律的責任，縱容這類人這種行為，怎麼會有正義、良心的地位呢？！——慧山註）

（三）江豐是否有攻擊黨和社會主義的言論？

原定案材料認為江豐曾有過「否定肅反運動成績」、「誣蔑工農聯盟」、「攻擊民主集中制和八大決議」反動言論。

實際情況是：江豐曾在個別同志面前，就對個別人的歷史問題的處理，表示過對文藝界個別領導同志的不滿意見，不能因此便認江豐是否定整個肅反運動的成績；其它有關言論，有的缺之旁證材料，江豐本人否認（如攻擊民主集中制，誣蔑工農聯盟），有的言論本身並無錯誤（如所謂攻擊八大決議，破壞中蘇友好），更不能說成是反動言論而作為劃江豐同志為右派分子的根據。

我們經過反復研究，認為 1957 年把江豐同志定為右派分子的六項罪名都是不能成立的。因為它沒有確鑿的事實根據，違背了我黨歷來提倡的「實事求是」的優良傳統，沒有按照毛主席的教導，去嚴格區分敵我矛盾和人民內部矛盾的界限，把學術問題當成政治問題，把同志之間的正常來往說成是反黨集團的宗派活動，把一個同志的一言一事看成是他的整個思想和政治立場的全部反映。在為江豐同志定案時，既未把當時的揭發材料經過核實，又不允許江豐本人進行申辯，這種作法不是實事求是的。我們認為，當時把江豐同志定為右派分子，是一樁錯案，今天應根據中央五十五號檔指示以及 1957 年中央制定的《關於劃分右派分子的標準》的規定予以改正。

江豐同志早期參加革命，在白區從事進步文藝活動及抗日救亡工作。曾兩次被捕，在敵人面前經過嚴峻考驗，表現了作為一個共產黨員的可貴品質。後來到了解放區，在毛主席的革命文藝路線指引下，一直在美術界擔任領導工作，對發展解放區的美術教育和美術創作事業，作出了一定的貢獻。解放後，江豐同志在黨的領導下，擔任中央美術學院和中國美術家協會的領導職務，為黨培養了大批青年美術幹部，並在美術史及美術理論研究方面做出了許多有益的工作。

江豐同志在被劃為右派分子後，積極參加勞動，對工作認真負責，不討價還價。退休後，仍努力于美術史及理論研究工作。文化大革命中，未發現有新的問題。

決定撤銷 1957 年把江豐錯劃為右派分子的原結論，恢復黨籍，恢復原工資級別，重新按排工作，並在一定場合，公開為江豐同志恢復政治名譽，消除影響。原定案材料根據中央統一規定處理。

中央美術學院領導小組

一九七八年十月七日

（加蓋直徑四釐米的圓形圖章一枚：中心為紅色五角星圖案。四圈書紅色文字為：中國共產黨中央美術學院委員會）

*****　　*****　　*****

時間過得飛快，記得五年前，李松老師在北京找到一家出版社願意承擔印刷出版斯書的任務，簽署了出版合同書，兩年後出版社未曾與我們商量自作主張一分為二，分為上下兩冊印刷，出了上冊，從此再無印刷出版下冊的消息，原來負責與我們聯絡的責任編輯張天漫碩士也離開了出版社。三年來處在萬般尬尷無奈的境地之中，我們才在臺灣朋友胡景瀚博士、陳秀文博士盡力幫助下順利按排出版社得于付梓，以了卻一樁拖欠許久的心願。

王遜先生離開這個汙濁惡世已經五十餘年了，只有他生前執教的中央美術學院的少數同事和學生們還苟活於這個本質上一無上進的人世間，雖然閑暇時或許偶然還會想到他和他的為人，翻一翻他的著作，然而即使這樣的人這樣的閱讀狀態，恐怕也愈來愈稀有。至於未來嘛，端看今天和以後的青年學子們的趣向了，現下的我卻什麼也看不清也更說不出一句話來！

僅願祈禱王遜先生在天之靈安息！

張薔　慧山　於太平洋東岸茆簃
二〇一三年仲夏夜

八、憶以良仁兄

玉珍姐、小瑟賢侄女：

許久沒有通音訊了，不等於不思念你們，相反這種思情是永遠不會中斷的，因為不是表層的浮淺的，而是深藏於心靈的某個角落裡。慕珍和我時常回憶國內的朋友，你們常被我們談起。

我倆都已開始過退休生活，煉氣功以健身心。兩個孩子也已成家立業，海明結婚後另立門戶，住在離我們半小時車程的地方，週末見面；海蔚去了美國工作，結了婚，每年回來看望我們，或我們去住住，下個月我倆去美國走走，在他家裡住一陣。我們也希望到國內看看親友，不知哪天能成行。你們好嗎？小瑟是否已有兒女了？你仍在工作崗位上操勞不已，願你學會自己照顧自己。

我認識以良兄是在一九六二年的暑假，我們當時雖然都在北京求學，中國戲曲學院在東四八條一座坐南向北的四層樓房裡，中央美術學院就在王府井校尉營胡同八號，兩院的步行距離也不過半小時，然而我們無緣相遇在北京，我們相逢在輪船上，這是一艘從上海開往蘇北海門青龍港的僅載五、六百人的客貨輪。那是一個不會被遺忘的大飢荒的年代，政府配給的城市居民每人口糧定量很少，農民更無保障，每月每人雜糧約十五斤，怎麼能填飽肚子？可巧在輪船上出售不收糧票（配額之外）的糕點餅乾之類食品，價格比收取糧票的高出兩倍，即使如此不公平，人們一上船就去售貨窗口排隊，因為人們知道售貨量不大，如果排隊排到後面很可能白排，窗口隨時會掛出「停止售貨」的牌子。當我上船時，排隊的長龍已經緊貼船艙外舷繞了一圈找不見龍尾，只見人貼人，前胸挨著後背，臉上露出興奮、焦躁的複雜表情，還不時傳來「不要插隊」一類呵斥聲，沸沸揚揚中隱匿著一絲悲慘情愫。

在一片人聲嘈雜、人頭鑽鑽的這幅人間畫圖外，我眼睛一亮，發現近船頭左舷站立著一位英俊青年，白皙的皮膚大方的臉龐上，嵌著一對大而有神的眼睛，和善而平靜的神情，立即引起我的注目，才看見他的左胸前佩帶一枚白底紅線鑲邊的徽章，赫然顯示六個深紅色楷字：中國戲曲學院。令我驚詫，莫名其妙地直向他走過去，真是居易所唱的「相見何必曾相識」。我們一見如故，用得著相見恨晚四個字形容。從此訂交近四十載，雖歷經狂風暴雨、雷轟雷鳴的肆虐，我和以良兄的情誼長存綿恆，豈不是前世有緣人？

八個小時的輪船航行，奠定了我們之間樸素的友情。他目前正就讀戲曲導演專業，親受著名戲曲家張庚、郭漢成的教授，十分幸運；他的學生生活豐富而多姿多彩，導排小型劇目是最誘人的課程之一，以後的兩年時間裡我成為在他們小劇場觀看這類劇目的常客，也錯過了半數機會，當然我是以良兄的好友身分被邀請的。

輪船到青龍港碼頭，他乘車去三余鎮看望他的父母親，但我們約定在長達一個多月的假期裡他先來我父母親家作客。不久，大約兩星期後的一天中午，我到海門鎮長途汽車站迎接他，騎著自行車把他接回鄉下的家，把他介紹給我的父母親，他們都很喜歡他，正如你們熟悉的，他待長者很是恭敬有加，他同我父母親談笑，很得他們歡心，尤其我媽媽直誇獎以良兄長得一表人材，是的，做兒子的我獲得父母親對我朋友的讚許心裡真是說不盡的高興；住了不到一星期，我隨以良兄去拜訪他的父母親。我第一次去三余鎮，心裡存幾分激動情緒，他家住在鎮上，臨街面，俗稱「鎮上人」，他的父親曾做過幾年商業活動，大概五十年代公私合營後不久就退休了，正在家中閑居，待人和氣，他的母親操持家務，照料一家老小日常生活，感覺滿辛勞的，對我十分客氣又熱情的招待，令我受之有愧，吃飯時總要往我碗裡夾好菜，記得伯母燒的紅燒肉特別爽口好吃，也許當時很難吃到紅燒肉的緣故，所以四十年後的今天，仍記憶猶新。以良兄的弟妹中，他的小妹特別活潑，總跟隨我們逛街遊玩，進進出出不離開。我們約定暑假結束後一起乘船經上海返校，但好像以良兄要去南京住幾日訪親友，因為他高中是在南京讀的，所以後來我們分別回的北京。也從此開始了正式交往，快樂伴隨著我們。當他去了貴州之後，又開始了我們兩個家庭間的友好交往，永遠令我記住。

以良兄課餘、週末常來看我，一般他從學校步行沿東四北大街往南走，我從東四南大街往北走，大致在東四十字路口南面一點的地方相見，然後我折回與他一起朝回我學校的方向走。好像燈市東口北邊不遠的地方，路西有一家小小的炒麵小吃店，以良兄在這小店裡請我吃過好幾回，各人來二兩，味道真不錯，素炒和加肉絲的一樣可口美味，這倒不完全是當時正值三年困難時期吃不飽的緣故，即使今日我仍願前往，可惜以良兄離我先去了，一人獨往是何滋味？怎能下咽？

以良兄善舞，在我當生活委員時，我請他到我們班上教交誼舞。把課桌往四壁角一堆，就變成一間簡而不陋的舞廳，以良兄在燈光下翩翩起舞，那舞姿優美異常，加上他熱情，引吸了好些同學跟他學，而且幾回下來，也能舞幾下了，他成了我們班的朋友了，拴柱、瑞泉、清枝、義孝、星星等同學都同他稔熟。

以良兄好像在中學時代就加入共青團了，可是他和我交往中沒有絲毫看不起我這個有白專傾向的非團員，他從來不和我講那些教條主義的混賬話，要不我早就跟他鬧翻天了，他永遠為人正直、善良、熱情、謙遜。

他是我的摯友，也是我們小家庭最要好的朋友，你和小瑟也是慕珍和我以及海明、海蔚最要好的朋友，在慕珍和我的所有朋友中，沒有一家能像咱們之間親密程度提出挑戰的。

難忘的一九九零年，以良兄出差來京一個多月，給了我們多次見面的機會，也是我和他最後的幾次相見，因為不久，我和我們家庭「乘桴浮於海」，開始了漂泊的生涯。這之後我們只有以通信方式聯繫了，再沒有見過面，所以九零年初冬的分別，竟成了我和以良兄的永抉，當時我們誰都沒有作如是想。

人生幾何，對酒當歌。

「但願人長久，千里共嬋娟。」

祝萬事如意　生活安康

好友慕珍　海雪　于溫哥華

二〇〇一年四月二十三日

九、紀念李春先生

二十世紀六十年代的第三個年初，中央美術學院講堂上新增了一位年輕老師李春先生，他給油畫系雕塑系中國畫系版畫系的學生在二六六教室上共同課，開講西方美術史，也給我們系——美術史美術理論系上課，專講中世紀那一時期的西歐美術史。我們系的西方美術史課程之所以分得那麼細小又專門，原因之一是這門課如果說在那些繪畫系屬介紹粗略的簡史的話，那麼在我們系應屬主課，相對而言課時會多些，講得也會細緻很多；原因之二呢，我們系的西方美術史教員多，大夥兒分工各人分擔一部分課程，豈不更好！美院原有的吳達志（後調入中央工藝美院）、常又明教授，後來從蘇聯（現今的俄羅斯）列寧格勒（現今的聖彼得堡）列賓美術學院留學回國的程永江、邵大箴和李春三位老師，真可謂人才濟濟了。

我十二分喜歡聽李先生的課。課前早就發下了油印講義，臨到上課他幾乎信口一路講去，不但他自己從不做照本宣科的笨事，也不會要求我們學生翻閱講義某頁某行，用生動靈活四字來形容他的授課特點恐怕是再恰當不過了。比如講到尼德蘭畫家勃魯蓋爾時，先生一邊打著幻燈片，一邊指手劃腳地講解畫面，如數家珍，如此熟悉畫家生平典故，又如此深切理解勃魯蓋爾噙著同情之淚描畫著他同胞的情狀，透過畫面形象看似愚笨、粗魯、滑稽可笑的農人，展現的是實際現實生活社會底層鄉間民眾的悲哀、苦痛、無奈、自我麻醉和尋歡作樂、舞蹈等等人間瑣事。先生講的是繪畫史實，又遠在西歐，隔著巨大的時空，但讓我覺得那麼貼近，不辯究竟是我的精神隨之遊移到了遠方中古，還是我身處的時空現實與勃魯蓋爾生活時代過份地相似呢？先生講課不著重灌輸什麼知識，處處借知識而力圖讓聽者明理，明何種理？是畫理呢？色彩的、構圖的、人體結構的……還是社會學的、人類精神的、超越物質性的理呢？都是的又不都是的，只憑聆聽者的心而異。他沒有把他的學生貶為小學生，沒有要求他們去記住畫家的生平卒年等等滑稽行為，他總在與聽者平等交流中啟發他們的思維方式、擴大他們的眼界、提昇他們的眼力。他是我學生時代遇到的最可尊敬的少數老師之一，真正的先生。

大凡大學教師在學生面前拿架拿勢者肚皮裡缺貨者居多，心虛、害怕就只好裝腔作勢，故弄玄虛，也許這是人類行為本能反射原理如此，並非社會個體人的特殊有意作為；反之，平和、大度、謙謙君子式者即使今天貨不足也心安，期許來日補日日補于心安穩焉。李先生屬後者，他是真君子。我對先生的這方面體認多不在學生時代，而在幾年之後，我畢業了，被忝列本系教職，文化革命年代裡有幾年我們全系教師被發配到河北省一個農村的勞改農場改造思想，白天列隊下地種田，晚間唸毛澤東主席著作，學《人民日報》、《紅旗》雜誌篇篇重要社論，聯係自己生活勞動思想實際，上掛下批，挖出資產階級修正主義反動思想。天天監督我們一排三班的是一個入伍四個月的士兵，這不是笑話，是那個偉大年代的事實。李春先生當然沒有什麼特殊待遇，和我們睡一張炕，一起勞動一起鬥私批修一起改造思想。秋冬季晚間開會或學習，他總盤腿坐在炕上，把被子壅在腿腳四周以禦寒，小平頂頭，胖乎乎的圓圓的笑瞇瞇的，相當的可親可愛，大家嬉稱他彌勒佛，他笑得更甜了，眼瞇得成一條線，隱含些許不好意思的感覺；讀報讀毛語錄，毛澤東思想宣傳員——這個士兵的正式稱謂——要我們圍坐成一圈，一個段落一個段落輪著讀給大家聽，有一次輪到李先生讀時，他找不到上一位先生讀到哪兒，走神了接不上茬，抬起頭來問讀到哪兒了，看上去態度既認真又憨態可掬；有時自習學毛著，他也容易打瞌睡，頭頸往一邊歪著，那是已經下田幹了一天活之後的晚間，累壞了的緣故。在那個時代表面上最講求認真嚴肅積極，但在實際上是最最不能要認真嚴肅積極，敷衍馬虎，隨大流得過且過是最佳的生活態度和方式，李先生是得其精髓者。比如開會鬥私批修，就是在眾人（一班十來人）面前演戲，挑一個無關緊要的小事，甚或假設一件小事，接著無限上綱上線把自己批判一通，說對不起毛主席他老人家一套時代詞語，他像我們一樣都演過說過；有意思的是叫他幫助、批判程永江先生，他能躲則躲，實在逃不了，他自有一套辦法，囉囉唆唆，細聲細氣，前言不搭後語，朦混過去。當然誰也不會傻到去追究的，人人心照不宣。

還有一回，房東家十來歲的孩子阿牛抓了幾隻螞蚱回來在院子裡用柴火烤了吃，先生走過去對小孩說這個東西髒著吶，不能吃！孩子回答：咋不能吃？俺娘抓了捨不得自己吃，還餵俺呢！先生也許明白理論上螞蚱含蛋白質，營養成分高得很，但螞蚱形狀兇惡醜陋。他和阿牛邊聊邊看，一忽兒，螞蚱烤熟了，香氣陣陣，阿牛遞給先生一隻說：您嚐嚐！先生半信半疑接過來，嚐了嚐評說：真蠻香的！回過頭來問我：你要不要嚐嚐啊？在那個今日不知明日、前途茫茫的時光，他是多麼坦然、平和又不失風趣呀！

文革結束後，一個響亮的口號又把文化人裝進去了，「把失去的時間補回來！」已經失去的十年，怎麼補得回來呢！？癡人說夢！先生接近或者已過知天命之年了，補是假話，騙人的，只有抓緊眼下時光埋首專業是根本。整整八十年代這十年，雖說時陰時晴，時風時雨，總比之前的十年安穩些，心中雖有餘悸，不甘心不撿起老本行，老師們可以教書講課，文學作家、詩人們開始筆耕，忙得不亦樂乎。我也開始瞎忙，研究宋元繪畫史、稍後又投入精力於學術季刊《美術史論》和《中國美術報》，整日昏沉沉，做夢也想把失去的時間補回來。偶而聽到李先生到外校兼課講學的消息，頗感欣慰。大約八十年代中後期的一個夏天上午，美術研究所的小朱找我陪她去找李先生，請他為小朱寫一份教授推薦信，好像是她要去波蘭遊學之用，我沒有問她怎麼會選擇李先生的，大概李先生在專業領域裡的突出貢獻令她影響所及。我們到了先生在和平里的寓所，可惜先生不在家，小朱的事未辦成，我也失去了一次向先生請益機會，也只怪那時住家電話不普遍，稀有之物也！不曾事先電話聯繫之故。

到了八十年代末期，社會思潮激烈動蕩，上層各派明爭暗鬥愈演愈烈，胡耀邦、趙紫陽先後下臺，釀成六四慘案，在我個人竭盡心力的一刊一報或被搶奪或被封殺而黯然消失，致使我大病一場。病榻上反省再四，終於弄明白人原是極其自私的兇狠殘暴的天生說謊的動物，古今亦然，再也不存任何幻想，丟了幻想，自尋生路。人存活在這世上，第一樁事是吃飯，填飽肚子方能談其他，我亦難例外，於是找事去做去滿足肚子的最基本最起碼的要求，走過荒漠，爬山涉水，皇天在上，勉力尋到一片能讓人棲身之處暫居，希冀能填飽肚子。

後來到了我又拜見程永江、李松等先生時，光陰已逝去了許多個年頭，回憶閑敘間得知李春先生患頑疾已有些年了，大約初時患糖尿病，後轉重，或言醫生未得適時合理處治，不幸被施高位截下肢術，從此失去自由行動的可能，整日或坐或躺在眠床上，日常生活不能自理，全都依賴妻子小吳（理應稱她師母，但朋輩們都暱稱她小吳，期以永遠年輕的意思在，行文時隨眾）服侍。小吳剛從幼兒園園長之職退休，不早不晚接續上丈夫有難，遂依杖她幾十年工作經歷養成的善解他人之心持恒的耐心和滿懷的愛心，一無怨言地開始執行命運之神的安排。朋友、同事們都讚揚小吳對丈夫飲食冷暖諸多方面的關照和呵護，說得一點不錯也不過分。在我看來，小吳最為難能可貴之處，還在於對李先生精神上的不斷安撫和鼓勵，燃燒他生命之火。

大概得知先生患疾之後的一星期，我去他的和平里寓所看望他倆，依稀還能記得那個樓群的身影和大致路徑，到居委會打問的結果，我幾乎已經摸索到他家，僅隔了一幢樓。六層高的紅磚牆樓房，縱橫交錯的電線在半空中寒風裡輕輕搖曳，已經乾枯了的花枝敗葉萎縮在牆腳跟，我穿行在靜穆的層樓中間，找見先生的房號，叩叩叩敲門三下，小吳來開門，我趕緊自報名姓，生怕她認不出我來，不料她說還記得我的模樣，就是頭髮白了點。謝謝她的好意，揀不傷害人的話說。說話間已把我讓進門，並不讓我換下外面穿的皮鞋，直接進了左手的房間，李春先生正坐在眠床中間，電視機就放在他眼跟前，此時女主播正裝腔放言。先生聽到小吳和我對話，他已斜過身來面對著房間門背對著窗戶，陽光透過綠色木框鑲嵌的窗玻璃射進來，爬了半眠床，窗櫺外傳來街坊鄰裡老年人的話語聲，我猜想他們正在先生窗外避風處曬太陽閑話，先生住地上一層。先生見到我時情緒很興奮，靠雙臂奮力向前移，好使我們靠近些，但好艱難呵。我就斜著身子坐在床沿上和他倆聊天，一會兒，小吳一定要拉我坐在床跟前的一把鐵架折疊椅子上，說怕我歪坐著時間久了腰不舒服，為人想得太周詳了。她自已坐在床前的小板凳上，好像已經坐慣了的。她站起來要泡茶，我說剛喝過茶來的，被我推讓過去了，她又說剝個川桔吃，說時已抓過一隻開始剝皮了。其實此時我心裡很亂，看著老倆口日日夜夜廝守著，一年二年五年十年都熬過去了，心想這其間有多少的辛酸事、心底裡的愁苦一概說不得，都不能對對方說出口，因為他們相愛，都不忍一絲一毫傷害到另一方。

眼下我特別提醒自己千萬不去觸及先生過往的病史病情，只挑眼前的電視節目作談資，詢問先生經常看哪個節目，又比較喜歡哪一類影片和哪些演員，先生回答我說只是隨便看，有什麼看什麼，也沒啥好選擇的，都差不多，顯出一臉的無奈來！小吳這時插話說先生思維不太清晰，先生回答：那是的，還能做什麼？後來把話題轉到做些什麼吃的方面來，空氣中分子才顯出些活躍和跳動來，小吳是上海人，先生是張家口人，要說南北方飲食習慣差距滿大，不容易吃到一起，可是先生生性平和，又像專業上一樣善於汲取諸大家長處，飲食已全盤接受江浙一帶口味，所以談話間感覺得出先生真心實意讚揚小吳的烹調手藝，以及處處為滿足先生的身體營養平衡而經常變換菜式，葷素搭配適宜，先生此際臉龐上的笑容回覆到二、三十年前我們一起在鄉間田野中時而發出的笑狀一模一樣，沒有區別。

趁小吳去廚房的瞬間，先生傾身過來細聲如耳語地對我透露心跡：這樣活著一點沒意思，還不如死掉！我不忍聽到這錐心裂肺的語言從先生嘴裡說出來。我連連搖頭，深深表示不同意他這樣說，也不能這樣想。可巧這時小吳回來了，我倆趕緊把話岔開，假裝好像先生從沒有說過這話一般，我倆都明白淚水只能往肚子裡下嚥。這層窗戶紙誰也不願不忍心去觸及並捅破它！這兒隱匿著人類生命之所以延續長存的一個祕密。

一星期前，佟景韓老師發給我e-mail說了一句話：昨天在八寶山曾見李松，李春一週前去世，昨天舉行儀式。引發我思緒萬千，時空翻滾不已，悲哀裡蘊涵些許安慰，先生十五年的病榻煩惱終得解脫，但願他去到另外的空間、另外一個世界重新起始另外一種生命形態，按自己的願望自由地選擇生活。苟活者如我，願將我的思情點滴轉成如許文字，遙祭尊敬的李春先生。

二〇〇九年六月十七日於淨虛齋

十、老大哥董川

回到京城已經快三星期了，七月盛夏的日子，悶熱不可耐，什麼正事都做不了，擱在心中已經幾年的一樁事，這天大清早睜開眼突然間充滿我的腦際，似有人提醒我今天就去辦！我一咕羅跳下床，決定去看望老同學董川的遺孀侯璣榮女士。

我沒有侯的住家電話號碼，也沒有她的確切地址，手頭只有董川先前寄給我的信封上所署的：河北石家莊橋西河北師範大學藝術系。我不懷疑到了石家莊找不到河北省鼎鼎大名的這所學校。

簡單吃了一碗豆漿加半張烙餅就出發了，北京西火車站售票處排隊的人不算多，不到半小時就輪到我，一問才知道最近一次火車去石家莊的時間是九點四十八分開，就買下了一張坐位票。離開車還有一個半小時，去報攤買了一份環球什麼的時報來消磨時間，它好像是一家大型報業集團旗下專門談世界新聞的，我還記得一年前初次讀它蠻覺新鮮的，讀多了自會令你窺見了它貌似公允的背後，頗為偏狹和作偽的編輯作風，不少文章只能以正面文章反面讀的態度待之，也頗有趣，讀著讀著時而會不由自主地發出笑聲來。

沒有坐位的地下候車室不通風，或是有通風設備而沒起動，所以悶熱難熬，旅客們或三三兩兩紮堆大聲閒聊，或找個旮旯或靠牆壁蹲下坐著閉眼垂頭假寐。待到檢票鈴聲一響，柵欄閘門一打開，人群精神大振，沒命地踴向閘口，爭先恐後，為什麼？不知道。習慣使然吧。潛意識地恐怕落後了擠不上火車，至於嗎？不管三七廿一，往前擠總沒錯的思維方式起作用，甚至根本沒有想、不用想，乘火車如此，擠公共汽車如此，提級提職稱加工資無不如此，心理上都像在趕末班車，事事處處長期培訓積澱的成效，幾乎成為行為本能。倘有人敢於不爭反讓，反其道而行之，定會被目為怪人，反遭世人側目了。肩挨著肩腳踩著腳從地下甬道冒出地面時，倒抽一大口氣，似獲得解放的一刻，背部汗水浸漬了一大片，上車落坐，反倒不感覺怎麼悶熱了，這也真怪！車行三個多小時到達石家莊車站，又是瘋狂的擠下車，一樣被人流裹脅著腳不著地面似地擠到車站外的大廣場，定神四下一張望，走向一售報攤旁，趕緊買一份石家莊市交通圖，順便向售報攤主小姑娘打問一下河北師範大學在哪個位置，她疑惑地看我，好像沒聽清，我再問一遍，她聽清了我的問題，極其簡潔地回答我：「沒聽說過。」又忙著招呼別的客人做生意了。我如果再問就會自討沒趣了，我還明白這點，所以連連稱謝，趕快移動腳步走開。

我本以為這所大學像北大、清華一樣有名，省城裡首屈一指大名鼎鼎的，人人皆知無人不曉。再轉念一想，我錯問了人，應向滿大街遊蕩的計程車司機求助。於是離開廣場，向東走，過天橋，看見那邊馬路旁頭尾相銜停著十多輛計程車。上車一問，不料司機反問我：

「你去東院？還是西院？」一時間把我弄矇了，好才想起董大哥信封上寫石家莊橋西的字樣，我回答：「橋西是哪兒？」司機說「那是西院咯！」車在寬闊的大馬路上七拐八彎地跑了十多分鐘就把我送到了河北師範大學大門口。

幾個穿藍色制服戴大壓沿帽的保安人員站在大門右側的小屋旁正起勁聊天呢，我徑直往大門裡闖，沒有人訊問或阻攔我，如入無人之境，我至今也說不清這是一種何樣的感覺。師大占地面積真大，東一幢西一幢建築鋪得開，外觀又都很氣派，道路縱橫交叉又寬暢，汽車時來時往，令我刮目相看。一個大操場北盡頭一幢龐大建築物正面牆上掛著三十公尺外就清晰可見的圖書館三個大字的牌子，我一邊朝它走去，一邊腦際裡翻騰著記憶，似乎相信侯女士就在圖書館內工作。進得圖書館大門，空空蕩蕩，不見一個學生模樣的人，往左一瞧，一扇玻璃窗後面坐著一個穿藍制服的中年人，走近去詢問侯璣榮的住址，他一聲不吭就從抽屜裡拿出一本污漬點點的灰藍色封面簿子翻，翻了一遍沒找到，又重新從頭開始翻，同時問我怎麼寫，我把侯的名字寫給他看，他自言自語地說，有姓侯的嗎？突然回頭問坐在屋角床鋪上的上了年紀的工友：「有姓侯的嗎？」那邊立刻回應：「不記得有。」我也聽得一清二楚，只好道聲謝，走人。想到藝術系去查，藝術系是董川工作十多年的系。

穿過三幢樓見到藝術設計系幾個字掛在一幢灰樓樓門口牆上，我真慶倖沒走冤枉路就找到了。門廳裡也是空空蕩蕩，不見一人，左側有個大玻璃窗旁掛著問訊處的小牌，裡面沒有人。我走向右側看見佈告欄裡貼著一張醒目的紙，開列出十多位同學的姓名，勒令他們退學，不准他們進教室聽老師講課，原因是他們沒交學費，有的欠一學期，有的兩學期未交。看了這佈告，心中不免一陣淒涼，時光流逝五十年竟變了個樣，同樣仍在一個人民政府治下，我和董川讀大學人人學費全免，董是調幹生，還帶著工資來上學，衣食無愁，現如今竟上演因欠交學費而被趕出校門的事，一個系就有十多位學生，全校總共會有多少位學子遭此待遇，不得而知，真可謂匪夷所思啊！

我尋思不能浪費時間，趕緊找人問。推了幾扇小門都鎖著，推不開，正發愁，看到一間雙合扇門，輕輕一推便開，探頭一望，空蕩蕩的大教室，發現東南角落坐了一位學生模樣的人，如落水者得救一般，一問，才知搞錯了，藝術設計系和藝術系是兩個不同的系，藝術系的樓在南邊。承這位同學主動引領我去藝術系，去藝術系的路上我小心地探問勒令退學的佈告，她告訴我這是教育部明文規定的。佈告上被列名的同學都不願意離開學校，繼續天天按時進教室聽課，老師是不管的，但系領導硬是要這些同學走，趕他們到社會上爭夠了學費再回來學習。此時她說：「其實，我也欠了不足一學期的學費。」

「一學期學費多少錢？」我問。

「六千元。」她答。

我又問：「教學品質呢？你覺得真學到了什麼？」

她稍微顯出不滿的語氣告訴我，教師的學識有限，大多是本校本系畢業生，加上他們不很安心教育，都把心思用在到社會上接活爭外快去了，「其實我們在學校裡真的學不到什麼，反正混四年弄一張文憑唄！我已經三年級啦！」她很爽快地說著，這時我們進入了藝術系大樓的大門，找到系辦公室，門敞開著，看見三位老師模樣的人在聊天，一位坐著，另兩位面對面站著，我趕緊走前一步，請問董川老師的宿舍在哪兒？他們的表情表明對董川的大名很是陌生，似乎不認識。我一看情狀，連忙解釋道：「董川先生原是在藝術系教書的，大約十年前不幸去世了。我今天來想找到他的宿舍，去見見他的妻兒老小。」聽我這麼一說，他們臉上的驚詫表情收起了，似乎開始回憶過去十年的事，還是年歲偏大一點的那位先生記起來了，從記憶的一個旮旯裡撿出一枝半葉，對我說道：「噢，董川啊？教書法和文藝理論的，有，有。」我似得了救星一般，追問董川的宿舍在哪？坐在大辦公桌後面高靠背椅上的那位大約不足四十歲的人搭腔了，很有系領導的架式，站起來用右手指著大玻璃窗外面說：「向西走，出大門，過馬路，就見到家屬宿舍的牌子了，究竟他住哪幢樓幾號，你去問他們去。」我猜不透他認識還是不認識董川，我朝引領我來的女學生看看，她說：「我知道，走吧！」我回頭向這三位老師、領導一疊聲「謝謝」中走出了藝術系辦公室藝術系大樓。

果然，向西走一長段路又轉了兩個小彎，出大門過馬路見到一塊寫著「家屬宿舍」四個字的木牌子，掛在四周圍眾多六層高的舊式樓房之間的一所簡易矮平房門口，相當樸實無華，真少有也少見，我的印象突然躍升好幾度。進得門來，嚇了一跳，看見坐在辦公桌後面的女子，抹了鮮紅的大嘴口紅，高聳飄逸的燙髮，上身著一件淺天藍色大翻領敞口無袖短衫，好一個摩登女郎。休去管它，我自報從北京來找侯玘榮女士，她是藝術系董川老師的妻子。她聽了，回答我的話聽來也實在：「我今天第一天來上班，所以你說的人我不認識，也不知住哪兒，不過，沒關係，你等著，我去找家屬委員會的老領導去，他會認識的。」她站起身，從辦公桌後轉出來，向門外走去，這時又嚇我了一大跳，腰間束一襲深紫色超短裙，光著兩條大小腿，腳蹬血紅色細釘三寸高跟涼鞋，蹬—蹬—蹬地立時消失在門外，我問同來的女學生：「這是新來的領導？」

「我想是吧，剛走馬上任的新主任了。」我心想這也叫做與時俱進，嗨，將來這委員會可有熱鬧看了。

不一會兒，新主任領來一位六十來歲的老領導，我又將前面的問題向他複述一遍，他連連說：「我知道，我知道。」從北牆跟櫃子裡拿出一摞卷宗，熟練地翻動一頁一頁發黃了的紙張，不到兩三分鐘就找到了，笑眯眯地對我說：「第三幢樓二門三〇一號，」並用手向右前方指去，「就在那邊。」

我緊緊握著他手道謝。他又告訴我，今天沒見她出門，一定在家的。我看著他的眼睛，鄭重地說了一聲「謝謝」。新主任依傍老主任站著笑眯眯，我也不自主地對她笑笑，跨出了門檻。

我們走上三層樓，站在三〇一號房門外，我敲了一次兩次門，沒有人應門，擔心侯玘榮出去了，奈不住又稍為重些敲了第三次門，靜心諦聽，聽見屋內有細微的息息嗦嗦的響動，有望；再諦聽，拖鞋磨擦地面的聲音越來越近，拍嗒一聲，門打開了，一位花白頭髮長圓型臉龐的老婦人站在門裡，雙眼惺松和氣地看著我們，大概她正午間休息，被打擾了。我立刻自我介紹，加了一句「董川的老同學」，並問：「你是侯玘榮吧？」她一聽我能說出她的名姓，就放下心說：「進屋來！」她引領我走進右側的一間書房，她站在靠北牆放的長沙發旁，我站在地中央，先介紹還站在門口的女學生是本校的學生，多虧她幫我找到這裡。我又告訴侯一遍我的名姓，這時的她似乎慢慢地從儲存過久積滿了塵土的記憶庫裡理出一絲線索，「你是他大學裡的同學？後來去了加拿大的是你嗎？」她問。我點點頭，她顯然有些高興了，繼續說：「你們還通過好幾封信，是嗎？」是的，一點不錯。就在那個可惡的五月中，我接到董川一封信，我寫了回信，可是左等右等再也等不到他的片紙隻字了，那封親筆信竟是他給我寫的最後一封信。

*****　　*****　　*****

現在的我就站在這間簡樸的書房裡，侯面對面告訴我十年前五月裡的一個深夜裡，他，侯的丈夫董川倒下了，就倒在我眼前的這張一頭沉書桌旁的水泥地面上，從此他再也沒有站起來走路、揮毫、飲酒、品茗、談笑——他一徑去了另外一個世界，要說那個世界真是既陌生卻又是人人都無可選擇地必定去的一個地方。侯回憶那個可惡五月的那個可惡日子的一大清早，藝術系派人來通知董川，要他趕緊再整理一下材料，第二天上午必須要將材料報到校部，申請核准授他為教授職稱。雖說這材料先前也為上報而整理過，但為了慎重、完整起見，必須重新整理重新審視過他才安心。從早忙到晚，也沒完成，夜深了，侯臨睡前催促他早點休息，董川回答：「沒有整完，不能睡。」又安慰他妻子說：「你先去睡，明天還要上班，我一會兒就來。」這大約就是董川遺留給人間的最後一句話。他妻子去臥室睡了，睡著了，一覺醒來，一摸身旁被窩沒有他，骨碌碌下床去書房，正想責備他怎不顧身體，求這個教授虛名幹什麼？那曉得話還未吐出，書房椅子上不見他，再一瞧，董川他倒下了，眠在地上一動不動。侯驚嚇得大叫，他們的孩子們從夢中驚醒，哭嚎著求救著，學校的汽車載著董川送去醫院救治，後來有的說到醫院急救室還有一口微弱的氣息，也有的說在去醫院的路上就沒有了呼吸，總之，一向達觀的董川這回中計了，被這虛無飄渺的假教授頭銜獻出了生命。這可詛咒的教授銜！這催命的教授銜！

據說去年裡，學校藉口教授名額有限制，沒有評董川為教授；今年他六十一歲退休了，還是這學校領導又說了，現在可以評董川為教授了，為什麼？據說退休教授不受名額限制。誰規定的名額數目字？上級。哪個上級？政府機關的省教育廳？中央教育部？答案是都對又都不對，那是一筆朝令夕改顛三到四永遠不清的渾賬。據說董川起初很鎮定，不加理會，不受這空名的誘惑。日子一長，架不住外界的攀比風氣侵襲，閒言碎語不斷的煩擾，諸如此類的齷齪的環境壓迫和名韁利鎖的威力夾攻，他鬆口了，但在時間上萬分緊急的強壓力驅使之下，稟性認真的人往往會上當，誘發了董川血壓攀升導致急性中風而不治，用犧牲性命作代價向藝術系向校方向教育廳教育部，也向社會提交了一份申請教授書。實在是冤哉枉哉啊！

我面向北牆肅立，凝視著老同學董川的黑白照片，他淡淡的坦然的笑著，我深深吸一口氣又緩緩地呼了出去，才低下頭顱向他一鞠躬再鞠躬三鞠躬……

董川本名瑞泉，號川，大約在大學三、四年級時以號行世。我很是喜歡瑞泉這個名，瑞泉汪汪地湧出又緩緩地流淌，終究成了川、大川，我也喜歡川這個號。他在我們班年歲最長，尊呼老大哥，待同學們如弟弟妹妹，和氣友善。他似奉行人不犯我，我不犯人，人若犯我，我必犯人的原則。一旦認准有人行不義，他會打抱不平，並窮追不捨的。

一九六〇年九月董川進入中央美術學院美術史美術理論系學習之前，在中國人民大學教務處工作，採買、收發、借用教具等等是他的責職。就在這期間，他進夜校學習了好幾年文史課程，邊打工邊學習，實是不易。他又喜歡習字，練書法，趙之謙、吳昌碩是他從未謀面的老師；還喜歡作大寫意芭蕉、枇杷、楊梅、荔枝、石榴等花卉，私淑文長、大滌子、八大、虛穀、昌碩、伯年、白石有年；治印師昌碩、白石兩大家。他的古文底子也深厚，與唐宋八大家稔熟，尤其李、杜詩句朗朗上口，記憶力特強。大學課程中，最讓他頭疼的恐怕要推俄文課了，單詞太難拚讀，又太難記憶，他努力過但未成功，幾近放棄了。女教師彭鴻遠也真為他著急，有一回在課堂上為校正讀音，一對一領他讀，他也拚命念，但稍一停，瞬間即逝，他又忘了怎麼讀，乾著急，頗為歉意的眼神望著彭老師，彭老師看他真努力又真吃力，不知怎麼幫他才好，竟不覺淚珠在眼眶裡打轉了，瑞泉看在眼裡，反過來安慰彭老師：下課後我一定好好複習，您不用著急。這故事成了一段佳話，畢業離校後多少年過去了，有一回他來北京，我陪他去看望彭老師時還提起這段往事，兩人都還相互解釋當時的窘狀和心態呢！

三年級時上國畫課的老師從國畫系請來，黃均、劉淩滄、陸鴻年等老教授都來教過我們古畫臨摹、工筆重彩和白描等課程，不記得李苦禪先生來講過課，董川喜歡苦禪先生的禿鷹和寫意荷花等等，就從國畫系學生王炳南那裡借來畫稿對臨，王是山東人，與李先生是同鄉，王又特別崇拜李先生，苦老苦老的叫聲不離嘴。夏夜，自習課前後，董川喜歡面對U字樓內層花園，站在教室前平臺上用涼水撥身擦身，脫光上身，留條短褲，光頭，活脫一幅陀頭沐浴圖。身子並未擦盡水珠，肩上搭一塊白毛巾坐在平臺上納涼，逗笑取樂，最精彩也是他最拿手的好戲是學老北京胡同裡賣白菜賣臭豆汁賣柴火的吆喝聲，維妙維肖，害得同學們前翻後仰，拚命拍手嘴裡學著他亂吆喝。更多時候，董川沐浴一通之後進教室，展紙揮毫，亦書亦畫，時常將字畫往教室後面的黑板上一掛，後退幾步叉著腰審視畫面，不滿意的時候多，撕下來團成團扔進字紙簍。倘若學生時代的習作，都保留著疊放起來，真不知有幾丈高了。

董川贈予的畫作，時在乘桴浮于海的前夕，他食肉又愛果蔬，還善烹調。

二年級下學期去河南省龍門石窟實習，多數時間用在製圖，畫佛菩薩的正面側面像，為提高精確度，採用考古學的方格網方法，極類似傳統的九宮格，只是加以放大並將它豎立起來對準所畫的佛菩薩像，關鍵掌握眼睛、方格網上的經緯線交叉點、所畫物象的輪廓線的轉折處三者成一直線，並保持這直線與地面平行，借用方格網的方法原則製作出來的佛菩薩像的確與原物像比較少誤差。當畫佛菩薩像的足部以及蓮花座之類部位，我們往往得匍伏在終年不見陽光、陰暗潮濕的尿臭味重的青石板上，幾分種幾小時的苦幹，請想想是何等滋味？再說，制這個圖為了什麼？我們同學都不明其理，至今我仍不明，老師輩中只有一人主張這樣幹法，但事過快五十年了，依然未解密。當時的我們大不像現今的大學生有主意，聽話聽到不堪想像的地步，系裡的指示說一不二。在龍門，董川根本不喜歡整天鑽在洞裡幹這勞什子，主動要求作幫廚，學校只派季師傅一人做廿多人飯菜，忙不過來，正需要人手，一拍即合，因此董川在龍門沒有一天鑽洞製圖，沒有受過這遭罪。五、六月份天氣漸熱，白天時間顯見增長，晚飯後是我們一天裡最開心的時刻，太陽掛在西山上方的天幕上，暖烘烘的，我們下到山前洛水河灘上踢足球玩，初夏的洛水怎麼會這麼缺水呢？河灘暴露，只有河床中央一道狹窄的細流在緩緩地北上，見不到二千多年前曹植在洛河水面上巧遇洛神的景觀了，自然界不知不覺都在變遷之中。我們這群青年人大多數光腳丫子光膀子奔跑在河灘沙土地上，追逐足球取樂，董川常當守門員，並大呼小叫指揮本隊隊員進攻方策、時機和路線，每回非弄到滿身大汗、疲憊不堪之時，方才罷戰收兵，真是樂不可言。

第二年又去麥積山石窟同樣用方格網畫佛菩薩像，董川同樣幫季師傅做飯菜，沒有畫過一天方格網，一心撲在搞好同學們的伙食上，那時正值所謂三年困難時期，普遍吃不飽，有的同學患浮腫病，董川真是出了大力，想法買當地的高價豬肉，肥瘦相間帶骨的五花肋條肉最受歡迎，三天兩頭有肉吃有肉湯喝，比在北京學校裡的伙食強多了，蔬菜量也增加了，彌補同學們實習消耗的體力支出足足有餘。最辛苦的活兒是一週左右去一次六、七十裡外的天水縣城採買主、副食品，買煤，拉一架排子車，去時空車還好，回來時滿車貨物，尤其拉一車煤，夠重的了。往麥積山方向的路，還不時地有一些不算很陡的上坡路，更加費勁了，回到麥積山，從來都是一身汗水淋漓，所以總是另派同學跟董川一起去，蕭星去過好幾次，董川不辭勞苦，絕無怨言，樂呵呵地去做。剛上麥積山，對周圍環境不熟，稍後，董川帶領同學們利用晚飯後的時間上山打柴，打來的柴火代替燒煤，少用煤，節省下來的錢買肉買菜蔬，真是好當家人啊！我們這些自願上山打柴者，每人腰裡纏一根草繩，一路縱隊從山腳下沿羊腸小徑往山上爬，一路山歌聲飛揚：「我腰裡掛著腰牌，上山打柴去買賣……」這近乎吆喝的唱腔唱詞都是董川教我們的，好像是從京劇人物孟焦的唱詞套用過來的，記不清啦！我們這群從京城裡來的青年人在這遠近幾十里不見人煙的荒山野嶺裡為所欲為的吼、喊、叫，開心死了，盡情釋放，釋放什麼？無人追問，也不用回答，吼喊叫代表了一切！偶然看到一個老鄉從山拗子趕幾頭牛走過，我們都十分新奇和興奮，猶如見了星外來客，駐足相望，但從不搭腔，因為語言不通，他不懂京裡話，我們不明當地方言，所以相互傻傻相望而已，董川試著比劃著溝通過均未成功。老鄉脖子腫大如瘤，幾乎人人如此，可悲呵，他們的體內過度缺碘所致，據說海鹽中含碘元素，不過地處如與世隔絕的地方，哪有人關心他們的生命，滿足他們的生活必需品？夜間，我聽到從山谷中傳來清脆的篤—篤—篤長鳴聲，傳送攸遠綿長，問董川，他告訴我是蛇鳴聲。說起蛇來，麥積山真叫多啊！有時在山腳下的小廟殿堂裡都看得見它們悠哉悠哉遊動，有時蜷曲地盤在牆腳跟頭像一個草編蓋子，真嚇死人，但沒有聽說被蛇攻擊或咬傷過，也不記得有人傷害他，也許是遵守佛教不殺身的戒律的緣故，互不干擾，和平共處吧。

我們專業實習，董川和季師傅做飯供我們一日三餐，大家習以為常，不覺奇怪也不感激，更談不上內疚。董川怎麼會熟練地做大灶廚房裡的各種活，說起這話頭，不得不說這和他童年時期的生活環境有相當的關係。董川，京城北郊昌平縣人，父親早年務農，後到京城西區打工，母親一生務農在家，地不多，是貧農。十二歲那年，他父親把他帶到京城，在崇文門附近的一家小飯鋪做小夥計，專幹拉風箱等雜活，童工做了好幾年，他學會了發麵蒸饅頭、烙餅和炒京味家常菜，街頭巷尾胡同裡小販們的各色各種叫賣聲那時聽多了，耳熟能詳，不知不覺中也能吆喝上了。也就在這求知欲旺盛的時期，他開始學認字。據董川跟我說起，那位小飯鋪掌櫃的對他不錯，有一天傍晚，活做完了，看見他撿舊報紙瞧，於是問他「識字嗎？」他搖搖頭。又問他「想認字嗎？」他回答：「想。」從此這掌櫃的忙裡抽閒盡其所能教他幾個字，董川從此開始了他的啟蒙階段，也從此一發不可收拾，他擠時間認字讀報，堅持業餘學習十來年，一直到後來進人民大學讀夜校提高，才成就了他考進中央美術學院。十多年的艱辛與勤奮，決非局外人可以想見的和明白的，他也沒有對我細說過。

從美院畢業，董川被分配到河北印染廠搞花布設計，地處磁縣京廣鐵路西側，離響堂山石窟僅一箭之地。那是半山區，盛產核桃、紅棗、柿餅，他幾乎每次回昌平看望父母雙親路經京城，總抽空過來坐坐，捎些土產給我們家的兩個孩兒嚐新，我妻子又特別喜歡董川待人誠懇、正直豪爽的性格，所以熱鬧和歡樂總伴隨他的來到，無話不談，斗室中笑聲陣陣。董川早就剃光了頭髮，無論陽光照耀或在燈光下頭頂都閃閃放光，海明和海蔚尊稱他「亮伯伯」，亮伯伯撫摸著他倆的小平頭，戲稱小和尚，從藍布兜裡大把大把掏出紅棗等山貨來，大有布袋和尚的架勢。亮伯伯一來，自動佔領廚房，操刀做菜，喝酒吃飯，飽餐一頓。有次他說話了，嫌我們的菜刀太鈍，不好使。哪知他下次來時特地攜來一把菜刀，一進門就舉起來幌兩幌，嚇了我一大跳，忙不迭叫他拿進廚房。可能就是這次來，我們還約了王瓏過來喝酒，他們倆喝了一瓶六十五度的二鍋頭，都聲言先前一人能包一瓶，以示英雄氣概。那天王瓏有點頂不住，臉色發青，說了許多平日不敢宣揚的好玩的私房話，一再聲明沒醉酒。董川還是很老到，臉色略泛白，既未胡言又沒聲明沒醉呀！人生真是難得一醉，臨到邊緣，理智出來干涉，難啊！說起吃，又想到一件吃的故事來了，我在美院讀書五年，全聚德烤鴨店西鄰美院，近在咫尺，烤鴨香味陣陣送來，聞過不計其數次了，可是五年內從未踏進烤鴨店一步，唯一原因就是囊中羞赧咯。畢業分配前夕幾乎到了無書可讀、沒事可做的萬事休的狀態，一天傍晚，董川拉著清枝和我去全聚德吃烤鴨，他說我知道你們還沒吃過，不過從這店門口經過總有一千次了，今天慶祝我們即將畢業。就我們三人，要了一隻鴨，我第一次看到片好的焦黃的鴨皮，第一次品嚐香脆美味的北京填鴨製作的烤鴨，其味美不可言。

董川從印染廠調到河北師範學院任教職，後來又隨學院從宣化市遷回石家莊市現在的校址繼續執教，有一回他帶一班學生到北京參觀故宮等古藝術的機會，我們見了好幾次面。當我們得知他與侯玘榮結婚時，幾次邀請他倆同來北京，他稱已轉達了，以靦腆為由終未成行。

董川在書法方面的成就大於繪畫，書學初師趙撝叔，又臨昌碩老石鼓文，傾心吳昌碩和白石老之治印，一路摸索前行，他未曾正式拜過老師，全靠自學。任河北省書法家協會副主席時結交了不少書畫界朋友。九十年代初，他送我隸書「平龢」兩字，秉筆直書，濕筆與幹筆互滲，遒勁中透露出一股霸氣，至今懸掛在我家客廳。他的寫意花卉〈清供〉、〈三味〉、〈水仙〉、〈蘭花〉，常以書法入畫，稚嫩與老拙共生；色彩濃烈飽滿，生機盎然，他的〈水仙〉掛在書房裡，一如日夕與之品茗談藝。他為我治〈土弓先生〉、〈海雪〉和〈江南一癡〉等閒章，豪邁超脫，深合鄙意，日日陪伴我於案頭。董川編著的《中國書法史圖錄（幻燈片）》，收歷代書法名家範例二百種以上，附文字近十萬言，上世紀八十年代後期交由《中國美術報》社出版發行，頗受書法界同仁及初學者青睞。

一九八八年董川兄帶河北師範學院學生到故宮博物院遊學時所贈〈蘭情〉喻君子之交，同贈的〈平龢〉兩字一向掛在客廳裡，警醒不才。他的字氣度非凡，一如其人。

大約在八十年代初，清枝兄已離美術研究所返回老家鼓浪嶼，任教職於廈門工藝美術學校，時已升任副校長。為該校教師評學術職稱，需補一門中國美術史課程，遂邀董川、王瓏和我三人鼓浪嶼一走，分上古、中古、近代三段分擔講課，講課結束，作一次考核通過檢驗。清枝兄嫂王秀灑照顧我們頗多，熱情周到，令我們感受到家庭溫暖的氣息，清枝兄的兩女一子活潑可愛，跟我們混得很熟，親如一家。鼓浪嶼的物價昂貴異常，令我印象深刻，普通小吃店鋪一碗陽春麵竟索價十二元。問清枝兄，清枝平淡地說：就是如此。海鮮又多又便宜，一個週日早餐，清枝兄嫂招待吃海產小青魚，端上桌面一大盆，足有十多條，每條約近半斤，碼放得整整齊齊，真不知怎麼下筷。清枝解釋給我們聽，整條魚煮，不刮走魚鱗一齊煮的魚，味道特別鮮美，鼓浪嶼菜系的特色，吃時整條夾走，慢慢享用。董川不習慣，說太腥，難於下筷，我和王瓏倒還能應付，初時有些不適應，大家一齊上，熱熱鬧鬧，腥味也淡化了，我能接受。

講課之餘，我們四人常聚談遊玩，十分暢神。鼓浪嶼面積本不算大，一個月下來幾乎走遍了每一個角落，登山顛觀海上日出，臨水灘送晚霞安眠。島上沒有一輛機動車，沒有尾氣排放，空氣特別清新、純淨，穩居全國第一。全島運輸全靠人力，三輪車、排子車和自行車幫忙，還有挑擔肩扛，民風古樸，漫步街頭，悠然自得。有一日我們爬到一個小山坡上，清枝兄遙指前方綠樹叢裡掩蓋著一幢三層紅頂樓房告訴我們：「這是鋼琴家殷承宗的家。」正說著，也不知從哪幢樓裡飄出斯特勞斯的〈皇帝圓舞曲〉旋律來了，真不愧為音樂之鄉、鋼琴島啊！下到海邊，董川帶頭脫下涼鞋光腳走沙土戲水，我們跟著個個光腳浸水走了一陣。

遠觀海面平靜如鏡，星星白帆點綴在碧綠色水面上，爽心悅目。我們又折上山來，穿鞋走路，突然一大發現突兀於眼前，一幢彩繪八角亭築在三叉路口，四周圍牆，僅有一門出入，上下兩層瓦簷，互不相聯，中間鏤空透氣。看了大惑不解，及至走到近處，董川大笑曰：「非涼亭，乃廁所也。」一眾異口同聲：「進去留念。」一入得亭內，更是驚愕。蹬坑分內外兩圈，外圈向內蹬，內圈向外蹬，均無門，取開放式，每位賓客辦事時竟面面相覷，一無遮攔。內外圈相隔一米有餘，中間為人行通道是也。亭中心地位立一圓桶柱子，中空，直沖雲天，乃為排臭氣所用。奇哉怪哉！全中國第一廁所之奇思妙想。董川信口拈一首打油詩記其亭，令我輩拍手哄笑不止，可惜我現已忘卻不記一字一句，否則也可供讀者諸君捧腹了。

一九八九年社會動盪不已，董川兄委托朋友送來祝禱詞〈樂壽〉，虛齡已屆「知天命」之年。

＊＊＊＊＊　　＊＊＊＊＊　　＊＊＊＊＊

我站在董川用過的書桌旁，環顧書架，突然看到《畫論叢刊》一套上下兩冊的精裝本依然排列在書林之中，那麼熟識呵，久違的老友。大約在大學三年級時，王遜先生開古畫論課時購的，我沒有錢買，還向他借閱過。董川十分尊重王遜先生的淵博學識和品德，知道了王遜先生身患肺病，每當先生上課，必打一暖瓶熱水放在教桌旁，方便先生飲用。

我站在董川用過的書桌旁，耳畔響起侯玘榮的聲音：「學生們特別喜歡老董，幾乎每天晚上都有學生來，圍坐在書桌旁、沙發上，老董跟他們說藝談天，打成一片，時不時展紙磨墨，書畫一通。我去休息了，他們興猶未盡呢！後來還有了書協的事，社會上學書法的人也常來家找他，你知道他的脾氣，總是歡迎，就不知照顧自己的身體，天天弄得很晚。」

董川老大哥從一位拉風箱的飯鋪小夥計，經過自身鍥而不捨的磨礪，考進中央美術學院，終於成長為一位受人尊敬的書畫家、篆刻家；董川老大哥誠懇待人、耿直狷介的品格猶為可貴；老大哥董川坦蕩不拘的君子之風，永遠令我輩尊敬和懷念！

二〇〇七年深秋楓葉凋零時於靜虛齋

十一、記遠林

遠林兄和我相識回想起來已有近四十五年光景了。那是一九六〇年秋天裡，我們同時考取中央美術學院，他來自四川成都，我從江蘇來，都是外地學子。他個子不高，臉龐不小，似乎不太愛多說話，很安靜。我也是不善談話，剛到北京，普通話也說不好，遠林的四川口音也很重，所以他和我的初期處境差不多，在他人看來性格上都有些孤僻。

那時節，電視機還很稀罕，整個學院只有一台供我們學生觀看，放在共同課教室。電視節目也有限，白天沒有節目播送，只有到傍晚中央人民廣播電臺播送新聞聯播節目時，電視臺也開始播送新聞。新聞之後有兩三個小時的文娛節目，當然都講究思想性並強調政治教育功能，大不像現今的不三不四節目充數。大約十一點鐘之前就沒有節目了，即使如此，也很滿足了。記得有好長一段時間，遠林自動接替雕塑系何姓同學擔負起每日開關電視機的責任。前面說了當年電視機當寶貝，怕被弄壞，需專人負責，並在電視機外面加做一個木箱，箱子上加一把鎖頭，由遠林掌管鑰匙，這樣其它人就無法播弄了。每到節目開始前約十來分鐘，遠林去打開外面木箱，並調校畫面圖像。因為早期電視圖像和音質都不很穩定，調校很煩難，不是很容易的，遠林總是很耐心細緻地做。其實他也不懂電視機結構和接收技術，弄多了，時間一長，他成了公認的這方面專家。所以有時候遠林調校好後回教室上夜自修了，遇到電視機中途發生故障，他常常被叫出去，碰到這類情形，遠林總是不厭其煩，二話不說，放下手頭事，急匆匆走了。

相處一段時期後，知道遠林的家境不是很好，雙親過早地謝世，撇下他和一弟一妹，兄妹三人獲得叔叔照料頗多。遠林依靠國家助學金讀完初中高中，那是很不容易的事，鍛鍊了他刻苦耐勞、克勤克儉的品格。到了北京讀書，他享受全額助學金，生活是我們全班最儉樸的。藍色學生裝外套洗到泛白，領口、袖口和臂肘處磨損了仍然穿用，好在那年代提倡以樸素為榮，有口頭禪為證：新三年，舊三年，縫縫補補又三年。累計九年功夫才穿壞一件衣服呢！遠林也有奢侈的地方，那就是每月總要買半斤糕點吃，說是為解饞，還不如說為填飽肚子哩。那個年代，填飽肚皮難之又難，沒有東西吃。定量低，肉食少，正值年輕人長身體階段，真沒辦法可想。政府每月發給我們可買半斤糕點的一張無價紙券，只能買糕點用，不能頂替糧票買大米、麵粉或玉米粉等等，反正死硬如此規定，所以遠林和我們大家一樣每月奢侈一回，現在說說都禁不住眼睛發酸快流淚了。

大約三年級上半學期，班上團支部改選，遠林被選為支部書記，國霖和青枝任委員，他們三位都跟我友善，動員我加入共青團，我就是在下半個學期遠林任內加入的。遠林在畢業前夕被發展加入共產黨，預備期一年。哪裡知道翌年（一九六六）發生了大事，全中國大亂，叫文化大革命的運動洶湧澎湃，不用說學院的院長、黨委等系統頭頭腦腦的全都靠邊站，更名為走資派或特務、反革命之類，就是中央政府裡、共產黨的第二把手劉少奇等一大批頭面人物也被弄得雞飛狗跳，什麼叛徒、內奸、工賊、現行歷史反革命天天出，還有什麼小爬蟲、變色龍、封建餘孽、地富反壞右分子湊熱鬧伺機破壞大革命，總之，革命的花樣層出不窮，就是把遠林預備期一年的事耽擱了。待到又各歸其位，各司其職的時候，新一班黨委成員安穩坐下來開會，已經過了好幾年，當有人提出遠林轉正一事時，一查新黨章規定超過一年未轉正的預備黨員，取消其資格。倘若要入黨，得重新來過，重新寫申請報告、重新填表、重新討論、重新上報審批……重新……遠林就是這樣不明不白地把一個黨員資格丟了，全不關他的事，就因為那場所謂大革命的緣故。當然這件事給遠林造成了不小傷害，打了一個不輕鬆的心結。後來又纏七纏八了好幾年，我們談起這件事時，我曾勸他：算掉，拉倒吧！他斬釘截鐵地回答我：「咽不下這口氣！一定得入！」他說得也有幾分道理，遠林就是這種脾氣。再後來聽說他在一九九三年如願以償，總算跨進了那個門檻，了卻了這個心願。可千萬不能忘記，前前後後總共折騰了他整整二十八個春秋！其中什麼滋味？只有遠林他自己最清楚，真的是不能為不知者道也。

畢業後，遠林和青枝被分配在美研所工作，我留在系裡任教，雖說兩個單位，仍然同在一個大院裡，同住一幢單身宿舍樓，房間挨著，貼隔壁，我們三人見面聊天的機會比學生時代還多。冬天天冷，遠林喜歡臨睡前喝一小盅北京二鍋頭酒禦寒，他很有節制，從未因喝醉而失態的。

再後來我們都被發配到河北磁縣農場，由穿軍裝的小青年管教，白天排著隊大聲唱革命歌曲下地幹活，晚上學毛著，挖資產階級壞思想，交待問題，或者互相爭鬥批評幫助。我被編入一排，遠林、青枝在二排，同在一連，但很少見面了，因為最嚴厲的時候我們上茅廁都要向班長請假，禁止私自串班聊天，這是革命的需要。這時的我們，包括白髮蒼蒼的老教授們，甚至院長吳作人跟我們這般年輕助教一個樣，統一名為臭老九，只有老老實實接受貧下中農再教育的份，其實全是軍隊管。有時正好碰上遠林和我同一天當值到伙房打飯菜，又是差不多同時到達伙房，就會見上一面，不過也只是點頭示意而已，不搭腔，生怕被人告發傳遞訊息，扣上破壞革命的帽子。所以這段日子沒有什麼來往，不過互相見到，就明白對方沒出事，真是萬幸了。

八十年代初，噩運飄流過去了。我調入美研所研究宋元兩朝繪畫史，和遠林做同事，直至我漂泊離去，這十年間，我們倆在業務上合作的機緣多了。可惜青枝在三幾年前已返故里——得天獨厚的人間天上廈門鼓浪嶼教書去了，否則我們三人合作做事更具興味。遠林和我第一個合作項目是共同創辦美研所學術季刊《美術史論》。我去美研所不久，發覺本所沒有一份發表研究成果的刊物，所內學術交流缺失管道，更遑論對外交流，美研所在國內藝術界也是默默無聞，被戲稱為養老所。於是我萌生建議辦一份刊物的念頭，跟遠林一說，他很贊同，後來由我起草了一份報告給所領導，當時代理所長江有生看了報告就對我說：「你來辦好了。」這樣我們倆又找徐書城商量，他也一口答應，三個書生不取分文、光憑一腔熱情就幹開了：申請刊號、聯繫印刷廠、組稿……忙得不亦樂乎。遠林為《美術史論》付出心血多多，組稿、審稿任勞任怨，按時高品質完成，從不拖延。他任編輯部主任時，編輯人多事雜，不免意見紛爭，碰見疑難和不盡人意的人和事時，他極少發火埋怨別人，往往有氣往肚子裡咽，這點我做不到，實在憋不住時，明知不好，我仍會發，他卻不，在我心裡很佩服他，但從沒有當面對他說起過。只說幾年過去，這刊物稍有成績之際，有個業內權威大人物垂涎了，使出手段光天化日之下硬從我們手中搶奪，我自知無力與之講理，只有退避放棄為上策；書城乘機也撒手專心著書，並離開美研所。只剩遠林還為它工作。再後，有朋友告訴我《美術史論》被更名《美術觀察》繼續出版；再後多年又傳來《美術觀察》主持人因貪污受法律制裁的醜聞……可我一直不知道遠林做到哪個時節纔離去刊物的。

八十年代中後期，遠林還和我合作編輯《中國美術報》，他負責第三版——書畫版，他做得投入，也很出色。漫畫是遠林的喜好，畫漫畫，也研究漫畫，他和畢克官先生合著出版《中國漫畫史》。在報上他寫過和組織過一些討論漫畫創作的文章，尤其關注幽默漫畫、人民內部諷刺漫畫藝術，完全可以肯定地說，他對漫畫的進步做了許多有益的事，有大貢獻。

再有他編的第三版上發表長篇連載〈蔣碧微回憶錄・我和悲鴻〉、龐熏琴〈路是這樣走過來的〉都十分受讀者歡迎。有一陣子，風雨急驟，雜音燥動，他找過我，問我怎麼辦？我回答他：少聽閒言碎語，只管編你的。其實我內心焦慮異常，無從言說。應該說這一段時光我和遠林十分默契，難以忘懷。

黃遠林漫畫像，
丁聰 繪。

人生苦短，世事無常。自從《美術史論》亡去，《中國美術報》又被迫關門大吉。我從孔夫子言「乘桴浮於海」。這就有好幾年與遠林音訊不通，雖時時在念中，卻不知從何說起，說什麼好。

今年六月抵京城做點私事，一日，拜訪程永江老師，他告訴我遠林兄剛剛仙去的消息，不勝驚諤，許久不能言。過三日，我去遠林兄家，向遺像深深三鞠躬，一時間種種往事湧上心頭，遂與他的妻子、女兒話說以上所記一切。

遠林兄先我而走，但不寂寞。我班已有先行者王栓柱兄，其時他年僅廿八歲，他是被革命大洪流卷去，並冤枉他自縊於崇文門外一家煤棧。其實栓柱為他殺無疑，至今真凶隱匿未逮。再有，我班老大哥董瑞泉（號川），教授，書畫家，也于十年前不幸辭世，剛過六十大壽。還有楊思疇織染圖案設計師，早董川三年走了。遠林兄和他們三位都是同窗好友，我相信他們四位在那個世界，閒時相聚，談笑風生，品茗飲酒，別有一番情趣，斷非娑婆世界紜紜眾生想像于萬一。

遠林兄，等著吧！現在還苟活現世的我和我的同學們，或遲或早，用不了幾年功夫，將無一遺漏的去到你們那個世界，同你同瑞泉同栓柱同思疇又相聚一堂，再次上課。

二〇〇五年九月八日於溫哥華

十二、悼星星

回到北京後的第三天上午，我掛電話向程永江老師問候，不料話還未說到三句，程老師以沉重的語氣告訴我：你可知道兩個月前蕭星去世了?!

我驚呆得說不出一句話。

蕭星竟走了！

我和蕭星已有十八個年頭沒見面了，但不是十八年來我沒有得到過他的音訊，前些年我知道他一直工作在《中外文化交流》雜誌社工作。這份雜誌由駐溫哥華的中國領事館按期每月寄來的，我從雜誌內頁上讀到蕭星的名姓，標示的職務有美術編輯和編輯委員兩種。在異國他鄉每每看到大學同窗老友的名字，一種莫名的異樣的感覺油然而生，興奮又欣慰，猶如報平安一樣，暗暗為他慶倖。不只一次手指著蕭星的名字告訴那邊的友人，這是我的老同學好朋友。

當下驀然聽到蕭星的愕耗，實在是太突兀了，實在無法令人相信。蕭星年輕時代偉岸俊秀的形象在我的腦際逐漸顯現並不斷擴張，充塞得滿滿的。

一九六五年大學畢業，蕭被分配到《美術》雜誌工作，這份雜誌是由中國美術家協會主辦的，對他是理想的工作單位。在大學就讀期間，他就顯現了對美術現狀的關心和偏重，並不時作木刻插圖和速寫，繪畫才能足以躋身於全班前矛。新年臨近時製作賀年片，他的木刻蒲公英，簡樸又淡雅，列為上品。《美術》雜誌分配給他一間住房在美術館後院幾排平房裡一間磚鋪地面座東向西的房間，有暖氣，但無液化氣，做飯得用蜂窩煤球爐，在我這個不會使用它的南方人看來十分的不方便，蕭卻不以為然，也許他久居北方的緣故，操作似乎毫不費力費神，晚間臨睡時封火，第二天早上取封，加一塊蜂窩煤，不一忽兒，火苗直往上竄，坐把水壺，不需十分鐘，就可沏茶了。那段日子我住美院宿舍，從王府井走過去不過三小站路，十分便捷，所以互相往來頻繁。

平靜的日子總是易逝得很，不到一年功夫，一九六六年初夏文化大革命運動氣勢洶洶襲來，個人的命運被全民政治運動所裹脅，蒙裡蒙懂隨著潮流或東西或南北擺佈，什麼集體學毛著學報紙社論，集體討論談思想，又組織集體去清華北大等大學看大字報，回到本單位也被要求寫大字報，揭發批判走資本主義的當權派，整個社會、單位如打翻的沸騰的鋼水奔瀉而出，混亂不堪。蕭星忙什麼，不甚清楚，大概也逃不出這天下大亂的大勢，在裡面翻滾。接下來叫大串聯階段，革命造反派到全中國大中小城市學校工廠等等單位煽風點火，將「革命無罪，造反有理」的口號喊得響徹雲霄。我們學校唱空城計，人都走光了。我和清枝商量去了四川成都，又想去重慶，陰差陽錯，被火車拉到西安。我倆再一計算，還不如去遙遠的新疆好了，當時只覺得跑得越遠越好越過癮似的，於是去了烏魯木齊、石河子，第一次目睹維吾爾族、哈什克族和克孜克爾族等人的生活境遇，給了我們太多的刺激和新奇感。一個月後回到北京就不自由了，學校來了工人宣傳隊、軍人宣傳隊來領導管理學校。不知哪一天又和蕭星聯繫上了，知道他們單位也受工軍宣隊接管了，不久他被選為美術家協會的文革領導小組成員，大約是因為他家庭出身好的緣故，他父親是從延安時代就參加了革命隊伍的，屬高幹階層，還有蕭本人也有執言仗語的好品德，有群眾威信。

蕭星在一〇一中學讀書時，有個戀人叫楊世昌，高佻身材，清麗聰明的臉龐，能歌善舞。大學三年級時，蕭時常帶她到學校來玩，小楊性格開朗，和我們聊天落落大方。她似乎沒讀大學，中學畢業後去了空軍政治部文工團合唱隊。有一天，她奉命調去甘肅蘭州工作，專業仍是歌唱，軍隊裡調動真不知為了什麼原因，蘭州、北京山高路遙，時間又在作祟，蕭和她之間的關係似乎生出隙間來，恐怕起了疏遠感，愈行愈遠，有一陣子，蕭痛苦又消沉，最終放棄了，熱烈地愛過，卻未走入婚姻。其間原故，我未親自問詢過蕭，所以至今仍是個迷。記不清哪年哪月，蕭星認識了一位北京姑娘，名字叫趙晶輝，滿族人，家住前門外一條胡同裡。他們的婚禮就在美術館後院的那間宿舍裡舉行，迫於那時代的革命情勢，舊風俗舊傳統舊習慣被一掃而空，代之於唱革命歌曲、吃糖果等革命禮儀，更沒有滿人傳統婚嫁喜事的特殊節目。婚後不久，他們搬到東官房二十六號美協家屬宿舍，跟鍾靈、彥涵住一個院。

小趙是個很會操持家務又很熱心的人，會做一手北京家常菜，還常從娘家弄些食品來請我們這些單身老同學分享。他倆還促成了同學單國強和李淑珍小姐的婚姻，小李原是趙晶輝大姐女兒王彩麗的同學鄰里，王彩麗常同李淑珍到她小姨家玩，所以有機會跟國強接近，日子一久，他們好上了，終成眷屬。

大約在混亂的文革後期或剛結束，蕭星離開《美術》去了《中國青年》雜誌社。不久，《中國青年》分配給他住房，好像在東三環路中段偏北的位置，團中央的宿舍區，因為《中國青年》雜誌是共青團中央委員會下屬的兩大媒體出版物之一，另一個是《中國青年報》。分給蕭的兩室一廳，當時看來十分寬敞。一次，董川從張家口來北京看我們，我和陸慕貞已結婚生了兩個男兒，住在帽兒胡同文化部宿舍區，我告訴蕭老董到了北京，蕭星堅邀董和我們夫婦同去他們家作客，順便參觀參觀他們新房。我們三人去了，當天他倆都很興奮，一一介紹房間結構、各種設備以及如何使用等等等等，我們一致稱讚：「鳥槍換炮了！」冰箱裡儲存了好多葷素菜，由老大哥董川操刀當大廚，我們大家七手八腳當幫廚，不一會兒整出好幾盤涼菜、熱炒來，蕭還拿出一瓶紅葡萄酒助興，特別說明是朋友送的洋酒，說笑話開洋葷了，祝賀蕭星調了新工作，分了新房子，雙喜臨門，可賀可喜，乘著酒興著著實實熱鬧了一番。也不知為什麼，我們在分享快樂的時光，大家心頭藏有一份愁意，感歎世事難料，慶倖好不容易從文革中熬過來了的同時，不約而同地為王栓柱同學慘遭橫禍命喪黃泉而哀傷，歔欷不已。

這時期，好像《中國青年》由月刊改版為半月刊，這雜誌的性質決定了它必定也必須是共青團中央向幾千萬團員和青年進行共產主義宣傳教育的陣地。蕭星先任美編，同時似乎還負責有關傳播美術知識的文字稿。我是怎麼知道的呢？有一天我們見面時他對我說：「你能幫我們寫些稿子吧，介紹西方現實主義繪畫作品，從如何欣賞的角度去寫，每篇千把字，我再配上彩色圖片，刊發在《美術欣賞》欄目裡。」

我聽了有點奇怪，反詰道：「你不怕人家說你宣揚資產階級藝術？」因為文革剛宣布結束，我心有餘悸，多一事不如少一事的心態依舊。

他笑道：「我哪有這膽？我哪能作這主？還不是上面頭頭們定下的題目，他們覺得現在雜誌太死板了，板著面孔教訓人，沒人要看，才想出這招術來。選題圈定在十八、九世紀西方現實主義作品範圍內。」

我答應下來，並說：「試試看，我寫出來，你可改，由你定稿。」

商定每期一圖一文，這就是後來《中國青年》雜誌讀者讀到的介紹米勒的〈拾穗者〉、〈晚禱〉、德拉克洛瓦的〈自由領導人民〉、庫爾貝的〈篩谷的婦女〉》、德加的〈芭蕾舞排練場〉等一組短文，也算在黑屋子裡開一扇小窗口透一束光線，於悶罐車裡吹進一絲涼風吧，聊勝於無。這之後三年，才有《法國十九世紀農村風景畫》帶頭叩開了閉關鎖國又二十年的國門，展示在中國美術館的展廳裡，參觀者人山人海，擠得水泄不通。肖星雖然口頭上說《美術欣賞》欄目奉上級之命而創，但出於我對他的瞭解和後來他處理稿件時的認真負責態度判斷，其中不乏他的主動精神在。為寫這些豆腐乾塊文字，編輯部還寄來稿費，這是文革之後恢復稿費制度以來我第一次收入，為此，我約蕭星我們兩家大人小孩共七口相聚餐廳打牙祭，甚是歡愉。

一九八四抑或一九八五年間，聯合國教科文組織推動全球青年活動，中國是該組織成員國，為響應這項活動，由團中央舉辦一次名為「前進中的中國青年畫展」，蕭星代表團中央方面負責主持這次畫展從徵集、評選作品到展出全程工作。藝術家詹建俊、靳尚誼、劉勃舒、李松濤、周思聰、伍必端、張薔、楊力舟、范曾等都被聘為是次展覽會作品評選委員。經過在中國美術館近一週緊張的讀畫、議論，最終以無記名投票方式決出了近二百幅油畫、墨彩畫、工筆兼寫意人物山水畫、雕塑作品入選。再次以無記名投票方式評委們確認一、二、三等獎獲獎作品，全票通過張群與孟祿丁合作的油畫〈新時代〉（裸體一男一女）被列為一等獎的殊榮位置。當天晚上，蕭星和個別評委陪同時任團中央第一書記的劉某某到美術館看評選出來的作品，劉某某不認同評委給予〈新時代〉一等獎的確認。她發難了，第二天上午她在美術館西小會客廳向全體評委們說，她是外行，不懂繪畫藝術，相信和尊重各位專家的評選結果，話鋒一轉，又說什麼我們要顧及社會影響和社會效果，不同意〈新時代〉獲一等獎，也不能掛在美術館圓廳正中位置展出。最末又要求各位專家考慮考慮再作決定，說完揚長而去。

面對這種局面，我佩服蕭星處事不慌不亂，胸有成竹，沉著應對。當評委們繼續開會時，主持人蕭星說話了：「劉書記的意思大家都聽見了，各位有什麼意見？」

「哪要我們來評什麼？」

「團中央領導來定算了！」評委們情緒波動，七嘴八舌說開了。

此時一個評委願為劉某某的旨意尋找「理由」，指〈新時代〉這幅畫中的男女青年形象比例失當，結構不准等缺點，建議重新投票決定〈新時代〉的命運。伍必端先生據理反駁，他以在中央美院教素描的經驗指出該作品的人體比例、結構均妥當無誤，無此類瑕疵可指摘；靳尚誼、詹建俊先生均從油畫的色彩、造型角度肯定〈新時代〉。現場爭論相當激烈，幾乎人人講出己見，相持不下。蕭星靜聽各種意見之後表示，我們應當自由表達並尊重各種意見，他在形式上作了一點讓步，建議評委們以舉手方式再次表決對〈新時代〉能否獲一等獎的意見。我十分理解此時此刻蕭的處境，尷尬難堪，夾在中間不敢又不甘心不說出他自己的意見，舉手表決一招可見出他的聰敏，把每一個人的本相暴露於眾人面前，包括他自己在內。果不期然，結果壓倒多數評委主持正義，不為外界壓力而昧了良心，走正道，蕭星亦然，堅持將一等獎授予〈新時代〉；只有兩票反水，一個是中青聯成員，一個是當時美術館掌權者。這是我認識的老同學蕭星本色，我與他有共同語言的原因，正在於此。當然，即使眾評委堅持道德原則，堅持專業操守，在那個年月怎能不被長官意志輾得粉碎呢？但蕭星沒有屈服，是有獨立思考思想的人！至於〈新時代〉這幅畫展覽時當然沒份兒掛在圓廳中央位置，被擠到西側廳西南角那個旮旯裡，終於證明了長官的顯赫權勢有多麼強大和不可挑戰性，什麼藝術家什麼藝術統統不過是擺設是花瓶。

八十年代中後期，蕭星似乎有些忙，我也很是瞎忙了好一陣子，手上編輯一份《美術史論》學術季刊，又投入《中國美術報》的創刊、出版工作，現在回憶那時期真不可思議為何我像發了瘋似地做這事做那事，真的應了要把文化大革命損失的十年時間都要補回來這句話了？誤以為嚴冬已逝，真的春天到了。有一次蕭星在電話中跟我聊幾句，讓我感知他對手上的工作不順心，似乎有個婆婆管得十分緊，令他不能放開手施展拳腳，我聽得懂他說的話語背後的真意。所以他透露給我一個想法，他想挪動個窩，去文化部外聯局。可能是副局長于問陶要他去主持一份雜誌《橋》，意思是取溝通中外文化關係搭座橋樑的意思，聽起來蠻令我興奮的，很為蕭未來的工作高興。這之後好像擱淺了，沒進展，也不知為什麼。後來才知道，胡耀邦下臺，天安門大熱鬧，緊接著趙紫陽被軟禁，當然塔尖上的兩位領導人垮臺照例小百姓群裡又混亂胡咬過一通，《橋》的事理所當然地需要放一放了。這段日子，我自己也病得很嚴重，被不名咀蟲咬得遍體鱗傷，自顧不暇，無心聯絡朋友，也不知蕭星心情如何。

風風雨雨過慣了的我們，思維能力業已被污染，衰退了，竟以為天下事本來就是這樣子，見怪不怪了。聽起來很有詩意的《橋》始終未誕生，而過於直白的《中外文化交流》雜誌倒在九十年代中期被寄給我，也就是本文開頭交待的那個情形。

世殊事易，雜誌扉頁上一直刊著蕭星的大名，誰能逆料他卻已經遭受著病魔的折磨七、八個年頭了。這是我從趙晶輝那通電話才知道的，蕭患小腦萎縮症，四肢逐漸喪失活動能力，大腦清晰直至生命最後一刻。常言道，每個人既來到這世上，無一例外的能逃脫離棄這世間一劫，只是在何時以何種方式離去不得而知。記起大學時代的蕭星，愛運動，排球打得好，校隊隊員，動作矯健，靈活敏捷。又記得他的右臉頰眼瞼下部一寸左右，有塊小小的肌肉時不時的突然跳動幾下，還不能稱之謂抽搐，我曾問過他這怎麼啦？他不以為然，既不知為什麼，又沒為此看過醫生。現時我在想，這年輕時代的一丁點兒的不尋常，是否意味了中年以後的他患小腦萎縮症的預兆呢？也未可知呀！

蕭星和我的生肖同屬龍。蕭的父母親都是在年輕時代投奔延安的革命者，一九四〇年在延安生下了他。他的母親好像在蕭星出生時逝去的，他的父親再婚後又生一女一子。蕭對同父異母的弟妹愛護有加，有時帶他們到學校來玩，姐弟倆非常可愛。大約在我們升入四年級那個初冬的一天午後，蕭突然接獲噩耗，他的父親在吉林省農村因胃出血不治辭世，晴天霹靂，蕭星失聲痛哭。他的父親當時任中國人民銀行總行副行長，響應黨的號召和按排去農村搞四清運動，未及半年就此獻身，蕭星生身父母離世，他成為一名真正意義上的孤兒。他父親的追悼會在北京西郊的革命公墓八寶山舉行，我和清枝同學代表全班同學前去弔唁，獻花致哀！他和繼母、弟妹倆在靈堂哭成淚人。按照中國現行等級制度規矩，蕭星的父親屬高級幹部，他就是高幹子弟，類乎《水滸傳》裡高衙內那種角色的等級，可是蕭星沒有染上一絲一毫高幹子弟的驕橫拔扈、仗勢欺人、偷雞摸狗等等惡行習氣，潔身自好，非常了得。他也有一股清高之氣，少許的自視不凡，卻不濫用，只在與世間惡俗氣劃清界線這個臨界點上才顯現出來，十分難得，這是蕭星的品格。

蕭星隨父進城，就讀一〇一中學，畢業後報考中央美院版畫系為第一志願，但把他錄取在美術史美術理論系。進校後幾次提出轉系，終未成，反倒被批為專業思想不鞏固的小帽子，教訓他應服從黨的需要留在史論系學習，當年的時髦就喜歡拿黨的名義拿組織的名義嚇唬人。拿政治帽子治人的伎倆，四海之內皆然，決非美院獨自發明。五年學完，他就去做美編，較之去專做研究或教書等職業接近繪畫多，且自己動手畫的機會也要多些。

一九六三年麥收時節，我們全班去甘肅省麥積山石窟實習兩個來月，有一陣輪到蕭星幫廚，與董川搭檔協助季師傅做飯，差不多一週去一次數十裡外的天水市自由市場買蔬菜糧食。前此老董發現一處賣老北京油餅，當地人稱油裸子，不收糧票，售價高出收糧票的三倍，專有名詞稱：高價油裸子。老董一下子能吞下三張，撐個飽了才拉著排子車，時不時哼著號子回來。這一回蕭星跟著董去出公差，機會來了，董帶蕭去賣高價油裸子攤頭，蕭樂開了花，一口氣連吞了三張還想吃，被董勸阻住了，董告訴蕭這油裸子在胃裡會發脹，撐得受不了。有過這第一次經驗之後，只要有去天水出公差的機會，蕭星總儘量爭取去，而老董也有意照顧他，點名要蕭，心知肚名，盡在會意一笑中。這故事是董川親口告訴我的。現在的青年沒這類經驗，也許覺得可笑，不可思議。那幾年有個專用名詞叫「三年困難時期」，我們大學一年級時去河北懷來縣南水泉村上勞動課兩三個月，蕭星和我和全班同學都吃過一陣子榆樹葉和合玉米粉窩窩頭，現在仍在世又沒患癡呆症的老同學個個都可作證。據說那幾年困難時期農村餓死三千七百萬人吶，我班沒餓死一人。

當下我閉目靜思蕭星，總覺得他本來是能夠做更多更有益的事，創作出更高層次的繪畫作品的，他的智慧潛能遠遠沒有釋放出來，卻被世俗的種種莫名的羈鎖白白吞噬了糟蹋了，實是可惜又可歎！不能不生出生不逢時之慨！

蕭星，原名蕭星星，不記得何年月省去掉一顆星易為單名星的；亦記不清祖藉何方，模模糊糊的印象中他的父親是浙江諸暨藉人氏，倘若此說確然，蕭星還和陳老蓮是同鄉呢！

二〇〇七年初夏於雙松山村

十三、冤哉！王栓柱同學

剛剛讀到汝陽兄轉寄來張廣兄紀念徐希兄的文章，情真意切，十分感人，他們幾位本是一夥摯友，文中有一句話勾起了藏在我心中已經近五十年的一樁傷心事，至今無法釋懷又不能裝作忘卻而默不作聲，這句話是：「文革中，我的同學同事王栓柱因受不了冤屈而自殺身亡。」（〈悼念好友徐希〉）王栓柱決非「自殺身亡」，我們有足夠的理由懷疑王栓柱被他殺，王栓柱被殺害的冤案，被掩蓋了五十年之久，從現在開始必須加倍努力地追查出真相，大白於天下！我們是栓柱的同窗好友，我們不追查，於心不忍，必須以**舍我其誰**的決心大家同心合力做下去，給栓柱兄給社會一個實事求是的交待。

文化大革命剛開始的時候，全國一片混亂，紅衛兵組織到處都有。王栓柱和他一起工作的幾個年輕人也成立了一個組織，都是一九六五年分配到人民美術出版社的大學畢業生徐希、張廣、劉汝陽、張立辰等，自謙名為「紅小兵」。

「紅小兵」在機關裡造反，卻不知這裡面水有多深，帶著面具的正派人究竟是何等角色，因此可能得罪了一些有權有勢的人，處境不妙而不自知。卻在社會上同行業裡贏得了不少同情和支持，名聲響亮。栓柱為人熱情大方、仗義執言，在那種前所未有的大民主氛圍裡不言而喻地被推選為「紅小兵」的負責人，當時名為勤務員，取不謀私利地為大夥兒服務的佳意。

大約在中央直屬單位美術口成立的時候，人民美術出版社「紅小兵」的勤務員王栓柱順理成章地成了美術口幾個領導成員之一。

當年，中央文革小組裡的江青如日中天，但她在投奔延安之前在上海藝文界的種種不願被人記憶的不光彩行狀，卻被作為小道消息不逕而走，江青對此恨之入骨，採取非常手段，必欲趕盡殺絕傳播者方解其心頭之恨，所以把莫須有的罪名扣到被她懷疑者的頭上，所謂反對江青就是現行反革命分子。美術口管轄的中央各藝術演出團體裡，三十年代的電影舞蹈音樂美術戲劇的專家名人頗多，知道江青老底者的嘴怎能封堵得住，也因此美術口成為重點清查目標，王栓柱在劫難逃，於是被關進了所謂的「學習班」，成立「專案組」，逍令他交待反江青的罪行。

神不知鬼不覺，王栓柱突然被人民美術出版社裡的人以「革命群眾」的名義抓走，並投入私牢。據後來揭露出來這私牢設在盧溝橋，七七事變發生地，距離北京市中心前門三十里路程，據說是個舊倉庫，哪個單位的？誰們想到的？沒有人確切交代過，我也沒聽說過更沒有讀到過文字記載，統統隱悪著掩蓋著，偽裝得好像沒有發生過一場血淋淋的謀殺案一樣。

這個王栓柱是我讀大學時的同班同學，性情相投，來往較多。他是從中央美術學院附屬中學畢業後考入美術史美術理論系的，繪畫專業基礎水準顯然比我們高一大截。模樣兒端端正正、大大方方，濃眉大眼，眼球漆黑閃亮，炯炯有神；大四方臉龐，敦敦實實，下嘴唇稍顯厚厚的，笑起來兩個酒窩特別惹人愛。

王栓柱像

我喜歡他的個性，心地善良，熱情活潑又大大咧咧，沒有什麼心計，我們成了好朋友。六十年代初普遍口糧定量少，吃不飽。有個星期六傍晚，栓柱回家前邀請清枝兄和我星期日去他家吃餃子，他說他母親知道我倆老家在好遠的南方，說過幾次了，要他帶我倆去家裡坐坐，包頓餃子吃。第二天晌午前我們真的提了一盒果脯跟著栓柱回家去，栓柱家就在鼓樓西邊的大石橋胡同裡，是一座大雜四合院，外貿學院的家屬宿舍。一棵有了年紀的老棗樹還壯實，枝枝叉叉強罕地直指天空，昂然挺立，給我留下很深刻的印象，至今不忘。棗樹旁是院子裡公共用的井臺，一個水龍頭忙個不停，水不住地往下流淌，栓柱家住西房，坐西向東；栓柱他父親是北京外貿學院的大廚師，星期日也沒休息。母親持家照顧一大家子，栓柱上肩有大姐二姐都已經工作，下有一個小弟弟正讀初中，一個六口之家雖說不上富裕，但過得和和美美、幸福自足。這天，伯母特別用心去早市買了半斤肥瘦相宜的豬肉末，還有茴香、倭瓜和合著做餃子餡，口感特別好，是我生平吃到的最上乘水餃，伯母一個勁地往我和清枝兄的小盤上夾餃子。其實，我心中卻是五味雜陳啊！咳，北京市民每人每月只能買半斤肉吃，此一餐就吃了一個人的定量，佔據全家定量的六分之一，真不解那時年輕不懂世事的我竟連連讚許並能下嚥呢？愚而蠢、笨而貪至極了！

用餐時，伯母詢問我們各自的家庭情況，我倆一一如實作答，不敢有一絲虛言；伯母同時告訴我們她的老家，原先是白洋淀的莊戶人家，沒有幾畝地，生活很艱辛，後來嫁了栓柱他爸一起闖蕩來北京，起先在街頭小飯鋪做小夥計，後來經住在北京的老家人介紹到外貿學院食堂工作，一路走來，只求平平安安過日子，現如今孩子們爭氣，工作的學習的也都守本份也就知足了有福氣了。伯母一席話，令我一生受用不淺。那天臨別時，伯母千叮嚀萬囑咐，一再說現在認識家門了，叫我們倆常去，反復說「這裡就是你們的家」，把我們一直送到大院門口。

可能是二年級時，栓柱被選為學院學生會副主席，分工管文娛體育，倒很適合他熱情好事的性格。對了，六二、三年叫做困難時期，栓柱聽學院黨委的安排組織週末舞會，放鬆大學生們緊繃的精神壓力，實在是當局怕出事，所以每逢週六晚上在大禮堂放音樂學跳舞，好不熱鬧。我們班只有一位女同學，俗稱和尚班，又幾乎沒有人會跳舞，根本活躍不起來。我也不知怎麼忽然想到周以良兄來了，他是我的老鄉兼朋友，正在中國戲曲學院讀書，胖乎乎的身材，跳起舞來特別靈巧，飄飄然的特別有味。跟他一說教我們班跳舞，他就答應了，那個傍晚我介紹栓柱和他認識了，先在我們班教，很方便，大家動手把課桌和椅子往四牆邊一推，中間空出一個場地，教室搖身一變即舞場，同學們笨手笨腳都摹仿著搭肩摟腰學走舞步了，盡出洋相，真要笑死人。教了幾次，栓柱又邀請以良兄去學院大禮堂教舞了。就為這教舞，他們倆成了至交摯友。

栓柱和我同學五年，年年有下鄉勞動實習，記憶清晰的第一學期一開學，沒有在課室上一堂課，就去河北省懷來縣南水泉村勞動兩個多月，學院黨委書記寫文章一本正經的名之為〈勞動課〉，弄得我一頭露水，栓柱沒有這疑問，隨遇而安，難怪大家認他為樂天派呢！還有一次去京東郊校辦雙橋農場勞動，乾草舖墊睡地舖，白天勞動不算累，伙食又有大改善，不僅白麵饅頭隨意吃，而且天天有紅燒豬肉或雞肉吃，更有剛擠出來的未經消毒的牛奶，每天早餐不限量提供隨意喝，一週下來，同學們個個精力充沛，正愁無處發洩，正好週末來臨，栓柱發動週末舞會，帶頭齊聲高唱當時流行歌曲雲南少數民族的〈快樂的羅梭〉，群情激奮，鼓掌擊拍，你雙手扶我雙肩，我雙手扶他雙肩，像糖葫蘆一般串起來繞著圈子不住地轉，嘴裡，不，喉嚨裡似唱似吼裡嚎叫著〈快樂的羅梭〉，都是二十出頭的小夥子，你說有多快樂就有多快樂，你說有多瘋狂就有多瘋狂，你說有多傻氣就有多傻氣，總之，栓柱是我們的快樂、瘋狂和傻氣的帶頭人，是我大學時代的頂好朋友。

一九六五年暑假五年大學生活結束，栓柱兄和汝陽兄分配去了人民美術出版社工作。一年之後文化大革命運動自天而降，以迅雷不及掩耳之勢席捲全中國，這就連接上本文開頭敘述的故事了。栓柱和我們同班同學一樣年輕熱情，一樣幼稚無邪，根本不明白這場殘酷的政治運動的背景、陰謀，我們根本就是一群傻瓜，每個人自身和所處的具體環境略有差異，然而栓柱他不由自主地涉入這驚濤駭浪的混沌的漩渦，最終被這架瘋狂的絞肉機吞噬了年輕有為的血肉之軀。

生動活潑的栓柱從被綁架關押到被發現在崇文門附近煤棧吊掛著他的遺體，前後只有幾個月時間，這期間只有那些專案組成員或者還有有關人員見過他，他與世完全被隔絕。緊接著工宣隊主持召開人民美術出版社缺席批鬥大會，咒罵王栓柱是自絕於黨自絕於人民的現行反革命分子！死有餘辜！口號聲震天價響亮，憤怒的拳頭伸向天空！這是當時標準的官方導演滑稽劇。並且很快火化王栓柱遺體，被滅跡，打掃得一乾二淨，偽裝得就好像在這個世上從來沒有過王栓柱這個人一樣！妄圖把人們的記憶完完全全抹去，這麼掩蓋只有一個理由：有人犯謀殺罪，有人是主謀，有人是劊子手！

現在我將這案子的疑問寫出來：

疑問一，決定關押王栓柱有哪些人商量的？商量了哪些問題？

疑問二，王栓柱專案組由哪些人組成？怎麼分工的？各個人負責什麼？

疑問三，哪年哪月哪日抓住王栓柱的？地點？有哪幾個執行者？王栓柱的反應是什麼？

疑問四，用什麼工具、怎樣押送王栓柱的具體過程、一路上的細節描述。

疑問五，王栓柱被關押到蘆溝橋之前有沒有中間轉運站？

疑問六，王栓柱被關押的蘆溝橋附近的確切地點，具體描述他的被虐待細節。

疑問七，王栓柱被關押期間的受虐待打罵淩辱等細節描述。

疑問八，王栓柱被關押期間的交待材料在哪兒？是否被動刑了？遭受過哪幾種刑罰？身體受傷害狀況詳細描述。

疑問九，如果按照當時人民美術出版社官方的說法，王栓柱越獄逃跑了，又逃跑到崇文門附近自盡的，那麼我的問題是：一、哪年哪月哪日幾點鐘逃跑的？看管人什麼時間發現的？二、怎麼尋找的？怎麼找到崇文門去的？三、由當事人看管者講清楚發現王栓柱不見後，他們做了哪些事的細節和具體過程？四、當日王栓柱的身體狀況，應具體描述。五、當發現王栓柱的遺體在崇文門後，後續的處理包括屍檢、運送、火化等等詳細情節，當時是怎麼做的？哪些人具體負責？上面是哪一級負責的？

疑問十，我認為王栓柱不可能自殺而很可能是他殺，被虐殺。王栓柱被關押幾個月後，他有沒有交代了所謂的「罪行」？如果屈打成招，交代了，等待定罪判刑，跑有何用？如果堅貞不屈拒不交代，那麼很有可能專案組人員對他用刑過重致傷致殘，醫治無效而死亡；或者用刑者一失手擊中要害部位立馬致死。王栓柱被虐殺後，他們為掩蓋殺人罪而設計了崇文門自殺現場。再說，王栓柱被關押數月後，身心憔悴，哪有錢乘車轉車從三十里外到崇文門附近上吊？回城上吊，還不如就近從蘆溝橋上跳下去，乾淨俐落多了；最最不可理解的是他逃跑到城裡卻沒有回家看父母和妻兒，鼓樓和東燈市口都離崇文門很近，只有幾站路距離，那麼他逃跑到崇文門來自盡的理由何在？除非王栓柱與崇文門有不為人知的隱祕的過結了。綜上所述，結論是：王栓柱沒有逃跑的可能性環境、也沒有逃跑到崇文門附近自殺的理由，所以，王栓柱被他人謀殺！王栓柱專案組成員是重大嫌疑人，專案組上級部門亦犯有直接或間接謀殺嫌疑人。

二〇一六年七月二十九日於太平洋東岸的茆簃

*據學友劉汝陽告訴我：「栓柱是六九年十二月一日進學習班，七〇年二月死於出版社附近先曉胡同的煤舖裡。」又說：「先曉的兩頭靠近北總布中間趙家廟、先曉和北總布緊挨著，走路不用十分鐘。」以汝陽兄查證爲準，他幫助糾正了地點和兩個時間的錯誤。謝謝汝陽兄。

十四、記烈州兄三兩事

為出版我們六〇班的紀念集，我搭機於九月三日到了燕山腳下，歷經十八個月的搜集、編輯文稿、畫作和資料圖片等任務終於告一段落，我將U盤交出，接我班的是國強兄，他將負責最艱巨最煩難的出版任務，與出版商協商談判和合作。就在這歇一口氣的當口，傳來同窗好友烈州兄的噩耗，兩天前他駕鶴西去了。京城同窗汝陽兄問我明天去不去天津送烈州兄一程？我不假思索地回答：一定前往。於是馬不停蹄，翌日淩晨我于北京火車南站匯合了劉汝陽、袁寶林、趙晶輝等一行四人直奔天津而去，以期趕上上午八時半在殯儀館的儀式。

袁大公子乾鈞小公子晨超雙雙到車站迎接，在步行回袁家的路上經兄弟倆的介紹，我們得知烈州兄因患心臟病未得到及時又正確的處置而耽誤了治癒之機。嗚呼！常人的機體之脆弱還不如一棵路邊常遭踐踏的雜草，噓籲之間竟鑄成隔世兩茫茫無法彌合的終身遺憾！

五十六年前烈州兄從上海考入中央美術學院，我們是同班，他年長我一歲，但在我的感覺裡比我成熟老練得多，加上他又不苟言笑，嚴肅認真得很。時間長了才覺得他很平易可親，而且為人爽直厚道，有話就說，沒有心計，是很容易相處的。他也有不順心而發火的時候，圓睜著本來就不小的眼球，豎起那一對粗而濃的雙眉，還是蠻令人吃驚的，惹不起。不過這種情形很是少見的，我想這是善良之人遇到不平事時的正常反應。說起他的專注在班上也是聞名的，記得他的座位在最後一排，下午或晚間自修時間他喜歡練習水墨畫，毛筆蘸了水和墨汁有時嫌多了，習慣性地往後一摔，倘若正好有同學走過，這不嚇了一跳，大喊一聲躲開去，或者躲閃不及灑了一身，烈州兄發覺不妙趕緊轉身過去道歉，可是他的臉部表情常常顯露出一種訝異的疑問：你怎麼不小心闖在槍頭子上了？好在同學們互相都很瞭解脾氣性情，不以為然的笑笑罷了。烈州他繼續埋頭作畫不輟。在我的記憶裡被烈州兄佩服稱讚的人不多，董瑞泉（川）是班上唯一被他讚譽為正直的老大哥，真心實意的欽佩他。我已記不清他何時改名為烈州了，大概是受毛澤東主席發表的一首詩中有一句：五洲震盪風雷激的影響。那時節我們都很年輕，不知深淺又容易被煽動，想往著打倒美帝國主義，又要拯救全世界三分之二的被剝削被壓迫的勞苦大眾，烈州之名寓意著五洲震盪的激情。那時候改名字沒有什麼手續的，很自由，自己說改就改，同學們承認叫開來了就成了。烈州兄剛上大學一年級時叫袁義孝，既行義且行孝，也是很好的意思，但放在上世紀六十年代的革命情緒高漲的環境裡也許不怎麼合時宜，好似包含了封建思想意識了吧！不過我沒有就此問過烈州兄，這是我自己猜想的。

五年時間過得快得很，一轉眼就畢業分配工作了，從這時起他到天津人民美術出版社做編輯。一年後文化大革命運動席捲全中國，我們這批年輕不經世事的小知識份子都被搞得七葷八素、暈頭轉向，下鄉勞動改造思想去也，各奔東西南北，又不准互通音訊，更不知下落了。幾年後，待到革命運動煙消雲散塵埃落定，才悄悄地陸續打聽消息找尋同學的情形，慶倖個個還活著，只苦憐見栓柱兄被這場惡毒的革命洪流卷走了殘害了犧牲了。

同窗好友中畢業分配到出版社的還有蕭星在中國青年雜誌社，他很關心照顧我，最早叫我寫介紹西方十九世紀繪畫刊登在《中國青年》雜誌封三上，有圖有文，這是我文革後第一次作文拿稿費；烈州兄在八十年代編輯一冊《中國探索性繪畫佳作選》，收入近二百幅作品圖片，也想到叫我寫一篇序文，題目為《二〇世紀墨彩畫的新傳統》，一口氣寫了一萬三千多字。烈州兄拿去一字未動，照收照發，由此可見他對我的信任和看重。

袁烈州像

烈州兄喜歡畫水墨畫，他在編輯工作之餘仍不忘創作，幾年功夫下來，他的馬自成一格，有其精神品格的意味內涵在，那萬馬奔騰橫空出世的氣度正是作者精神境界的象徵，氣勢宏偉又桀傲不馴的品格正體現出畫家寶貴的人格特徵。我喜歡烈州兄的馬正是對他人品的尊重和讚譽。我收藏了他的一幅墨荷，濃重飽滿的墨色浸占了五分之四的幅面，縱橫交錯疊加的荷葉生氣盎然，一點又一點不規則的光點跳躍閃動，這一切的一切正烘托出婀娜多姿嬌滴滴的稚嫩花瓣，紅與黑的色彩激情對比與映襯恰好將整幅畫攪動起來了，鮮活起來了。

哎呀！最讓我難過的是烈州兄與我的約定卻被殘酷地永久取消了，記得我們在電話中討論栓柱兄的淒涼遭遇時，烈州兄誠懇地邀請我十月到燕京後去天津住三夜劇談個夠，我亦爽快答應了他。哪知道我一腳踏上這塊土地就給我一悶棍，我們再也不能晤面對話，我最後一眼看到他頭戴鴨舌帽直挺挺地仰躺著，緊閉著嘴唇不理我，我向他深深地鞠躬致意，我無語我心痛如絞！

二〇一六年十一月五日於太平洋東岸

十五、憶習習

那年初秋時節的一個午後，正下著不大不小的雨，我站在恭王府九十九間房檐下，看見遠處有一位年輕人，中等個兒，健壯有力，右手裡拿著一個包，不打傘，冒著雨急衝衝走來，走近了才看清他濃眉大眼，端正的鼻樑，稍厚的雙唇，剃個小平頭，一副憨厚相貌。聽身邊的人說，習習來了。他給予我的第一個好印象，那是一九八五年的事！

我和他同在《中國美術報》工作，是同事，又都是兼職，平日裡不坐班，所以見面的機會不是很多，當然聊天的機會更少了些。在我的私見他有些木訥寡言的性格，很少見他與人談笑的時候，其實我錯會了，那是他在陌生人群環境裡的一種狀態。後來有一個機會，《中國美術報》旗下的藝術公司要去江南大學接一個雕塑活，有他有我還有其他幾個人一起到無錫與校方負責人見面談方案，習習主談設計方案以及構想，描述將要放置在大學校門口的雕塑，力圖給學生們擴展眼界和思路的啟示，提出以抽象或半抽象的藝術形象來雕造，一開始學校方面似很疑惑：「這樣好嗎？」「這行嗎？」嘴裡解說恐怕學生難於接受，其實更怕他們的上級領導批評指責。這也難怪，因為上世紀八十年代中期抽象藝術在中國仍被官方視為猛獸洪水，貼著資產階級藝術的政治標籤，一般人持觀望態度，只有藝術上有追求者才勇於探索，拓寬藝術創作的路子，用當時時髦的話說，叫「突破禁區」。那麼，習習就是一位實實在在的探索者實踐者。後來江南大學終於被說服，接受了習習們的方案，成就了這一創造，題名為〈炬〉的不銹鋼雕塑現在應該仍然屹立在錦繡江南吧！

一九八八年夏季《中國美術報》成立三周年時，組成了董事會，由港人加入，這在當時應屬首創，張郎郎、程永江、黃錦邦、胡文善等朋友願意出手相幫，共襄盛舉。習習他雖沒有進入董事會，但他為了幫助報紙的發展，提出了由他籌建一家藝術設計公司的設想，作為報紙的第三產業。我相信他籌組「太陽藝術事務所」是經過深思熟慮後提出的，既能切切實實改善報社的經濟，又能學有所用，發揮專業特長，所以他把此設想跟我說，我很讚同。後來他又聯絡張寥寥、任世民等朋友，擬定了一份成立藝術事務所的方案，在董事會裡被正式通過。正當他可以全心全力把「太陽藝術事務所」付之實行的時刻，已經到了一九八九年春天的特定情境，天安門廣場熱鬧非凡，遊行演說，漫畫活報劇，氣象萬千，年輕人已無心思坐在圖書館讀書做事。顯而易見，習習的計畫被外界耽擱了，缺少相應的外部條件，有時候即使再有意義的事情也是無法實行的。就這樣，習習的「太陽藝術事務所」胎死腹中，我相信他是很失望的，其失望也許不僅僅是他的公司而還有更深層的東西。而其時的我已經不能自主，又怎敢奢談從旁幫助他呢！

一九八九年底，《中國美術報》被勒令封刊，死了。其實他死在那年夏季，只是到了年底才發喪。轉年春季，西伯利亞刮來的風沙真大，女人們用紗巾蒙在臉上擋沙，男人們往往被迫往眼睛裡揉沙流淚，順著臉頰往下淌。我生病不輕，眼又壞了，總之哪兒也賴得走，也走不動，走不了，木木地禁錮于斗室裡呆了好一陣子。後來隱隱約約傳聞習習去了日本，又聽說和他妻子江黎小姐在一起，專修自己愛好的專業，我暗暗地默祝他們倆有了好著落，不在紛紛擾擾的泥潭地泡，多好呀！曾記得那陣子，好幾個朋友都有了挪挪地方的念頭，什麼德國、法國、英國、美國，說什麼的都有，人心怎麼不安定呢？聽得我一頭霧水，迷迷糊糊，我就傻笑三百年前板橋小老頭一派糊言：「難得糊塗」，糊塗怎難得？我天天糊塗得很，而且一點兒也不難呵。

一直沒有習習和江黎的消息，偶然耳聞江黎在日本得了學位，夫妻倆不久雙雙返國。確切地知道習習回京的事實是一九九八年春夏之交，我和妻子陸慕珍一起飛到北京機場，習習率領全家人迎接我倆，親自開著中美聯合生產的草綠色切諾基吉普車，我看他精氣完足，如春日楊柳精神煥發，一口氣把大家拉到功德林，他說以前他來吃過，他們的素餐名聞京都。那一天，黃稻陶詠白夫婦也在座，席間感慨久別又重逢的氣氛十分濃烈，頗有隔世之感，慶倖這麼多年漂泊浮游，沒有沉沒卻還能相見敘談，真是緣分。其實說了什麼話敘了什麼情都不重要，重相見就是一切了，此時此景真應套用板橋老的句式——「難得重逢」了。好像記得那個時候，他和江黎已有了愛情的結晶，寶貝兒子達達了，小家庭的樂趣，盡在不言中。

我和習習再見面，又過了四年的春天，地點仍在北京。仍是他們一家子和我們夫婦倆，先到十三陵，我們一大群人三三兩兩迎著煦和的陽光，沿著長長的甬道緩步南行，兩旁齊整挺立的松柏注視著傾聽著看護著我們。然後我們跟隨習習，經過綿延曲折的道路，拐進一山莊小徑，眼前突現疊疊層層的山巒，小河裡流水潺潺，山坡上爬滿了嫩黃的綠葉和星星點點的紅、黃、粉色的野花，這才是真實不虛的漫山遍野的春光。車子停在一座場院裡，習習說：「到了。」這是一座山間別院。我們每個人都興高彩烈，興致勃勃地從車上下來，習習給我們一個大驚喜，給我們一個大歡迎。在朝陽山坡上辟出一塊平地，他和兩個朋友肩並肩蓋了三座各具特色的院落，習習他們的那座在最東頭，站在寬闊的陽臺上向東向南遠眺，高高的山崗上，一座蒼傷而古老的長城紆回曲折忽隱忽現，最高的峰火台聳立在東北方的那個險峰頂端，我們置身于明代人創造的文化氛圍之中，遐想聯翩。此刻，習習正從車上搬下準備燒烤的牛肉串羊肉串雞肉串以及各種果蔬，杯盤刀叉及燃煤，忙得不亦樂乎，忙中抽空過來跟我說一兩句，我才知道這別院是他用了近三年的功夫造就的，常常一人進山十天半個月，從設計施工到室內裝飾都浸透了他和江黎的心血，所以我看這別院像藝術品像鄉間木屋又像遠離市井喧鬧的避難所，體現他倆的志趣和脫塵品格，淡泊、閒適和寧靜是他倆共同的嚮往。他們的寶貝達達剛上小學，特別聰明，尤其對心算獨有一格，祖父母的欣喜溢於言表，習習從不讚一言，至少在我們這些客人們面前不輕加讚語，不過我深深明瞭習習對他兒子深邃的愛護。

豐盛的午餐過後，習習陪同我們攀登明長城，他以地主身份領路，熟門熟路，哪兒路窄難行，哪塊舊磚鬆動，勞他一一指點關照，這時的他，話多了，講述他和朋友怎麼發現這塊風水寶地，造屋過程中的種種困難和這段明長城的傳聞佚事，侃侃而談，給了我們這些朋友許多樂趣，引來陣陣笑聲歡語，這麼美好快樂的一天是習習給我們的最好享受，也是我記憶中的最後一次。

再見習習是二〇〇四年的夏季裡的一天。我好不容易找到江黎在望京的公寓，當我沉重的腳步跨進門去，走進起居室，一眼望見笑容可掬的憨厚的習習照片，我向前一步，定睛望著他，深深地朝他三鞠躬，心裡對他說：「習習，我們這些活著的你的朋友們，都會跟隨你，當然我會排在這個永無盡頭行列的前頭，到那時，我們也許再共同編織那些美麗迷人而未竟的美夢吧！朋友，等著我！」

二〇〇六年十月一日

*當我在二〇〇三大院網站上讀到一篇紀念習習的文字和習習的雕塑作品後第三天，草成此文，以寄託我對習習的懷念。

【輯三】

十六、一匹蒼蠅

夢幻泡影、夢幻泡影……

午後，我坐在圓桌旁的木椅子上，左手握著黑瓷咖啡杯大耳，凝神靜止在這四個字詞裡，含在口裡的咖啡已然涼了還未下嚥……忘卻掉、竟忘卻掉……

嗡……嗡……嗡……

一匹蒼蠅搧動翅膀繞我身軀、頭部自左至右轉圈飛行，打破了周圍的寂靜，他是我即時最靠近的活物，自由行動的生命體。「朋友呵。」我心裡呼喚他。他又飛又唱陪伴我，我感覺回來了。幾乎就在同時他降落到我鼻樑的下部，微微的抓癢，我仍未睜開眼皮，半猜測半似乎見他不安地替換著前後左右腳爪，為了什麼？我不明白。或許他只是習氣使然，根本沒有究竟為什麼。

只覺輕微地被他一蹬，伴隨著嗡嗡聲他又起飛了，大約去找他的家人、或朋友？或者只為找一片更適宜於棲息的地方而已。

我起心動念抬舉眼瞼看個究竟，循著他嗡嗡的歌唱聲引導，看他直飛南窗，那邊廂陽光正旺，真耽心「朋友」他會衝撞上潔淨透亮的玻璃，妄念！他一個急轉彎穩妥地站立在君子蘭葉片頂端，朝左下方傲視我，從那無數個六角形的細微眼光裡照見了我什麼：窩頭形狀的光禿頭頂；嚴霜厲打的乾枯茅草；平緩流淌的河灘裂溝……我不敢妄加猜想捉摸下去。

室內盆栽君子蘭

「朋友」他舉起右前腿撫摩他的右臉頰，輕輕地揉搓，莫非是洗去剛才沾染的塵埃，莫非是稍稍暗示我……我不由自主地也舉起右手摸右臉頰，沒有感覺什麼異常異樣異味在，莫名其妙的一絲恐慌妄念如雷電般掠過心頭。沒注意到他卻已經放下右前腿，而左後腿正盡力向左後方做伸展運動，我這時突然醒悟過來，他並沒有想誤導我，不過是我自己的心不靜不淨不潔的緣故。再看眼下的他紋絲不動，關閉了復眼厚重的窗簾，盡情地受用早春的日光浴，全身心被溫暖煦和的太陽光愛撫著。寧靜致遠，他會懂得麼？也未可知。君子蘭油光蹭亮的橄欖綠色葉片又長又纖麗，舒展指向十方；一如心量恢宏的千手觀音無時無刻都將善意送向人世間，菩薩的大慈大悲更無限延拓至虛無飄渺的未知無盡空間。

「我不想也不會打擾你，我的朋友。」我的心向蒼蠅保證。

我沐浴在這剎那間：可人溫馨的難覓時刻，美妙絕倫的天然圖畫。不禁又祈望凝固此情此境：陽光、君子蘭、蒼蠅和我。一真呵斥：「心知不能得，妄想猶顛倒。」

是的，我於白晝畫一個圓圈，重又回到了原點。

依舊夢幻泡影、夢幻泡影……

二〇〇五年四月四日於淨虛齋

十七、月映菲莎河

丁亥中秋夜，九時許，我驅車來到菲莎河入海口北岸，行遊人稀少，百尺內不見一影。是時，明月披一襲白紗，似隱如現，淡若遊絲的微光幌蕩著河岸，我立在棧橋頂端的木板地上仰望她，素妝中透露了一點淒涼的消息；白紗隨風播弄，下擺向東北方輕送，牽扯了她的披肩和面紗，讓我多一些看清她自然而嬌媚的臉龐；我低頭俯視菲莎河水，不息的微波攪碎了映照在河面上的月光，斑斑白銀般的光點閃爍跳躍，隨波蕩漾，或圓或扁或長或曲或呈鋸齒形或顯葫蘆狀，萬般變化，卻無有重複，更難言複原。

一時，轟隆隆馬達聲由西邊入海口傳來，一艘快艇溯河而上迅疾逼近，我已經看到它開出的兩條水道像大鵬鳥展翅飛翔，由河中央斜刺沖過來，撞擊到岸邊的嶙峋瘦石上汩汩作響，我的明月呀！你會被驅向何方？瞬息間碎銀般的光點蕩然無存，有形可辨的白色光點被粉碎了，也許變為更小的微粒更細的塵埃撒落到更寬廣的河面上，隨著層層迭迭襲來的波紋蕩漾不已，或被拋或被擲或被顯或被隱或被扭或被曲或被抬或被掩被吞噬掉。我再一次仰望中秋夜之明月，此刻的她已除卻白紗，毫髮畢呈，完美無缺地鑲嵌入湛藍的天宇之際，皎潔明朗的純光普照菲莎河水普被山河大地，我也幸運地被沐浴被折服被淨化被陶醉而失卻小我。突然間，河心小島深處傳來一聲海鷗淒厲慘鳴，劃破夜空的靜謐。轉瞬間，這慘鳴之聲由島之東部傳至島之中部和西部，數不清的海鷗慘鳴聲相互傳遞著呼應著護衛著，參差不齊中參透著一個主調，頓時那淒慘的氛圍籠罩住整個兒河面河兩岸河空中，亦正擊中我心俘虜我心搗碎我心。

古聖賢有言：人生猶如過隙白駒，如梭日月；本來無常，恒久欺世；泡影夢幻，驚醒無日。現時的我仍癡迷地獨立面對菲莎河水，卻腳不能移手不能舉目不能轉頭不能抬身不能動，惟頭腦還算能思維，這，這又有何奈何啊？嗚呼！

二〇〇七年九月二十八日中秋節後三兩日

菲莎河口落日，浩瀚的太平洋自開天闢地以來
數不清究竟多多少少回吞噬了太陽。

太陽下山了，水面安靜得不可思議，閑花野草乖乖地佇立在河床畔靜靜的默禱，只有一群野鴨子遠處游曳覓食嬉戲，自然之美沁入心肺。

十八、菲莎河沐浴

下午三四點鐘的初冬陽光特別地舒適、溫暖和隨興，水面微笑的皺紋玩弄著光點不停地又輕鬆地跳躍著，眨眼嬉笑，好像一群美少女們盡情地玩樂，無憂又無慮，永遠不會有終結的時刻到來。一大家族的白色海鷗更是自由自在地漂浮在水面上，縮著頭頸打個盹，那麼靜宓那麼安心那麼慵懶那麼享受那麼齊心，可愛又令人生羨的大家族啊！

東南方向的那家遊艇碼頭今天顯露無遺，一艘艘白色的船身映襯出強光分外耀眼，橫置著的長方塊重重疊疊錯落有致，與那一根又一根直刺雲端的也是白色的桅桿相匹配，真是相得益彰，能有這景致映入眼簾還要感謝初冬的降臨，夏日裡菲莎河南岸層層密密的櫟樹林枝繁葉茂，把那個船塢封閉得嚴嚴實實，外人很難一窺深藏閨閣仙女的容顏。

七八根或三三五五捆綁在一起膀闊腰圓的橡樹大木樁直挺挺站立在菲莎河已經經年累月了，它們累得有的歪歪斜斜有的粗鋼繩已經鬆開有的開始蒙上厚厚的海苔墨綠色變質腐蝕發爛有的已經劈腿走路漂流，可曾想過多少多少年前他們曾經為抗拒狂風惡浪收留下那些駁船巨舶，讓船員們安安穩穩放放心心地吃晚餐或者飽飽地睡一覺呢。待到東天魚肚白顯、天又放明時才解纜啟航，航向那遠離人煙永無盡頭永無天際的遠方……

河畔騎馬少女，請你稍作停留，為你留影。

菲莎河養育的橡樹，年復一年，它們總是守護著母親，無論酷暑嚴寒、風霜雨雪，永永遠遠恒恒久久不分離。

十九、我生命中的大河

長江注視著我從小長大，年少不曉世事的我天天喝她的水，纏在她身畔遊戲玩耍，白天捉小螃蟹、挖泥螺、抓蟋蟀，傍晚撲螢火蟲、抓紡織娘；我看著她斯斯文文地漲潮，望著她落落大方地退潮；那年月我有的是時間我隨興所至地揮霍，從不知節約也不曉反省，糊裡糊塗中長高了身材又增加了年歲，長江她是見證我早年生命點點滴滴的第一大河；菲莎河呢，她是我生命中的第二條大河，那時的我已過耳順之年，似乎已經明白我年華虛度，還積聚起了困惑憂愁悲戚慘痛絕望等等諸多感覺，每當我苦痛難當無處可訴時我就去找菲莎河傾訴，我坐在她身畔，依偎著她，沒有一絲一毫念想，只瞇縫起眼睛似望非望著河面上被微風吹皺的億萬劫波紋，享受它們無時無刻不在傳送給我永無止盡的美景妙語的樂趣；菲莎河面上時不時從西邊入海口駛來一艘運輸沙子的大駁船，打破了那平靜有序的水面波紋而鼓噪起層層疊疊水浪和點點滴滴水花，瞧那氣勢洶洶、一往直前的架勢，幾乎無人能擋也無人敢擋，當然了，它也不過只有驕橫一時，終免不了被胸懷寬廣又柔情濃濃的菲莎河水緩緩容納和輕輕撫平；我靜靜地坐在她身畔，緊緊地依偎著她，默默地領受著她沐浴我受傷的心，任憑她輕柔地撫摸我心的傷痛處，在她無私無盡的愛河中我被洗刷得至淨至純，而且似有所悟，此刻我的心察覺到自己又愚又蠢又笨又傻並隨之顯現出羞澀和慚愧的微笑來。十分可惜的是我太過於遲鈍和不化，要不了多久又要一次再一次的來，依然靜靜地坐在她身畔，緊緊地依偎著她，可貴的是菲莎河她從不嫌棄我冥頑，就像觀世音菩薩那樣以無盡的耐心一次再一次的接納我度化我。——菲莎河啊，我的母親河，你能不能點化我哪一天能長大，不再坐到你身畔呢？其實呢，在我心底裡私下的願望是永遠不想也不要長大，時時刻刻不離開你，永永遠遠緊緊地依偎在你身畔，甚或企望終究有一日擁坐到你的懷抱裡，生生世世，與天地同在。

二〇〇七年十二月二十二日獨坐於靜虛齋慘白燭光下

＊時天大雪，茫茫然不知南北東西，混沌未開；未名重壓又陣陣侵襲我心，深邃的孤寂無助，不竟哀歎這娑婆世界數十億活著的男男女女間難覓一人對面共語，即使同在一個屋簷下的也不能語，至此我問你，難道誰還能禁止我大聲疾呼「嗚呼哀哉」嗎？！

菲莎河秋景，寬闊、平靜、悠閑、安祥、緩緩地自東向西流淌，義無反顧地注入太平洋，極具貴族氣派。

二十、我的情人啊！你在何方？

我的情人啊　你在何方
你不在亞洲大陸喜瑪拉雅山上
你也不在美洲大陸亞瑪遜河旁
哦　高橋　北布鎮　北京城　門頭溝　石家莊　韶山沖　太行山　你都曾孜孜追尋求索
未名湖畔　佛香閣前　昆明湖上　小蘇州河灣　故宮　北海　雍和宮　香山臥佛寺
處處蕩漾著你青春爽朗的歡語笑聲
岳飛立馬昆侖山壯志滿躊放聲滿江紅　放翁本家翹首遠望黃河東流翻濁浪
高山　小島　草原　廣漠　沙灘　風暴　冰霜　雨雪　悶雷　青松啊　滿山遍野
你挺立微笑
小人　大鳥　枯枝　窄道　颶風　惡浪　海嘯　雪崩　地陷　我的情人啊
一切都逃不過你的慧眼

我的情人啊　你在何方
你不在歐洲阿爾卑斯山上
你也不在亞洲大陸恒河旁
哦　洛桑　巴黎　奧斯陸　倫敦　阿姆斯特丹　羅馬　柏林　都散佈著你的腳印
日內瓦河清純　塞納河多情　多瑙河蕩漾　泰晤士河急促　萊茵河滄茫
尼威斯河迷茫　星羅棋佈合力編織著你的西域風光
挪威人形柱令你感慨萬千　柏林牆斷垣殘壁讓你盤桓思索　日內瓦湖白色天鵝群圍繞在你的足旁　佛羅倫斯米氏雕像吸引你忘饑忘渴忘返其樂融融　西斯廷天頂畫讓你手舞足蹈指點畫卷

我的情人啊　你在何方
你不在美洲洛璣山脈上
你也不在歐洲多瑙河旁
北布小學　民本初中　崇明高中　北京大學　威廉·瑪麗學院一路走來　崇明鄉下北京城　維吉尼亞溫哥華　你學習生活做事與你息息相關的地方　長途跋涉　不畏困苦艱難　義無反顧　勇往直前　攀登事業的顛峰

大西洋西畔緩流　太平洋東岸驚濤拍浪　夏威夷海灘美景良辰長夜星空　尼亞加拉瀑布大水濂洗禮　露意絲湖幽靜淡泊　聖羅倫斯河急湍雄壯　卡斯萊諾海灘寧靜　加列克海水碧藍綿綿群山俯視　萬里長江水簇擁崇明寶島

碧水藍天白雲綠樹翠草成片　遠山層層白雪皚皚　眾妙佳音聲聲相續　斷絕死生種種欲念　西方淨土人人成佛　個個長駐須彌山麓

我的情人啊　你在何方
你不在亞洲歐洲美洲澳洲非洲大洋洲上
你也不在大陸海洋高山草原雲霄之間
你始終安居充滿於我心坎上心底裡　無時暨無刻　無分又無秒　四十載似在彈指間
你依舊在起居室廚房間書房裡電腦旁　依舊在我倆的眠床上夢鄉中
興許你隱居於須彌山　又傲遊於十方世界　佈施于娑婆諸州　永持不變的本色
天將明　東方微露白　你的小平仰望須彌顛頂　一腳高一腳低地前行　未敢停留　行將隨你大自在

二〇〇八年十月十六日修訂于五週年之那一刻

溫哥華夕陽西下，野鴨成雙成對嬉戲覓食，遊子立于海堤上遙望中華大地崑崙山和揚子江，越過遼闊浩瀚的太平洋。

從頤和園東門通向長廊的一個天井裡放置三件青銅器：鳳凰鳥、仙鶴和巨型水缸。有何意義？象徵甚麼呢？

二十一、心在泣

那顆脆弱的心在泣
卻不在訴
又隱隱地
作痛
她不明白為什麼泣？
又泣什麼？
不明白泣
哪還能訴？

時針正指七
分針正直對上

黝黑包圍屋宇
堵死窗玻璃

寂寞悄然降臨
越加濃重

轟隆隆的飛機聲
像悶雷般由遠而近又漸漸遠去

四週圍那麼靜宓
壓迫著我的神經無處逃遁

茫茫宇宙蒼蒼大地
竟無處安身又安心

人啊——你
多麼高傲又多麼可憐

人啊——你
多麼強悍又多麼脆弱

人啊——你
多麼聰明又多麼愚癡

人啊——你
多麼偉大又多麼渺小

人啊——你
竟還不如一隻小螞蟻一隻小飛蟲
人啊——你……

《壇經》禪宗六祖惠能留下的一部佛經，他不認字卻能釋經講經，頓悟法門的鼻祖。

二〇一一年一月十日

【輯四】

二十二、啊！什剎海

居住在什剎海東沿帽兒胡同裡將近三十年了，眼看著大院門口西側兩棵老槐樹被西北方向刮來慘烈的寒風剝光了枯黃的葉片，顫顫巍巍的枝枝杈杈伸向烏雲密佈的天空無助地搖曳，熬過寒冬臘月，春天姍姍來遲，待到落沙過後，才艱難地露出淡黃色的嫩芽，首先映入孩童的眸子：「出芽了，出芽了。」好像慶倖老槐樹她熬過了嚴冬的煎熬，又奇蹟般的活過來了似的。

聽長者說：這大院本是一座廟產，占地面積可觀，後邊沿伸到帽局胡同，民國初年戰亂中不知被哪家軍閥鏟平了，也不知為了什麼，其它原因，總之是被毀掉就是了。山門前的那對石獅子現在還丟在李大爺棚戶房的後邊牆腳跟，一歪一倒。

向西走百步遠，出胡同口，站到後門橋北堍頭，西望什剎海卻別有一番風光：夏日裡金錠橋重新翻造過，漢白玉在晨熙照耀下熠熠發光，遠處湖面上的荷葉密密層層，簇擁著星星點點的荷花在微風中引頸擺頭歌唱。粉嫩的豔紅的花蕾和花瓣映襯在翠綠色的葉片海洋中煞是好看不過了，如群星燦爛，如玉珠落盤；自然的紅催人心動，自然的綠迭翠紛紜，決非人類文字言語、圖畫所能形容于萬一。湖心島垂柳環列，細嫩悠長的柳絲安閒地撫摸著湖水，少許遺憾的是沒有幾隻白天鵝隨柳絲嬉水，也沒有幾隻野鴨子點綴，否則定會增色許多了。

什剎海舊名十剎海，意謂附近寺廟多多。不大的水面上有座湖心島，早年盛夏時分在湖中玩水或划船的人會步上湖心島憩息，或買一杯涼茶、一瓶汽水之類飲料以解渴。

什剎海的水是活水，不是死水，所以他不會發臭，即使人們糟踏他，他也不在乎。他的上游遠在西山，近處連接後海，僅以一座銀錠橋為界，橋下水流常年，遊船暢通無阻。他的下流即北海，說起北海人們都知道，那是京城內最著名的公園，如今遠不如他的隔壁姐妹什剎海受市民親睞，只因招睞外地遊客賣弄姿色。什剎海的下流的下流是中南海，中南海早先著名於世的是因為那座瀛台，瀛台孤零零的在中南海偏東的海中央，四面環海，清末太上皇慈禧抓住戊戌變法敗北的時機，把光緒帝發落於瀛台，幽禁至死，從此這瀛台名揚海內外，聲望蓋過中南海。現今的人知道中南海的漸漸多起來了，因為它曾經是毛澤東的住所，權力中心的象徵，帶有三分神祕，所以大大提高了知名度，這種知名度的大與小，完全和歷史、政治相連在一起了。北海與中南海以北海大橋相隔，橋下五個孔洞的鐵絲網阻止遊船通向中南海，大橋兩邊的欄杆很奇特，它的高度為通常的三倍左右竟達四公尺來高，當然誰也跨不過去也爬不上去的；柵欄的密度也是很少見的，每根間隔不足十釐米，普通人的身體是絕對鑽不過去的，說它是欄杆，其實是錯叫了，兩排又高又長又密的柵欄豎在大橋兩旁像兩張大密網，東西橋堍兩頭都有荷槍實彈的兩對士兵把守，還嫌不嚴，橋身上加了流動哨以防不測，嚴之又嚴，固若金湯矣！

夏日傍晚，夕陽西下，雲霞朵朵，濃裝豔抹，分外妖嬈；京城裡的中產階層紅男綠女們，從煩悶的工作場所逃出來，驅車沖進什剎海周圍那些時髦的和土氣的混合裝璜過的這吧那吧的酒吧裡泡吧來了，喝美國泊來的星巴克咖啡，德國貝克啤酒，聽搖滾樂，看世界盃足球賽……夜色蒼茫中，什剎海水被東西南北沿岸密佈的酒吧、酒樓的燈火映照得五彩繽紛，心搖神蕩，儼然一派升平景象；三、五隻改裝了的烏篷船緩緩漂移將倒映在湖面上的燈光輕輕弄碎又慢慢復原，女藝人懷抱琵琶坐在船頭兀凳上撥動絲弦，悠揚纏綿歡樂的曲兒嫋嫋上升，緊身的旗袍將她身軀的曲線美呈現得恰到好處，於半明半暗光線裡看過去活如一尊浮游於水面的雕像。從什剎海向上游一直延伸過去，老字號「烤肉季」也按捺不住了，改頭換面，塗脂抹粉，半老徐娘總難追上時尚，顯得不倫不類，尷尬難堪。銀錠橋頭高潮迭起，原先的矮平房頂已改成平臺，加了木圍欄，豔麗的大花陽傘下籐椅上坐滿了各式打扮的顧客，一邊品酒飲茶一邊談笑風生，一派悠閒自得之狀。霓虹燈爭奇鬥豔，沿後海兩岸一個勁西奔而去，宋慶齡故居也沒有幸免通通被淹沒在燈光火海之中，好一個京城夜生活的好去處，朋友魯先生以周遊列國放眼世界的氣度肯定地評說：「世界第一海。」據他說，紐約市內哪有這麼個大湖面，這麼個大排場？巴黎也沒有。羅馬、柏林、倫敦嘛，更談不上了。他見多識廣，大約這「世界第一海」的褒獎也差不到哪裡去吧。那些西方大城市好像還遜咱們京城一籌，頗有幾分民族自豪感在裡面呢。

可是，……可是什麼？照原先意義說呢，這什剎海可也不是平常去處，乃是佛家聖地。

什，十也。十，這個數字在這兒不當作定數十講，形容數量多的意思，它可以是十、十一，也可以是二十。剎，佛寺也。佛海無涯，剎海，即是寬廣而無邊際的意思。所以什剎海原意是：有好多廟宇，在這附近的區域裡。卻在現今人的概念裡，什剎海竟成了吃喝玩樂的場所，娛樂的天堂。可見已與原先的狀況相去甚遠，誠然，這也不足為怪，時代流變使然，後來活著的人總要對舊物隨意加以更改、修正或乾脆推翻重新來過都是有的。所以有時會覺得前後的斷裂與反差倒是相當驚人的，一邊是莊嚴、神聖、寧靜的寺廟，有守衛在山門裡的四大金鋼，有端坐在大雄寶殿裡的釋迦牟尼佛，阿彌陀佛等西方三聖諸佛和眾菩薩，僧侶們焚香誦經修行，信眾們跪拜祈禱許願，多多少少蘊藉著三分聖潔和神祕的成分。再說雅一些，還看得見些許佛教文化的延續。另一邊，現在該怎麼描述呢？酒文化、茶文化、飲食文化？西方現代休閒文化？個人的享樂的即時的排他的？最刺激的也是最時髦的？恐怕不見得吧！我總感覺這種時尚很有些邪門。不幸的是，在這兒崇尚西方崇尚時髦已不是某個階層某一小群人的嗜好，它已染遍大江南北，京城內外，實難於逆轉了。

民諺云：三尺頭上有神佛。那麼，佛菩薩離眾生很近很近，就在我們中間咯，果真如此的話，他們面對今日什剎海會作何感想？又能怎麼樣？

二〇〇六年八月七日于靜松莊

二十三、閒逛前門大街

電視臺主播扯開嗓門叫嚷了記不清多少遍了，為拉動內需，推銷新開市的舊前門大街被忽悠得天花亂墮。我的朋友看我到京城兩週了，也沒處逛，就慫恿我去逛舊前門大街，也算回應拉動內需，提高GDP，他說他也沒去過，說定了今天下午就去。

到得珠市口剛三點鐘，太陽還高，又沒刮西北風，冬日裡京城難得的好天氣。獨孤兄指點我說：待會兒我們從前門大街南頭進去往北走，一直走到北頭，這樣走整條街景一無遺漏盡收眼底了。這時我們正走一段與前門大街丁字兒相交的珠市口大街，應該叫作已改造完工的新珠市口大街，馬路大大拓寬了，三車道對向開；鋪面前又是人行道又是一字兒排開的停車位，老珠市口出售各色南北雜貨、稀奇古怪小商品的小門臉已經一掃精光，無影無蹤，代之于髮廊、美容、瘦身、洗足、瞎子按摩等等美女廣告貼滿了落地大玻璃窗，以招徠行人路客；要不就是液晶電視超薄型電腦多功能三G手機等等現代化娛樂通訊設備商店，商家頻頻出招，你爭我奪，這世界豈不是既躁動熱鬧又如此類同而乏味嗎！走了不到八分鐘，我的腳步依然大踏步跨行著，忽然，獨孤兄一把拉住我的右臂說：「到了！」我條件反射地驚詫不已，脫口而出：「哪兒？」他向右一指：「這就是前門大街啊！」

真讓我大吃一驚，轉身九十度面向一條寬闊的平坦的灰色水泥長甬道，一眼望過去，遠處頂頭似乎看見了我闊別有年的正陽門樓剪影，隱匿在淺淺的灰朦朦的天幕上，似有若無，雖說我確信獨孤兄講的沒錯，但前門舊大街的豐富多彩、琳琅滿目的特殊味道怎麼又來個一掃精光，蕩然無存了呢？容許我說出當時一瞬間閃現的一個念頭，對不起，也許是個不怎麼恰當的比擬：幾乎超過那個悲慘的文革時代，把固有的舊前門商業文化清理得如此徹底和乾淨啊！定睛向兩邊鋪面房建築群掃過去，清一式灰磚牆灰窗櫺的兩層建築像孿生子一般相似而不易辨別，一間接一間緊挨著排成規規矩矩的一列橫隊，東西兩列面對面相向立正，順著看不見的中軸線通向前門。怎麼哪麼像滿清王朝的定陵啊！一如走進了定陵的甬道，我去過定陵，就是這感覺，只差墓道上方的大方青磚砌成的拱券頂。我疑惑地望了一下獨孤兄，真想問這就是關閉近兩年改頭換面的傑作？他倒先我提出了問題：「怎麼樣？」我不假思地直答：「像甬道。」他看著我微微點點頭笑了，但沒出聲。

向前走了幾步，我們靠近建築物牆面透過窗櫺細看室內，裡面黑乎乎，無店家租賃，還未裝修，難怪聊無人氣啦！一間連著一間鋪面都這樣子，一長串黑乎乎的！一邊走一邊耳畔又聽見獨孤兄的話音了：「聽人說整條街包給了一個香港商人的，包設計包建築包出租——新三包，不用懷疑這商人定然出了一大筆可觀的大洋才爭得這等權益的，所以現下只得聽憑他吆喝什麼是什麼了。獨斷專行得緊吶！說句不中聽的話，另一方拿了這筆錢的當地掌權者到這份上也拿他沒辦法，當然不知饜足者本來也根本沒有什麼辦法嘛！剩下唯一可做的現成活，就是拉媒體入夥出花招拼老命忽悠老百姓掏腰包。隱約記得有一回看見一家京城鑾具讀者群的報紙縫隙中透露消息，稱這兒租金貴到每平方公尺十二萬元一年，你說說普通的小商小販、原先前門大街的那些商戶到底有幾家租得起？怎麼搬得回來呢！全是瞎掰啊！」我聽了嚇一跳，根本不知說什麼好，不敢答腔，腦子裡胡亂翻騰，活像馬路上一邊行駛一邊不停翻滾的水泥灌漿車。我邊聽邊不停腳步前行，繼續我的東張西望，不知看什麼，其實也沒有什麼可看的。

還是獨孤兄為我好，提醒我拍個照，留個紀念什麼的，我說也是。於是拿起相機，鏡頭對前門方向瞄準，這時我突然發現甬道兩旁一字兒排開的一些固定裝飾物，仔細看了又讓我嚇了一跳，兩隻巨型空鳥籠肩並肩綁在一根又一根柱子上，約三公尺遠處又有大中小型三隻撥郎鼓像糖葫蘆般被圓鐵柱串成一串，按小上下大的順序排列矗立在地面上；它們之間放置一隻像從故宮乾清殿外搬來的仿製鎏金大水缸，裡面栽著種種假花假卉，滿滿地擠了一大缸。就這三大件——仿製鎏金大缸假花卉、撥郎鼓、鳥籠三位一體，一組又一組地從南到北、又從北到南分列在甬道兩旁。什麼叫俗不可耐，愚不可極啊！我的第一反應：這裡就是！現如今不是流行用經典兩字嗎？這裡才是不折不扣地稱得上俗不可耐的經典了。然而，當我再仔細琢磨時，開始懷疑也許我錯了，你說這鳥籠到底象徵什麼？在我們市井小民眼中，鳥籠是滿清朝末年，那些不務正業、遊手好閒的八旗子弟手中玩物也；當然，鳥籠又是現代有識之士藉以譏諷掌權者閉關鎖國、專制統治人民的最形象的惡物，箝制言論、出版、人身自由的象徵物！我想到這裡真搞不清楚，或許主事者僅以鳥籠好玩而已，沒有想那麼多；或許設計者有意愚弄有錢者有權勢者，讓他們嚐嚐啞巴吃黃蓮，有苦說不出的滋味，要這樣那敢情好呵！總之呢，不去說不可說不明說也不能說，誰愛怎麼想就怎麼想，愛怎麼說就是說的那個什麼啦！

從前門大街南部向北望去，
遠方盡頭處是前門樓子。

再向前走，一家官辦郵局孤零零地開張了，我想進去買幾枚郵票，以備寄封家信報個平安。三兩個遊人正抬頭看牆壁上貼的一件宣傳品，兩個營業員小姐無所事事，一位大姐站在地中心協助工作，我剛跨進門的當口就湊過來問要買什麼，我脫口而出：買郵票。好在我是有備而進門來的，假如只是閒逛呢，豈不被問得沒頭沒腦？不知怎麼作答，在我只有回答閒逛的份了。細一回想這大姐如此熱情待客也似乎有點兒過了頭，令被問者感覺不怎麼自在，所以我拿了郵票不敢多停留，趕緊跨出門來，才將郵票夾進一冊閒書頁裡，再把閒書裝進書包裡。做完了才深深地呼出一口長氣，再跨步往前走，看到一條又一條與前門大街十字交叉通行的小胡同，什麼濕井胡同施家胡同王皮胡同等等統統都被堵死了，並用大片大片的木板封住釘死，木板面上貼著印刷漂亮的大幅彩色遠景圖片，沒有看見有文字說明為什麼不讓拐進這些小胡同去，這不透露出市井無賴們一絲兒橫行霸道的氣味嘛！

又走過了約一百公尺黑乎乎的鋪面街道，敗足了興致，正想打退堂鼓，向後轉一百八十度打道回府去也。此時，忽見一輛有規電車自北向南迎面向我們緩慢駛來，令我駐足凝視，它只有一節車廂，一根假電辮子歪斜著翹向天空，上不連電線，它卻在地面雙軌道鐵上滑行，我猜想它用電瓶供電，以蓄電池中的電作動力，動力源頭已作了改動，這車已不是完全意義上的舊式有軌電車了。真中摻假，假中有真，真真假假，假假真真，似是而非才像現世。車廂裡站著坐著一些兒童少年和女人男人，稀稀鬆鬆。有幾人像我一樣站立在旁邊觀望，只聽一個女中音問：「老公，你說二十元錢一張票貴不貴呀？」偏于狹窄的男高音回答：「要說貴真貴，超市買只紙裝烤鴨才十二元，我情願買一隻半烤鴨吃個開心也不乘。不過話還得說回來，如果女兒要乘，又從大老遠乘火車來了北京旅遊，甭說二十元，即使翻一倍四十元，姥姥的，那也得買票乘呀！」女的感歎道：「真是的！」又是男聲旁若無人地大笑道：「這都是騙騙那些外地人的把戲，老婆你看哪有咱京裡土生土長的孩兒們娘兒們上當受騙的呢？」哈哈哈的笑聲感染了我和附近幾個京油子也附和著樂開了花！聲浪遠播，引來遠處遊人好奇地回眸一瞥！

一抬頭看見大柵欄胡同東口近在腳下，我好似得了救星一樣向獨孤兄討饒：「不要再往前走了，好嗎？」他說走與不走他都無所謂。說時間一把將我推進了大柵欄胡同，我隨著他大步流星地迅疾穿過去，到得西口，看見馬路正對面一家牌匾上寫作「得月樓」的小飯鋪，我們一邊嘴裡稱讚「得月樓」好名字好名字，一邊前腳已經跨進門去，伴隨著鄉里鄉氣的小女子們無心有口地唱道：歡迎歡迎！在這不明虛假真實聲中我們已經迫不及待地找了個靠牆壁的位子坐下，準備去完成填充肚皮之大事，高高興興地去引證民以食為天的古語了。耳旁似有聲音批評：俗！我四顧張望，找不見話音源頭。我心底裡百分之二百地同意，是俗！俗到家，俗到底啦！然而，哪又怎麼了？明天還不是仍從東邊出太陽嘛！

二〇〇九年一月十二日

二十四、沿途風景漫記

去年四月的京城，正當春寒料峭之際，一天午餐時分，突然頭頂上空烏雲亂竄，大有壓城之勢，似乎又要天降大雪了，獨孤先生仰天邀我道：老弟，改天我們去故宮看「拿破侖一生展」好嗎？我不假思索地回答：好啊！心裡自問一句：這能叫作隨世用功嗎？

星期二早餐過後不一會兒，獨孤兄駕著一輛德國造帕薩脫來我鄉間小茅屋，一下車就大聲招呼我：趁今天不颳風去看拿破侖，怎麼樣？我一向語拙，還是那兩字：好啊！坐上副駕駛座位，忙著找保險帶把自己綁住，他見狀笑著說開了：不用綁不用綁！這裡是北京，又沒上高速，自由些吧！切不要捉繭自縛，在外面被管束得傻了，在這兒用不得那麼守規矩，在別人眼裡不就變成傻大個兒一個。被他一頓嬉笑耍弄我一頭霧水，沒還嘴，保險帶也聽從放棄了，心中竊喜樂得自在一回。剛上路，獨孤兄向我宣稱他不喜歡開快車，每小時四十五公里是他的標準時速，守路規。我還是回了他一個短語：好啊！我看路上那麼多車排長龍，想開快車你也開不了呵，正好一路看風景，不亦悅乎！

車到崇文門十字路口，一個左拐，行不遠又一個右拐，三拐兩拐蹩進一條窄胡同裡，靠右牆腳已然停了一溜車，一輛接一輛一路縱隊整整齊齊排著，我們車從他們左側通過，開到最前邊停在車隊最前頭，車剛熄火，沒注意斜刺地穿過來揹著一個髒兮兮布袋的秀氣小姑娘笑嘻嘻地站面前搭腔：今天天氣不錯，不颳風又不冷，出來蹓蹓？一邊把一張紙片夾在汽車檔風玻璃刮水器上。我搶著回答：去故宮。她好像沒聽見我說，只叮囑我們的停車費：回來交回來交。也對啊，我們去哪兒，她不管，只管收費才是正經事。獨孤兄神祕地告訴我：這條單向通行的小胡同，停幾小時都可以，只要交費就行。真難為他如此熟悉京城的胡同和停車規則等貓膩，這位置幾乎是首都心臟地帶了，像我這樣的外鄉外邦人無論如何是尋覓不到的。

隨著獨孤兄順著胡同往西走，不一會兒出了西口，抬頭一望，三路電車站牌就立在老字號松鶴樓餐館門口，好面熟，內心裡湧起一股他鄉遇故人之慨。站著望馬路對面高圍牆，想到裡面有舒適的樓宇和庭院、花圃，柬埔寨西哈努克親王和莫尼克公主、孩子們為避難曾在這兒住了好多年；再遙望馬路斜對面那座四四方方的建築大門口立著兩個荷槍實彈的兵士，沿街圍著一截子石牆，再在石圍牆上豎立粗壯的高高鐵柵欄，整座大樓的頂端立一根丈八尺鋼桿，掛一面紅旗，有氣沒氣似的下垂著，因為現時不颳風，有風時會飄揚，會看得見幾顆星，颳大風時還會忽喇喇地響呢！白漆底子豎型牌子上寫著：北京市人民政府。我們順著人行道向北漸行，一小群一小群三個五個不等的人流迎面而來，或漫步或紮堆，他們手中傳遞、散發著一份兩頁紙的材料，他們間或閱讀間或交頭接耳議論幾句，看似平靜又覺得少許蹊蹺，等不及我細想，與世界接了軌的刺耳的特有的警車嗚叫聲呼嘯襲來，伴隨著武裝到牙齒的警車一輛又一輛奔來，嘎然停在前後左右四個路口，一五、一六名孔武有力的員警迅疾下車，警棍在右屁股旁不停亂幌，他們分四個小組霸住四個路口，警惕這些群人的舉動。我們繼續前行時，從這些群人旁邊穿過，耳畔聽見這樣一些零碎的答問話語：「老王怎麼還沒到？」

「他在北口等陳律師吶。」

「我還沒拿到資料，誰在發？」

「老劉，你家住房面積比我家還小，真不敢相信！」

「什麼什麼，我家房子拆了，就拿這一點拆遷費打發我？姥姥的！」

獨孤兄顯見出比我經驗豐富又老到，似向我作解釋又似自言自語細聲細氣說：「為住房拆遷不公來找市政府論理的，還請了律師，哼！」

「能有結果嗎？」我好奇地問。

「今天不會有，等著吧，也許明天有，明天又明天一直會有的。」獨孤兄回答我。

我佩服他的睿智，明天，好意味深長的明天兩字。我們腳步不停，繼續北行到了台基廠北口，一左拐，沿東長安街西進，迎面還碰見不少向市政府方向行進的人，他們手上拿的十六開紙張資料倒是一項很明顯的標記啊！

走了一段路，內急了，加快腳步奔向天安門觀禮台東側的公廁，這是位於首都最最心臟地區的唯一公廁，向來有示範的意義，這裡是北京的門面和視窗。我急沖沖衝進去，未曾料及門內側熱鬧非凡，不僅出出進進人潮湧動，比肩接踵，而且門裡邊還有許多人朝北方向站著不動，目不轉睛地注視著一塊大螢幕，聲震欲聾，只見大螢幕上的士兵們雄視闊步，吼聲隆隆陣陣，正接受首長撿閱，那是紀錄去年國慶《大閱兵式》的影片。真令我大開眼界，《大閱兵式》在公廁前廳裡免費播放究竟是找對了或是找錯了地方？大螢幕下的小販攤上碼放著各種盜版CD、DVD片，玲瑯滿目。在這尿臭氣味沖天的前廳裡，竟吸引了那麼多民眾駐足觀看，有些還忘了泯攏嘴，太不可思議！我擠到男廁門坎時，突然覺得有人踩了我的鞋後跟，本能地回頭一看，嚇了一大跳，竟是一個少女，她還牽著一位老婦和一個小女孩緊貼著我往裡跟進，我來不及思維，直著嗓子對著她喊：「這裡是男廁！」害得她們抱頭鼠竄，沒命地往外擠退出去。

出得模範公廁，仰天深深呼一口氣，向西南方向一眼望去，天安門廣場遊人尚稀，一列四路縱隊的全副武裝士兵從地下鐵道口冒出，從廣場東北角向廣場中心行進，去換崗去盤查可疑人可疑物——反正不能分工去盯哨，盯哨那是便衣做的勾當，兵士是明火執杖的。忽然記起前五年也是春天裡一個上午所見的一幕，我和妻子從前門方向穿行廣場，快到這東北角準備穿過地鐵通道時，看見一個從地鐵通道出來的青年人順手往道口旁邊地面上的一個垃圾桶裡擲廢物，立刻吸來一個武警三步兩步衝到垃圾桶旁，吆喝這青年人不要動，他自己迅速彎腰去翻撿垃圾桶裡廢物，大概沒發現什麼汽油瓶之類易燃易爆炸物件，才直起腰一揮手示意青年人走開，這青年默默地站住又默默地走開，沒有發生什麼意外的事，萬幸。

我和獨孤兄前行二、三十公尺，看見了勞動人民文化宮的招牌，那裡邊千年古松柏樹群勾起我的興趣，竟不加思索地向大門走過去，行到金水橋時往右下方一瞧，金水河道乾涸，一隊工人冒著臭氣正清理淤泥，黑黑的厚厚的稠稠的泥漿濺了他們一身一臉，塊塊泥漿巴黏在臉頰上、下巴頷、額頭上、眉毛梢。員警、武警們守衛在橋上，每間隔三公尺左右一人又一人的矗立著，似木樁般一動不動，不讓遊人靠近橋畔漢白玉欄桿，他們是盯住遊人還是監視這些工人？這些是普通工人還是犯人？統統不得而知，也許一箭雙雕，否則何必擺出如臨大敵的陣杖呢！

勞動人民文化宮門票只收二元，真不敢相信，在北京還有二元一張門票的公園，也許拜「勞動人民」四字之福了。近在隔壁的故宮一張普通門票要六十元，還不包括裡邊的珍寶館、鐘錶館等特殊場所，必須另外購票方可進去參觀。進得門來，古松古柏群依舊健壯彌堅，不由自主地引我拍拍他們壯實可讚的樹幹，圍繞四周一圈輕輕地撫摸他們，問聲好道個安。一棵形狀奇特又健美的大樹跳入眼簾，正苦於不知其名，忽然發現其樹身約兩公尺高處釘了一塊藍色金屬小牌，湊近去看個仔細，大失所望，小牌上僅寫：古樹。這不等於沒寫，於遊人如我者究竟有何幫助呢？

走出文化宮西北角大門，穿過一窄窄的馬路，對面就到了故宮午門前廣場，前清時代推出午門斬首的地方，據考證就在廣場西南角上，現今殺人已改到郊外去了。此時午門前磚地廣場上人山人海，兩條蛇形大長龍隊伍從東側的小平房售故宮門票的兩扇小視窗吐出，曲曲彎彎，迤逶盤璿，人叢中根本無法判斷哪兒是隊尾，又加上人聲嘈雜，亂哄哄一團，突然一個中年男子對我們叫賣：「不用排隊，我有票。」我連連搖頭，繼續走我們的。這人是票販子，以前只聽說火車票有票販子，現今發展到這兒也有票販子了，與時俱進不假。

我們從午門腳下售票亭買到兩張參觀「拿破侖一生展」的門票，轉過一個室內通道從西牆外拾石級而上，登臨午門城樓，步入展廳，皇帝拿破侖等身大油畫立像和他的金色扶手高靠背座椅首先迎接我們。我立在他正對面五米處凝視著，拿破侖的個子本不高，或許在他的同胞中還有點兒矮，畫家顯然已經盡了力幫他拔高不止少了，令觀眾包括我今天不覺得他是矮個子的印象，卻不明白當時活著的拿破侖看了是什麼感覺，也許虛榮心獲得部份的抑止或全份的滿足。這座椅除去用黃金裝飾這一點可以眩耀於人之外，再有做工也算精細，從造型看實在不過就是一張普通的法國式拿破侖坐過的扶手椅，大大遜色於不遠處的太和殿裡正大光明巨匾下的那座金鑾寶座，滿清朝十個皇帝個個坐在那麼煩瑣雕刻那樣裝腔作勢的寶座上，接受漢滿文武官員的朝拜並不時頒佈聖旨統治百姓。記起參觀凡爾賽宮拿破侖寢宮裡的陳設來了，一張大眠床大得不得了，比現今西方大商場賣的king號寬許多長許多，我這輩子從沒見過比這再大的眠床了。約五米遠的牆畔，正對著眠床一字兒橫擺著七、八張扶手靠椅，左右兩側牆腳同樣也各碼放著四、五張座椅，據導遊小姐介紹拿破侖常常坐在眠床上接見大臣們，並議決軍機要事，寢宮變成了實際意義上的議事廳。不得而知那部具有劃時代意義的《拿破侖法典》是不是也在這兒首先提出來議論過的？那個時期相當於滿清乾隆盛世中後期，文字獄高潮剛過，一些漢人已經或正被懷柔進去，後來有人說這些降清求官者乃是打進滿清統治階級內部裡面去從事漢化的偉業，此說未辨真假，哪知道在地球那邊拿破侖正在搞資產階級的所謂自由民主博愛那套假仁假義來欺騙法國民眾呢？直至今日快近三百年歷史了。說遠了，回到展廳裡來，整個展覽以巨型拿破侖青銅頭像作結，很好的設計構思，以油畫像起始，又以雕塑像壓軸，頗顯法國人藝術又浪漫的性格特點。可惜佈展時出了點小小的疏忽，或許是很不可原諒的犯錯，借用一句不怎麼貼切的成語，「佛頭著糞」，當然拿破侖不是佛也不信佛。你瞧這高高的強烈的唯一的射燈光柱從雕像正上方不偏不倚地垂直射下，正犯了大忌，拿破侖突出的眉弓骨擋住了光，兩個大眼窩形成兩個大黑洞，高鼻樑骨籠罩下造成的巨大陰影自人中直下，正正好好與下唇吻部的陰影相連接，無論遠視或近觀，猶如頂懸一柄利刃自頭頂正中間天靈蓋直劈下來，鑄為兩爿。嗚呼哀哉！一代巨人巴拿布．拿破侖在赫裡特島的英魂可有知乎？

步出展廳大殿，雙腳分開立定在午門中軸線，亦即紫禁城中軸線兩邊俯瞰下面廣場人群，此時更加人滿為患，聲響哄哄，頭戴紅色遮陽帽旅遊者眾，其隊伍忽東忽西忽南忽北地蠕動最令我注目。數不清的交錯雜陳的點點色色彌漫於廣場海洋，充斥十方世界，渺渺茫茫，陰霾莫辨。

二○○八年四月資料，二○○九年六月清稿

從故宮午門門樓上看午門前廣場

紫禁城外的形形式式花樣翻新不過是面子工程，其裡子仍舊在這尊銅獅子所象徵的權貴控制之中。

二十五、遊走敦煌

五月末的京城悶熱到攝氏三十八度，真罕見。閑坐在胡同口老槐樹下的王老爺子也說沒經歷過，他說起話來總忘不了同前清時代作比較，「光緒三十二年南方兩湖發大水，淹死人無計數，京畿乾旱，豔陽如火如荼，幾個月不下一滴雨，人不能活了，可也沒有現在這麼悶這麼熱這麼難受啊！」王老爺子久已不發牢騷，人老言善嘛。他今年九十二歲高齡，無兒無女，孤寂一人，好在身子骨還算硬朗，住在兩幢大樓中間搭的一個棚屋裡度日，他常說一日兩餐足矣！說著說著他樂呵呵自個兒憨笑起來，聽他說話的大夥也都順遂他嘻嘻哈哈笑了，可是誰也不知為什麼笑，笑什麼，有什麼好笑的。本來麼，笑就是笑，什麼都不為，何必追問呢！

悶熱得難以承受，就想往外跑，突圍這城廓。後半夜了，還枯坐在馬路牙子旁的我，忽發奇想，走敦煌，會會古聖賢去！

一百元參觀八個洞！

敦煌，古中國的西陲。這季節不悶又不熱，好去處。敦煌莫高窟七百三十五個洞窟，大大小小林林總總佛菩薩彩塑二千四百餘尊，從西元三百六十六年前秦建元二年創建距今已有一千六百四十年，不可謂不古了。我每每想見古佛信徒們虔誠地開鑿洞窟，長年累月不畏艱險不畏勞苦的獻身精神，令我敬佩不已，讚歎工程之浩大時日之綿長，雕塑繪畫之精美，佛菩薩們神態安祥平和，以及方圓數十裡整體氛圍的吉祥，真是無以倫比。

現今到了二十一世紀初，朝拜佛菩薩要買票，要交買路錢，佛菩薩眼睜看著，古信徒開鑿者們萬萬想不出這鬼點子，然而被現代貌似佛子們當作賺錢生意經，有點作孽。一張門票一百元，著實有點離譜。前面說了莫高窟總共七百三十五個洞窟，只准看八個，僅占百分之一。心有點兒黑啦！

我想千里迢迢從北京到了這裡，門票再貴哪有不進之理，幾千元的路費豈不白費了。待我交費進得門去，更令我大吃一驚，他們規定這一百元只准看的八個洞，究竟哪八個洞，不准自由選擇，由導遊帶領二十人左右為一組的一群人轉完這八個洞算是到此一遊。那導遊每到一規定的洞窟，講個二至三分鐘，我們這群人急急忙忙從洞口鑽進鑽出，眼珠隨著她手中電筒光轉來轉去，每個洞耽擱的時間總計不會超過五分鐘，八個洞大約用去四十分鐘吧。再加上用在洞與洞之間的走路時間，約莫僅僅一小時就打發了參觀莫高窟，真是匪夷所思，冤哉枉哉！

剩下來的七百二十七個洞窟，即近百分之九十九的洞窟也不是鐵定不能看到，有什麼辦法嗎？請聽下面的答問：

我問：「請問我還能看一些有代表性藝術價值的洞窟嗎？」

導遊小姐答：「再交錢。」

問：「怎麼個交法？」

答：「再交一百元，再看三至四個洞，當然是比較好的洞啦！」

問：「盛唐幾個有代表意義的洞準定能看到嗎？」

答：「不一定。」

問：「再交一百元也不行嗎？」

答：「真的不一定，因為開那些洞是早就規定了的，再說我也作不了主呀！」

我想她說的是真話，一個導遊怎能決定和改變敦煌研究所層層領導們定下的合理的欠合理的或不合理的那些規章制度呢！我能體諒她的難處，心有餘而力不足也。同行的朋友提醒我，令我換了一個角度試探著繼續一答一問：

問：「段文傑先生還在研究所裡嗎？」

她略一滯疑地答：「噢！段文傑老院長啊！他早退休啦！好像人在北京，十來年了吧。」

我又說出兩位近六十歲的研究員名和姓，導遊小姐端祥著我，想了想說：「你認識他們，可是他們都不在這兒。」

我問：「在哪兒？」

答：「在蘭州。」

問：「出差去了？」

答：「不，敦煌研究院在蘭州。」

我晃然明白，我用的是老黃曆。研究所已變成研究院，並且遷移到了省府蘭州。我又隨意問了一句：「現在研究院有多少人？」

答：「大約二千多吧。」

嚇了我一跳，乖乖，二千多人，我不由自主的輕聲重複了一聲。我已無問可提，無話可以囉唆打擾導遊小姐了。道聲謝謝，走人。

莫高窟用什麼辦法控制參觀者能進這個洞不能進那個洞呢？他們幾乎在每個洞窟洞口裝了一扇深咖啡色的鋁合金門，遠遠望去猶如一個個幽靈鑲嵌在這麼恢宏大度、莊嚴無上的山體上，煞是難看無比，大大辱沒了眾佛菩薩。古來佛菩薩信眾們與現今實行商業管理模式的人之間的精神境界真有天壤之別。更可悲的是每扉門外還掛著一把醜陋不堪的沉甸甸的生了鏽的大型鐵鎖！也不知道是誰出的主意，誰的設計？還是導遊小姐告訴我，按裝門、購買鎖的這筆不小的款是香港邵逸夫先生捐助的，邵先生可知道做得那麼慘狀嗎？

回到京城，同朋友聊起敦煌來，有的竟天真地反問：「真的嗎？真有那麼個收錢法？」

我笑著說：「天方夜譚就在今日敦煌。」

敦煌石窟第四十五窟西龕釋迦牟尼像，盛唐時代的典型，佛祖慈悲安祥心靜止水又胸懷普渡眾生的宏願。

菩薩像

迦葉造像，佛祖大弟子，拈花微笑的典故令迦葉贏得永恒的神秘的魅力。這三尊造像都是同一窟的，亦稱作一鋪。

戈壁乎？世外桃園乎？

莫高窟俗稱千佛洞，地處敦煌城東二十五公里。敦煌城往西南約三十五公里的一處斷崖上，也有十九個洞窟，因為在城西，又要與莫高窟相區別，所以叫做西千佛洞。

西千佛洞地形地勢十分怪異。從敦煌城向西行走在戈壁灘上，難見一棵青草，據汽車司機講，往常年這季節多見的紅柳今年也一棵不見長，可見乾旱有多嚴重！我遠望筆直的馬路盡頭，水氣重重雨淋淋的景觀總在誘惑招手，然而也總是只可企望而永不可及。我們的汽車正沿著一個不怎麼起眼的木牌箭頭指示的方向左轉彎，不一會兒車停在了懸崖斷壁的絕處，下車四望，戈壁無垠，無分東西南北，不聞飛鳥走獸，了無生機，死寂無涯。可是，當我走近斷崖往下望去，不由得失聲驚歎：造物主啊！您把明珠寶藏於此，跟我這凡人開玩笑，是嗎？

奇妙到了極處，西千佛洞就在腳下，它隱蔽在東西綿延二、三公里又高又大的闊葉柳樹叢裡。清沏淩冽的黨河繞山腳流淌而過，密藏不露。讚歎不已之間我拾石級而下，就到了一扇巨型鐵柵欄門前，只見門開處走出一位中年人，問答中知道他姓陳名亦文，售票員兼導遊，他人很熱情，解釋說，來這兒參觀的人很少，所以平常總把門鎖著。照規定我們遊客只能看五個洞，後來他又加開了一個洞門給我們看，臨了，他指著這窟東牆北端下部的一幅彩色壁畫問我：「你看，這裡畫一頭牛和一匹馬同拉一輛車，怪不怪？以前不曾見過這樣畫的，通常畫兩牛擡扛。為什麼這樣畫？有現實生活根據嗎？」我順著他手電筒光束蹲下去仔細觀察，牛在前景裡，馬畫在牛的背景中，年代太久遠，色彩很有些剝落和浸蝕，實在看不很清楚馬和牛共拉一輛車，還是只在同行？而且車軛部分模糊得可以，因之我真沒法確切回答他的提問。看窟形和壁畫都是西夏的，有關西夏古文化的歷史知識我幾近於零。好在他對我的無知並沒有太失望，他並且告訴我就此問題詢問過好幾位來訪的學者、教授，都沒有得到滿意的答覆。不過我告訴他回北京後我去請教西夏學學者，或許會幫他解釋這個疑問。其時我腦海中浮現出程永江先生的形象，我知道他手頭有一部俄羅斯學者發掘西夏古墓的研究專著，正在翻譯中，我期望程先生會給他一個答案，同時我心裡真的也蠻佩服陳先生的鑽研精神。

出得洞來，拾級而下，他邀我們到工作人員生活區花棚下小坐飲茶。啊喲喲！人間難得一見的美景坦露在我眼前：百年闊葉柳樹下的長流水緩緩繞行，悠閒地哼著小曲；許許多多花花草草、菜蔬瓜果笑臉相迎，競相展現她們姣好的眉目，並且散發出陣陣醉人的自然的芬芳；益老彌堅的闊葉柳和好些叫不出名的大樹遮蔽著當空的驕陽，空氣中彌漫著清新和濕潤，幽靜到了超塵脫俗的境地，怎能叫我這個凡夫俗子相信這兒離寸草不生的戈壁灘僅只相差上下不足三十級臺階的距離呢？實在不可思議。待到我話別陳先生，重上斷崖頂端重見那一望無涯際焦黃的大戈壁，不禁覺得剛才的境遇猶如南柯一夢！陳先生究竟是人世間之常人，還是另外空間之神人乎？這兒究竟是杳無人煙的大戈壁，還是可遇而不可求的世外桃園乎？

鳴沙山，不能不爬！

遊敦煌，如果不去鳴沙山，那真是虧大了。寡聞陋見的我相信古人將它讚譽為「沙漠奇觀」一定有道理。鳴沙，沙鳴也。沙堆積成山自會鳴響，什麼情形之下會鳴會響呢？請看古人怎麼描繪的：「峰巒危峭，山脊如刀，人馬踐墜，經宿複初；人乘沙流，有鼓角之聲，輕如絲竹，重若雷鳴」。就這三十三字足以讓我拍案叫絕，真沒法拒絕去體會一番鳴沙山的大誘惑了。

從敦煌城南行僅五公里就見到鳴沙山的一角了，現今被闢為旅遊景區，不能隨心所欲地爬，我們旅人是客，客隨主願，買票進門。遠遠眺望它，真像先前照片、電視螢幕上所得的印象，現在鳴沙山實景突現目前，與舊有的印象相重迭、輝映，不禁驚訝得糊塗了，一瞬間實難相信這黃沙堆積成山脊的孤形線那麼勻稱那麼平滑那麼流暢那麼富有韻律感那麼……風景真的如畫了。風物景致，大自然所賜，先于人類祖先不知早了多少億萬年，何況人類也拜大自然之賜而成此一腦二臂二腿直立行走之動物，人類這種動物會畫風景只是晚近千百年的小小玩意兒，可歎囿於一地一隅一刻一秒局限的人類動物，竟然自我膨脹到忘乎所以忘宗數典的田地，渾叫出「風景如畫」、「人定勝天」一類狂妄愚蠢至極的詞來。這山這水這一草一木一顆一粒沙子……統統都為造物主所創造所恩賜。鳴沙山啊！您才是造物主的大手筆，大創造！

我們趁勢爬就近的一個山頭，也是眾遊客們都爬的山頭。這山頭不算太高大也不算太矮小，中等個兒，大約五十來公尺高。可千萬不要小看這五十來公尺高的由黃沙粒堆積而成的山，它大不同於爬那泥土或石質的山，那是向前向上跨一步是一步的前行，爬沙山絕不要作如此幻想，當你提起左腳踩下去，一傢夥陷到膝蓋那麼深，再提起右腳跨不到三十釐米遠踩下去，又陷到膝蓋那麼深，再費力提起左腳向前跨，卻跨不了多遠了，再提起右腳跨也跨不多了多遠，就這樣左一腳右一腳奮力往上往前跨，掙紮不了幾下子就叫你動彈不得了。即使你用手抓用手扒也無濟於事，誰有本領抓得住沙用得上勁呀！只落得在沙山斜坡面翻滾玩耍，一如孩童般傻喊傻叫取樂，終不能登上沙山之巔。鳴沙山旅遊管理處想出一個好辦法，便利旅遊者爬山，將兩張齊山高的軟梯從山巔順山坡放下來，直至山腳下，猶如直升飛機上用的軟梯，卻不會在空中晃蕩，平穩妥貼安全地貼在沙山坡上。我們這些遊人就踏著軟梯攀緣著往山巔爬，即使靠著軟梯幫助，我還在路程中小憩三次，累得滿頭大汗，氣喘噓噓，心跳提到喉嚨口才總算登上了山的頂峰。當然也怪我事先考慮不周，穿著又厚又重有襯裡的牛仔褲，腳蹬高幫大皮靴，如若改裝著短褲、光腳就不致於那麼慘了，事後諸葛亮，這次沒有用，下回引以為戒。我站在頂峰上四下瞭望，心曠神怡。遠處群山層層迭迭，數無盡；輪廓線條綿綿密密，波浪翻。駱駝隊一行又一行如串串珍珠，出沒環繞在山坳裡羊腸小徑間，紅的粉的白的綠的黃的遊人衣帽色彩斑斕、星羅棋佈到處流動，格外迷人增色。

「上山容易下山難」的諺語在這兒不適用了，剛才已說過上沙山確實不易了，下沙山真的不難，只需一屁股坐下就可以向下滑行。不過實際上沙粒和褲子的摩擦力不小，很不易通暢下滑，於是管理處又提供遊人一塊用八、九片竹片釘成的竹板子，遊人坐上它就可順暢滑到山腳下，看似簡單易行，倒也是一項蠻實用的發明呢？

冤哉！月牙泉

鳴沙山懷抱著月牙泉，煞是有趣，直讓人捉摸不透其間的奧秘。近在咫尺的高高沙丘，任憑春夏秋冬氣候變迭，風狂雨暴的肆虐，揚沙就是侵入不了月牙泉。據說早些年月牙泉水依然清冽透沏，甘甜如瓊漿玉液，附近居民路經此處，必虔誠下跪手捧幾口泉水來喝，寓意求助神佑多於解渴。現如今，月牙泉瘦了許多，好似農曆初四初五的天上月牙兒身段，苗條中透露出纖弱。月牙泉的外沿離沙丘邊緣已擴展到十多公尺遠，顯見泉水正一天天減少，究竟是不是像傳說中的由七口泉眼銳減到三口或僅剩下一口了？不得而知。鄉人告訴我，泉水現在已沒有人再敢喝了，水面漂浮的髒物雖說不很多見，但枯枝爛葉、不名漂浮物仍歷歷在目。五十年前的純潔、淨化景觀已經一去不復返了，只能是留在上了年紀的鄉人記憶之中的奢侈印象。

月牙泉「水質甘洌，澄清如鏡，綿曆古今，沙不進泉，水不濁固。」門票背面印著這些讚美它的華麗詞章，未知是描繪它的今天，還是述古叫人緬懷呢？我輕聲細讀玩味幾番，終於悟得後者的成分居多，甚或還聞到它無意間散發出些許喻古諷今的味道吶。

二〇〇六年七月二十六日於淨虛齋

二十六、寫意溫哥華

溫哥華現在成了北美洲太平洋沿岸一個以風景和自然環境著名的美麗城市了，這裡棲息著二百多萬居民。二百多年以前她還是一個默默無聞的荒茅小村落，一七九二年的一天，英人船長喬治・溫哥華（George Vancouver）駕駛著一艘七帆木船航行到這裡才發現了的。這船長是第一個白人登陸者，為了紀念這位船長的業績，就以他的姓氏溫哥華命名了這塊土地。大約三十年前的一九八〇年代溫哥華市議會決議為船長的發現造一座紀念碑，紀念碑的地址選定在船長踏上這塊陸地第一腳的地點。為這座藝術紀念碑的建造，當時的市議會發佈了一條公開競標的消息，還不滿三十歲的華裔藝術家鍾橫先生的設計從眾競爭者中脫穎而出。他中標的題為〈門〉的這座鋼質抽象雕塑象徵了溫哥華市門戶開放、面向世界的意義。以〈門〉命名的雕塑如今矗立在市區西部的一塊綠地海灣公園裡，面對著西北方向的海灣入口處，通向世界上最寬廣無際的太平洋洋面。這海灣一直向東延伸達十數公里，溫哥華市區街道建築群順著海灣兩岸曲曲彎彎、悠哉悠哉地鋪開，所以貼切地說溫哥華市離不開水，市中心三面被海水擁抱著，湛藍的海水飄飄蕩蕩無憂無慮，整日裡活活潑潑嬉耍不輟。

溫哥華的地勢真可謂得天獨厚，西邊頻臨太平洋，沿岸數十海裡範圍裡許許多多大大小小的島嶼形成的外島群將洶湧奔騰的太平洋巨浪一一化解了，由此之故，溫哥華人雖然看不到了同在太平洋東岸的舊金山、洛杉磯等城市岸畔那種警濤駭浪式的雄壯威武景觀，然而她卻顯現了另一種情調另一種美，總讓你覺著那種平坦、寬闊、溫和、安靜的情愫，禁不住閉上眼睛去細細地品味慢慢地享受。溫哥華的北部和東部是北美洲有名的洛磯山脈，造物主似乎著意放置在那裡抵擋北極地南侵的暴風雪的一道天然屏障，所以令溫哥華雖處於北緯四十九點五度的高緯度地帶，較之中國黑龍江省的齊齊哈爾市還要北邊一些，卻冬季的最低溫僅在攝氏零下五度，真是不可思議的溫暖呵！世間的事總有例外，真是天有不測風雲了，就在去年十二月底接連下了兩場大雪，積雪厚過我的膝蓋達四十公分，氣溫驟然下降到攝氏零下十六度，電視台驚呼打破溫哥華有史以來四十年的記錄。那時正值氣象學家們喋喋不休信誓旦旦地預言世界氣候變暖的當口，禁不住人們噓聲四起，實難相信所謂氣象學專家之流信口雌黃了。在這四十年不遇的寒冷天氣裡，溫哥華人哇哇亂嚎了，豈不知齊齊哈爾人在攝氏零下三十至四十度過活卻是家常便飯，早就習以為常呐！再說溫哥華的夏季氣溫少有超過攝氏三十度的，天然的避暑勝地啊！北山上的積雪未化盡，世界範圍的旅遊者，尤其以日本人為最，都奔過來避暑，上山滑雪，下海游泳，豈不快哉！只怕說出來你不信，絕大數家庭無空調設備，少數居民買個電風扇搧兩下子就把熱天搪塞過去了。至於那些辦公大樓、大商場、公共圖書館、劇場、賭場等公眾場合從不怠慢，即使氣溫沒有高到熱不可耐的地步，就早早開空調令人們愜意生活，絕不會讓汗流夾背的慘狀發生的。

溫哥華市是個邊境城市，位於加拿大國家陸地的最西南角，往南開車僅三十分鐘就到了白石鎮，那是一個小小的漂亮小鎮，加國和美國的邊界海關就設在那兒。不設防的兩國邊境通道，兩國居民只要出示汽車駕駛執照給海關員警，驗看之後就可以通過，並不需要護照之類證件的。不過年前美國小布希政府說為了反恐的需要，在邊境應嚴加防範，害怕恐怖分子途經加拿大流竄去美國實施恐怖襲擊，所以宣布不久將改為實行持護照通關了。孰不知世界形勢日日生變，政府部門總也在接招中想方設法以應對之，致於這種措施是否方便了或某種意義上限制了民眾，而變得不那麼緊要啦！

平常通關時，員警普通會問你去美國做什麼？去多長時間等一類的問題，你如實回答就好了。有人去看親友，會進一步問你親友的住址、電話號碼等等。開車兩個多小時去美國的邊境城市西雅圖購物，當天回來的情況很普遍。還有些人利用三天長週末假期去美國旅遊，所以過關時免不了汽車排長龍，一等三、兩個小時的情況並不鮮見。我們的兩位白人朋友住家貼近邊界處，開車十分鐘就過了邊界，幾乎每週都去美國邊境小鎮柏林翰（Bulihan）購買麵包、牛奶、黃油等食品，還不忘給汽車加足油，因為通常美國的物價比加拿大低，即使回加拿大過海關申報時補交稅項，他們說還是便宜許多，很合算的。如果你去美國呆了一天以上，兩天三天或更多天的，就有了免稅的額度，進關時，員警會問你去美國呆了幾天，購物了沒有，合起來多少錢，如果錢數在免稅額度以下，就直接放行，也不需打開汽車箱逐一查驗，全憑你說什麼是什麼，說多少是多少。其基點是建立在申報人的誠信，員警相信你所報的情況屬實。當然也有人被員警懷疑而領到報關完稅的屋子裡去一一檢查的，倘若果真超過了限額的，則按加拿大稅率當場課稅完事，也不會追究為何逃稅而另加課罰的。

從女皇公園向北遠眺溫哥華

從地理概念上講，溫哥華是一個城市的名稱，世人都是這樣認識她稱呼她，沒錯兒！然而在當地人中講起來她還有一個地域稍為廣一些的含意——大溫哥華地區，包括與其鄰近的十來個小城市在內，如南邊的列治文（Richmond）和蘭地（Langley），北邊的西溫哥華（West Vancouver）和北溫哥華（North Vancouver），東邊的本那比（Burnaby）、高貴林（Coquitlam）和高貴林港（Port Coquitlam）、楓樹嶺（Maple Ridge），東南邊的素里（Surrey）、三角洲（Delta）等等不一而足，西鄰太平洋，沒有小城市。你也許會奇怪這些城市的中文譯名（多數為音譯，唯楓樹嶺和三角洲為意譯）和英文發音相差太遠，怎麼回事？我告訴你個中原由，早期移民大多從廣東省和香港過來，這些譯名都是他們以廣東話為基準翻譯的，因為他們的發音有別于大陸通行的語音，所以倘若以大陸語音去讀，聽起來有的相差十萬八千里。姑且不說講英語的人群不明白你在說什麼，就是同為中國人的廣東人也會不知所云；換過來說，以廣東語音讀這些中文譯名的城市名稱，則與英文發音還是頗為相近的。就好像義大利文藝復興名城現在通譯中文名為佛羅倫斯，那在上世紀二、三十年代則譯作斐冷翠，大概都是差不多的意思吧！斐冷翠可能根據吳系語音譯出的，也未可知。

現在回過頭來還說溫哥華市中心地區，面積很是狹小，最繁華的商業街道叫羅伯森（ROBSON）和格蘭湖（GRANVILLE），猶如上海市的南京路和淮海路一樣有名。各種跨國公司、商家的辦公樓、大飯店、大商場等等都競相擠在這塊彈丸之地上。市區的西北角有一大片原始森林，現已辟為公園，名為史坦萊（STANLEY PARK），她的傲人之點在於面積為北美洲市內公園中最大的一座，樹木又最古老最茂密，公園範圍裡還包含一個面積可觀的天然湖（BEAVER LAKE），夏秋之交湖面上佈滿了紫的粉的和白的莉莉花，如果與紐約著名的中央公園相較，紐約的可慘了，不過是小巫見大巫罷。溫哥華市區裡公寓樓，以三、四十層為眾，裡面住白領上班族為主，當然也有少量高檔公寓供資金豐厚者擁有，設施齊全。與所有現代城市景觀相似的另一側面，就是相對的窮人、流浪者、吸毒者、妓女、鴨子等等也都會麇集在市中心區域的酒吧、舞廳、咖啡店，或散落於街頭巷尾以及唐人街的某些旮旯角落裡，他們編織就另類世界另類景象，點綴著五光十色、撲朔迷離的現代都市人的夜生活，這就是現實！溫哥華更多的居民居住在市中心之外的低層公寓、城市屋和獨立屋裡，獨立屋有前院和後院可以種花種草，獨立的供暖供電供水供氣系統，不與他人他家混雜，也是很普通的狀況，大約與大陸名之為別墅的那一類住房相似。

上面說到的這些小城市都各自為政，他們和溫哥華市只存在平等的協作關係，沒有行政的上下級隸屬關係，分別直屬不列顛・哥倫比亞省政府領導。他們和溫哥華市一樣有各自獨立的政府、市長和議會等機構，市長和市議員全由本市市民民主選舉產生，年滿十八歲的公民一人一票，每三、四年選舉一次。每逢選舉年候選人非常非常忙碌，到處向選民們演講拉票，推銷他的或他所屬黨派的施政綱領和預計任期內達到的目標，往往揀選民們最關切的方

溫哥華市的煤氣鎮上有條煤氣街，街的北盡頭有一座煤氣鐘，它以煤氣為推動力，每過一個小時會發出氣笛聲——嗚——嗚——嗚，引來遊客路人聚過來與之合影。（劉珊珊　攝）

面和問題開出支票來，以滿足選民們的願望，爭取到最大數量的支持票額，力爭當選上任。因為他們是政客，從政是他們的職業選擇，在現今市場經濟社會裡，他們的行為方式、策略、手段選擇等方面越來越接近商業行為。好在被推銷對象——選民們也久經歷練，努力找出並區分這個黨那個黨說三道四好話的真偽或誇大不實之處，百般比較之後才投出一票去。當然也有不少人懶於區分或以為哪個黨都是說一套做一套，並不能上臺後全數兌現選前承諾的，因而放棄權利而不參加投票的。究竟去還是不去投票也都是完全自由的，個人的決定。沒有人敢於逼迫你一定要去投票或投某一黨某一人的，一旦發現影響自由投票的情形發生，將被視作違規，嚴重者有可能被調查被起訴，並由此走上被告席的惡果。稍為擴展一點兒說，省長、省議員以及加拿大國家聯邦政府的眾議員和總理也都是靠選民自由投票，一票一票累積起來，以多數票取勝，而成為公僕。公僕現時興又稱公務員，顧名思義，為公眾服務之一員，選民才是真正的主人。從原先確立的法律意義上講，選民主人們以納稅的方式僱用這些公僕為公眾做事，事實卻不然，錯位的情形時有發生。這種主僕關係錯位或顛倒情形嚴重的後果，這屆政府可能將被彈核，或提早選舉，進而由此導致政府垮臺。於是主人們只好再一次自由投票選出新一屆政府，讓另一個政黨上臺。簡言之，自由選舉政府領導人，如市長、省長和總理等等被視作民主國家主人——公民神聖的自由權利，不容剝奪也不容侵犯，在加拿大國家這邊就是這樣子做的呀！

二十七、民居風格漫步

前文說過喬治・溫哥華（George Vancouver）于一七九二年駕船到這裡，才發現了這塊與世隔絕了數千萬年的土地。當年這片不毛之地十二分的荒蕪，原住民紐波特人聚居在海灣東部的菲莎河支流一帶，他們乘皮筏手執木叉扠鱈魚三文魚、捕獵海豹為食物，生活得倒也自由自在，閑暇時於大草原上打鼓吟唱舞蹈，知天樂命，好一派世外桃園逍遙日子的景緻。到後來被早期英國移民打破了美夢，雖說不像美國的那樣被白人殘酷大量虐殺，也是被驅趕被限制被改變得整個民族奄奄一息，溫哥華的紐波特人都已遺棄了傳統的篷帳居住方式，搬進政府規定並已蓋好的英國式的普通民房，一個個紐波特人社區通常都被安置在河谷地帶，與自然環境頗為接近，而同鬧市區之間則相隔好長一段路程。

據歷史記載，溫哥華市正式被命名是一八八六年間的事，歷史短得很，僅僅過去了一百二十多年，彈指一揮間都算不上呵！最早到達加拿大東部大西洋海岸的是法國人，而不是英國人。頗具浪漫傳統的法國人首先來到現今的魁北克省領域後，發現聖・勞倫斯河沿岸風景優美、土地肥沃富足，他們開始嘗試在這裡定居下來，並用從歐洲運來的工業日用品與原住民交換毛皮製品，從中獲利頗豐而不思向西進取發展了。稍後到來的英國人則大不同，他們有野心擴張地盤，而且源源到來的英國人數量大大超過法國移民，力量對比顯然有利於英國移民們。經過一場著名的決定性戰役，英國人趁法國人週末飲酒跳舞尋歡作樂之時，於伸手不見五指、黑燈瞎火時分偷渡聖•勞倫斯河成功，殺入法國人的要塞，於是法國人懵懵懂懂地已經做了英國人的俘虜。隨後英國移民佔領了魁北克以外的地區，如後來建立起來的安大略省、緬尼托巴省，並一直向西拓展，經沙克其溫、亞伯達省，抵達太平洋涯岸畔的不列顛·哥倫比亞省（簡稱卑詩省），英國移民遂將他們老祖宗英倫三島上的建築風格帶到了新佔領地，包括溫哥華市。

溫哥華市中心西北角還保留著年齡在一百年以上的一些建築物，現今被闢為紀念館，陳列早年英國移民的家庭生活情狀，以及建築物四周圍的碩大花園，免費供遊人蕩漾其中，細細品味過去了的歲月痕跡和氛圍。在第四十一街以南和百老滙街以西的地段裡，較多較好地集中完善地保留了早期英國移民的家居建築群，通常的樣式為兩層或三層獨立屋，屋前一架寬二公尺長的十四至十六級的露天木樓梯帶你直接登上第二層一間寬大的門廊，呈長方型制，通常在右手邊放置幾把木椅，或室外花園籐椅及小咖啡桌，門廊的左手邊放一存傘桶。房主人家時不時在此喝一杯咖啡，或坐在椅子上讀書作文，客人們到來時也借此稍作憩息，然後步入內門廳或客廳，接受主人的歡迎擁抱，依俗習還會相互在對方臉頰上先左後右地吻兩下，為表示親暱有加，親吻時發出嘖嘖兩輕聲，更增添一分氣氛。第二層是主層，通常包括一客廳一起居室，一間廚房和餐廳，外加一間客房和洗手間。第三層為家庭成員臥室，二室三室和四室不等，其中一間主臥室，空間寬敞，並設專用盆浴；再一間浴室供其他幾間臥室的人共用。整座建築的第一層比上面較矮，不作住人用，當作儲藏室，如酒類、日用品等等雜物，也會預留出安裝熱水加熱器、送暖氣等機械設備空間。倘若為兩層建築，則取消最底層，熱水、供暖等設備按排在下層，上層臥室格局不變，相安無事。

早年所有家居屋宇都採用木結構，不用鋼筋水泥等建築材料，其中可能的一個重要原因，是本地森林資源豐饒，適宜建築用木材多得很，所以在鄉村間用原木建造的屋宇相當普遍，但在城裡不多見。城裡建築用木料也都十分敦厚壯實，有點像那時候的人的性格，今天看似乎有些浪費，不過它歷經百年風霜雨雪依然屹立不動，穩健有餘，可見其堅固得緊呢！我們家原來住的那棟房子是一九一二年建築的，已不知換過幾家主人了，其中有一位主人在東墻面和北墻面右側將原先的窗戶擴大為二公尺乘二公尺，另外在房屋四周外墻面全部覆蓋一層淺米黃色塑膠板，改變了那個時代的建築風格，從而失去了它的近百年老屋的審美價值和作為建築遺產的保留意義。到如今仍有不少英國後裔仍然非常嚮往他們祖先的建築，因為沒有倣古的建築物新建，所以他們寧願用不菲的價格購下未經改變老樣式風格的老屋，再細細地修繕，既適宜現代人居住又不破壞不增損原建築風格，其所以寶貴可能是她於顛覆性的現代化建築風暴中倖存下來的緣故，雖然未必是獨一份的，卻是稀有的！重新修繕並擁有她不能不說是一種彌足珍貴的享受，享受著什麼？我想像可能是享受著經由歷史沉澱下來又繼續傳承下去的那份文化意蘊吧！有一年，大約是二〇〇〇年，溫哥華市政府為市內三座百年老屋祝壽慶賀，她們都是主人家精心維護，風格依舊，堅固實用的典範。節慶那日，主人家準備了點心、飲料和鮮花，不用說英國後裔們一家家的或三五成群朋友們興致盎然的到來，其他種族的義大利人西班牙人法國人和亞洲人，眾多慕名者都來欣賞讚美，一整天絡繹不絕，真像過節！

英裔在這塊新大陸緬懷自己民族早年的建築文化，添一份對遠在大西洋東岸邊祖國島嶼的思念；就是我這個亞洲人也不是深深感觸到了他民族對古文化的尊重和愛護嘛！甚而會引發一點反省和內疚吶。記起幾年前我妻跟我講的一件故事，上世紀八十年代初她和幾位石油總公司的同事去英國考察並引進海上石油生產的環境保護技術和設備，一日主人盛情邀請來訪客人到阿堡汀的一個古堡參觀並用晚餐。那是初春時節，古堡裡既潮濕又陰冷，主人們興致勃勃地陪同客人細步慢走，並仔仔細細逐一介紹這窗櫺這花玻璃什麼的，還有這座椅這擺設的歷史淵源或趣聞軼事，可是也不能說客人們都無動於衷，卻至少可以說不甚明白主人的心意，只是為不失禮貌而強忍著聽。晚上回到住所，一位同事誠意地對我妻子說出了他的感受：「你聽她解釋來解釋去，慢吞吞的，我早就膩煩了。你可好，還跟她討論討論什麼的，我當時真巴不得你少說兩句，讓我們早點逃離那兒。你說古堡有什麼好看的？外國人就會賣弄。可不是嘛！比他們歷史長久的古董，我們中國有的是，還不是破爛一堆。」我妻子轉述完了同事的話，才接著對我說：「你說我在這種情境裡還能說什麼？只好莞爾一笑了之。」我回答她：「也是的，只能如此。」還回到剛才我說溫哥華老屋百年慶典的事，英國裔後人跟他們的先人一樣愛花愛草，精心收拾和照料前後花園，幾乎每棟房前必有一片綠茵茵的草坪，穿插種植著各種主人喜愛的花卉，也有植幾棵多年生木本花樹的，如丹葉楓、日本櫻、山杜鵑等。給花園除雜草、澆水、施肥、除蟲和割草等活，英裔樂此不疲，花費不少精力，卻從中獲得許多許多享受：在平整如毯的草坪上，孩子們玩耍，萬紫千紅的花色競相綻放，大遮陽傘下一張桌子幾把椅子，夏日傍晚時分一家人一起喝茶喝咖啡，吃水果吃霜淇淋，或邀三五好友聊天談藝，都是十分愜意的爽心悅目的時光啊！

英國早期移民將英式民居建築前後花園的佈局保留下來，一直延續到今天，然而房屋本身的建築樣式並非一成不變，現今五、六十年房齡的家居屋，多採用兩層格局，上下層之間由一架內樓梯相銜接，以便一家人方便使用。後來又將其變通，改造上下層都按裝成有廚、廁、臥室的小型結構，提供兩戶獨立家庭使用，這在新移民大量擁入的年代，作為出租屋發揮了特別的效用。還有一種型制是在第二樓層向上發展，加半層歇山式作為頂樓，間隔為一臥室一浴室，面積不大，但有很強的私密性。從屋前正面觀，似從屋頂瓦片下冒出兩只眼睛——兩扇窗戶，也別有風情。

大概因為新移民來源地的範圍擴展，德國人西班牙人中國人印度人紛紛遝至，帶來了他們各自原居地的建築樣式，所以你走進溫哥華住宅區街道觀察兩旁的民居，感覺清新閃亮，絕無疲勞痲木之弊。西班牙式兩層樓的正面外牆上用多個圓拱形連接在一起，以紅磚砌成，雙扇大木門漆成紫紅色增加了穩重感，再配以五彩繽紛的花樹映襯，在陽光照射下分外嬌艷，樂觀開朗、熱情奔放、追求刺激，就像看到了鬥牛的激動場面，那塊最具魅力的大方紅布正在搖晃招惹已經急紅了眼的牛隻。三十年前風行過一陣叫做溫特式的建築，外型四四方方，紅瓦作頂，沒有什麼裝飾，也說不出有什麼特色，唯一的長處可能是盡量擴大室內空間，重在實用吧！那個時代從廣東、香港來的移民特別青

住宅區的早期民居風格多樣，往往是別出心裁的，可能是出于建築師的創意，也可能是房主人出主意由建築師專門設計建造的。房檐由軟質材料做成卷曲的。

睞溫特式，他們幾乎成為溫特式建築唯一的主人。他們中間的不少主人改草地為水泥地，也有在後園子裡辟出部分草地種蔬菜——黃瓜、西紅柿和四季豆之類。他們還喜歡在客廳一角供關公神像，作為拜神求財的神祇，也許因為做小本生意者求保自身的驅使，也許僅僅是習俗吧！不過這陣風很快就過氣了，現在沒有人再造溫特式了。接下來加州陽光屋獨領風騷至今不衰，那是倣照美國西海岸加利福尼亞州興起的建築樣式，顧名思義，使用大面積玻璃窗充分接受陽光，特別適宜溫哥華春季氣溫偏低偏長的情形，室內特別需要陽光照射進來。初夏季節的草地上三三兩兩少女少婦或坐或臥曬太陽聊天，或乾脆獨個兒平躺著曬背曬胸腹，旁若無人似的三點式景觀騷動了夏日的因數，溫哥華人擁抱陽光的熱情可見一斑，所以建築師幾乎原封不動地把加州陽光屋的圖紙照搬過來能在溫哥華落地生根。追求整體建築龐大和享樂為其特徵，規劃為上中下三層，上層辟三或四間臥室，中層進門為大客廳、以及廚房等生活區，底層有家庭電影院、歌唱娛樂等設備，待客時，供客人們酒足飯飽後到底層消遣、消化一番。樓層的高度明顯增加了，即使在半地下的底層裡依然覺得寬暢、敞亮，猶如地上層面一般，這種結構的長處是令燥動發狂的音響被禁錮在地下空間裡，而不會干擾到四鄰八舍的安寧。房子的總面積不會低於四千平方英呎，在建築商高調推銷的所謂豪宅中是比較適中的一類。目前似有趨向於小型簡單的格局，可能只局限於公寓單元房建築吧，顯然加州陽光屋建築也放慢了腳步，也許正在觀望等待時機的到來，重振旗鼓獨霸鰲頭的那天。

走在溫哥華民居區的大街小巷，你可以看到一百年甚或更高齡的房屋，或許就在他近傍或隔壁鄰居正在興建陽光新屋，換句話說，同一條街道上你可以欣賞不同年代建築風格的民居，他們互不干擾地混居在一處。只因隨順房主人的個人心願自由擇定，才保有了新舊風格樣式民居的多樣性和豐富性，歷史衍變的底蘊才有了形象的顯現。有人說這是多元文化精神在建築領域的體驗，說得也有理。可是居住在基本上受建築師所制約的格局中的人，也總在掙紮和挑戰這類限制，他們選擇了在內外墻面顏色上表現個人的愛好和個性，這不失為一個可喜的突破口。我家原來斜對門的一戶舊鄰居將正面外墻漆成五顏六色不規則色塊呈現出活潑、歡樂的氣氛，他們家有兩個不到上學年齡的小孩，看得出做父母的用心所在，可惜我沒有訪問過他們，不知道室內的個性化情形。幾乎隨處可見每家每戶對色彩的偏愛，這種愛好也不是一成不變，年齡、季節和心情都會有影響，所以跳躍、新奇、求異的色彩令街道五光十色，常見的如米白、米黃、磚紅、細石屎……色階等級的差異而呈現不一的光照感覺，卻也不乏亮灰藍的、紫紅的、黃泥土的、淡天藍的……數不盡的引人注目的色彩。

我的倪姓朋友家以白牆黑瓦為基調，正面外墻上加幾條橫豎交錯有致的十公分寬木條作裝飾，把它漆成深咖啡色，也別有風味。在溫哥華我見到最特別最讓我永不忘記的一棟民居是愛德華皇帝西街（WKINGED WARDAVE.）約三〇〇號路段的兩層建築，遠遠看去一如安徒生童話中的小屋，她的屋頂真弄不明白用的何種材料，像一張一蓆軟綿綿地覆蓋著包裹著，似海浪般輕微起伏狀舒展開來；從小屋前門看只有一層，不料她向後院延伸時巧妙利用下坡地形，下面一層房間直向後花園推展，所以她仍在地面之上而未至地下，結構實是奇思妙想，值得有機會一遊溫哥華的人一睹。

寫了這許多字，離繁富優美的實情遠甚，也不過一鱗半爪而已！

英式檯燈，由古老時代的美孚油燈衍進過來，現今改裝成電燈，通電後作為室內襯托光的感覺十分柔和溫馨。

二十八、火雞及其它

歐洲人一年一度的感恩節聖誕節都以烤鵝為標準傳統大餐的一道主菜，已經有兩千多年的歷史，可是英國人法國人或西班牙人移民到了南北美洲將這個傳統大餐的主角撤換了，大火雞替代肥鵝唱起老饕餐桌上的頭牌，任人享用作樂。火雞在市場上的售價不算高，以溫哥華為例，平常日子裡四十、五十加元可買一隻二十多磅（一磅合四百五十四克）重的大火雞，逢到感恩、聖誕兩個大節時分，西方老闆的各大超級市場一般會競相降價促銷，會在廣告上打出最多下降百分之五十的好價去吸引家庭主婦們。

火雞肉的口味，普遍不受華裔的喝采，更有持批評態度的，將牠與走地雞、三黃雞或肉雞作比較，肉質粗糙堅硬，味道也不夠鮮美。是的，這話說的也不無道理，老習慣使然吧！但是，如果換個角度去觀察，則大有講究，火雞肉的蛋白質含量高，脂肪成分低得微乎其微，尤其在現今講究生活質量、減肥防胖的時代，火雞卻比其牠家禽應該佔有較多優勢。在這邊的Safeway、Save-on-foods、Superstore等西方人開的大超市裡，有整隻出售的冷凍火雞，更有將火雞肉分割成胸脯肉、腿肉、翅膀或磨成肉粒大小不一的肉末改為小包裝出售，其價堪與著名的紐約牛排匹敵，更不用說大大超過普通的雞肉，甚至高過三、四倍，最上等的百分之百去脂肪熟胸脯肉竟要每磅十二加元之譜，真是一分貨一分價啦！

西風東漸，感恩、聖誕兩節吃火雞的傳統，假飲食文化之名頭也已颳進中國大地，北京、上海等大城市裡像模像樣的大飯店西餐菜單上都不太可能疏忽到或缺火雞肉這道菜式，無論問津者多與寡，業已成為當地某一階層人中的時尚菜肴，那是不爭的事實。而且在華堂、易初蓮花等外資超市裡也開始出售熟火雞腿，我還沒有在華普、物美等普通超市的貨架上找到。據說華堂是日本人的資本，易初蓮花是新加坡華人的老闆，他們都屬亞洲地區的人對美洲有一種莫名其妙的親近感，或許從歐洲移民去美洲墾殖新大陸時，把歐洲白人貴族階層的那種歐洲中心論觀念被拋棄了，也許去美洲的初期移民本來在歐洲本土的社會階層就並不高或稍低，更易與亞洲人做生意時或平素相處時不怎麼趾高氣揚，多一些平和的成分，所以令亞洲人普遍似乎對美洲人有好感，去美洲的移民也多，瞭解也就多些，美洲火雞因此比歐洲肥鵝容易推銷過來。在北京、上海等地同樣火爆的家樂福超市傳言是法國人的資本，還時不時因為政治氣候發生抵制去家樂福購物的抗議作為，即使將來想引進肥鵝也將難於湊效。

火雞並非進得了每一間較大的超市，也有可以玩味的地方。上面說的華堂和易初蓮花兩家外資超市沒有生火雞出售，無論整隻的分割零售的，只賣熟火雞腿，屬測試市場的初級階段，連皮帶骨每斤十九點五元人民幣，可能是熟肉製品中最昂貴的了。生產地標明是北京鑫順農業股份有限公司和鵬程食品生產公司兩家，可見加工成熟肉是在北京，推論火雞飼養地也不會太遠，就在京郊的農場裡。我們不妨猜想一下火雞胸脯肉去了哪裡，去了前面說的大飯店無疑，下腳料擲到外資超市，一般超市還不進貨上架，這又為什麼？又是價格在作怪在起作用，實在太貴了，沒有人會購買，超市老闆當然不進貨。以易初蓮花和華堂超市為例，紙袋真空包裝一隻北京烤鴨十二點八元，未標明淨重，估計總在一斤半以上，折合每斤八點六元，同樣是熟的火雞腿竟是烤鴨價的二點三倍，更煌論烤雞了，總在三倍以上。從肉食分割分類上看，火雞腿肉質次於火雞胸脯肉的，不可能想像胸脯肉的價格了，連火雞腿的銷路不怎麼看好，胸脯肉問津者更稀少，所以易初蓮花和華堂都阻止其上架了，也許三里屯、建國門外外國人聚居地的超市有售，可惜我未專程去查看。

即使你我他進同一家超市購食品，貨籃子或手推車裡裝的活魚有價高如鮭魚、黑魚，便宜的如青魚、鯽魚，鱸魚之屬；肉有牛羊肉和豬肉的差價，同樣的豬肉，骨脊肉較五花肉腿肉價高許多，從你我他所選食品幾乎能判別出你我他各自生活在哪個階層裡，是白領或藍領工薪階層，是離休是退休的，還是仍在掙紮最低生活水準上的；更進一層說，同樣住在北京城，住別墅住大房子階級的主人一般都不涉足超市食品部的，自由傭人去採辦；住公寓住簡易樓或仍居住在大雜院的或城市邊緣人，他們去超市去農貿市場去小商販攤頭去小雜貨店，其間大有講究，其差別也大大地存在，君不聞北京人戲謔地稱：進市中心是歐洲，出城邊緣是非洲。細究也許存瑕疵，大致也算說得八九不離十啦！

二〇一二年帆船節的美女義工

菲莎河上的水上人家，二十五年前家家屋在水中央，上岸走小木橋抑或駕船遠航。

二十九、加東一瞥

去年初秋去加拿大東部四個城市看了看，多倫多確乎是加國第一大城市，它很像紐約，進入城市的六車道八車道並排行進，只要聽到那轟隆隆的聲響，感覺到那車速的飛奔迅猛，我就覺得非比尋常；而且我在車上看到近處、不遠處和遠處層層工廠的廠房以及高聳的一根根煙囪，並不時的噴射出白的、橙黃的水汽和濃煙……這一切讓我明白我被拋入一個人口密度高、空氣窒息、機械力強的地域。不久就證實我的第六感覺正確無誤，瞧那些行人不是個個如此，也總十有八九臉色緊張、步履細小而快速行進，有的神經兮兮者習慣於一路小跑。從高空中俯視恰如蟻群忙碌異常，為食為住為行為衣，由生、成、壞、空逐級衍進，最終一個個個體煙消雲散，新產生的生命體又重複輪回，個個樂此不疲。我乘地鐵，看到票面上方印著大號阿拉伯數字：二五五，不解其意。第二天再乘再買票，赫然印著大號阿拉伯數字：二五四，我悟出個中道道來了。這是什麼意思？意在提醒我、每一個乘車的生命體注意日子過得好快，今年已過去了二五四、二五三天了。我直佩服他——不知是誰真是一個催促像我這樣懶蟲的妙方！難怪多倫多人是我所見東部四大城市居民中最疲於奔命者，城市病最嚴重者，無論男人女人，老人小孩，也無論白人黑人，黃人棕人，都無一倖免。我禁不住為之灑淚，多倫多無愧於被譽為「疲憊的胸罩。」

渥太華市的地理位置恰到好處地象徵著她的政治狀態。勞倫斯河支流把她切割成三塊面積大小不等的地盤，銅綠色屋頂的國會大廈守候在三叉河口右方的高坡上，日日夜夜俯瞰著三叉河口，因為三叉口的西北、東北方正是魁北克省，鬧獨立已十多年了，公民投票支持獨立的票數總達不到百分之五十，所以獨立派還有很長很艱難的路要走，這是另一種長征，政治馬拉松。我注視那三叉河口的河水似乎一無所知，清徹、緩慢、悠悠地哼著法蘭西小夜曲永不停息地流淌，她能擔負維繫法、英兩個民族的紐帶嗎？我，不，顯然不僅我一個人有此疑慮，而是一個不小數字的復數，「困惑的紐帶」深深地印入我大腦深層。

蒙特利爾市雄風不再，她沉醉在回憶往昔二八妙齡的旖旎風光，奧林匹克競技場火炬塔仍翹著二郎腿傲視堆積得像火柴盒形的樓群，雖然她心知肚明今天、明天以至永遠不再舉起火炬，只好像唐明皇白頭宮女那樣曬太陽嚼舌頭，沒完沒了地嘮叨那古老傳奇故事；兩百年前法蘭西風格的建築群如今托尋根、懷舊之風氣招引著觀光客，小石頭子兒鋪成的窄窄的街道兩旁，鱗次櫛比的小禮品店、咖啡店、服裝店……都搔姿弄首，引誘路人駐足，投入胸

渥太華街頭空置一架豎式鋼琴和琴凳，珊珊興致正濃，撫琴取樂。

懷。我一下子擁入一家十八、九世紀服飾的專賣店，一把把明晃晃的長劍一字兒排列在進門口左邊墻壁上，淑女們的頭飾向你投來詢問的眼神。我被兩名售貨小姐古典蕩漾的神形吸引了，那位白人小姐大敞口、寬袖口綢質連衣裙，以淡雅的拿不勒斯黃把她白皙細膩的膚色襯托得維妙維肖，那位黑膚色小姐以她嬌健、勻稱和富有彈性而不讓她人，當我禁不住向她們詢問可否為她們拍一張照片時，她們淺淺的微笑、善意的意味留在了照片上，做了最好的回應，並藏入我的照片集裡了。蒙特利爾市佔據了一個河心小島，勞倫斯河像慈母般從四周圍把她緊緊地擁抱著，孕育哺乳著她，世世代代養育著她，寵愛護衛著她，……不爭氣的女兒沒守住加拿大第一大城市的殊榮，眼睜睜拱手讓給了南方城市多倫多。當然她沒有學過善罷甘休這個詞彙，少婦人的心跡依稀可見，市內完善的地下鐵路系統，四通八達，交通方便異常；把地下大商場像蜘蛛網一般把地下大商場統統串通到一起，尤其在冬季白雪用一百厘米甚至更深的厚度覆蓋她時，裝扮她時，她護衛著她的子民們在地下安寧活動，購物、飲酒、喝咖啡、看電影、跳舞娛樂……地下依然溫暖如春；還有房價、油價便宜、稅率低等等優勢，當她背著人想到這些時她引以為榮，甚至偷偷笑出聲來呢！她活像一位家道已經中落、卻善於照料她的兒女們、又風韻猶存的中產階級少婦。

魁北克市被痛苦的回憶纏繞著、折磨著。一個個破碉堡、一門門生了銹的大砲對準了勞倫斯河口，準備痛擊上上個世紀的英吉利入侵者。歷史的恥辱像一根細鋼針牢牢插入手指尖一樣刻骨銘心地痛。英法兩軍對壘，法軍以逸待勞，糧草充裕，彈藥滿庫，又佔領著制高點，防禦工事層層密密，亦不可謂不堅固，為何竟被基地遠在大西洋對岸的英國遠征軍打敗，成為至今仍然耿耿于懷、喋喋不休、爭執不已的熱點呢！瑞士裔小姐她是教授告訴我們這則寓言式的故事，使我們的疑問釋然了。她說：「英軍多次進攻，都不能得手，只好駐紮在河（勞倫斯河）對岸以觀動靜。法軍方面有了擊敗英軍的勝利經驗，興奮狂喜，他們在強固的工事裡飲酒慶祝，」她站立河畔高達三十多米的懸崖上繼續講：「英軍指揮官可沒有睡大覺，派遣偵察兵了解法軍的布防，從法軍隨隊家屬婦女傍晚到河畔洗衣物偵察到從河畔通向駐地的線路，英軍在一個半夜裡人不知鬼不覺的渡過勞倫斯河，又偷偷沿著洗衣婦無意提供的線路直搗法軍工事，法軍幾乎沒放一槍就做了英軍的俘虜，從此之後，英軍長驅直入，迫使法裔族人就範，法裔聚居地的魁北克成了英聯邦成員國加拿大的一個省分，對法裔人說，雪恥的心態深深保藏又時常浮現。」浪漫、熱情、好心的法國人被香檳酒葡萄酒坑害掉了。傳言第二次世界大戰時，德國納粹坦克部隊開進巴黎市區街道，市民們被坦克隆隆聲從睡夢中驚醒，還迷迷糊糊地問：「拖拉機開到城裡來幹什麼？」真是遍地充斥著「痛苦的回憶」。

加拿大東部四大城市的自然風光真令慕珍和我留連忘返，多倫多向南約兩小時車距的尼亞加拉大瀑布以其跨度巨大而聞名，她那清澈的水不是從天而降，卻是就從你我的腳下往下直瀉，寬廣壯觀無以倫比，尤其驚險的是乘遊船直抵瀑佈傾瀉的底部，在那裡人船都在水簾裡面，迷惘若失。這一天我們經歷了陰雨晴三種天候景觀，害得平素不喜弄相機的慕珍連連按下快門，照了四個膠卷。回家後又挑出兩幀極品放大成二十四乘十六吋的照片，日日觀賞。

東部的楓葉又是一大地景景觀，頌南夫婦和夏青小姐都讚口不絕，可惜我們估計誤差，回程機票訂得早了二週時間，只得作罷，不過已相約好補救方法，明年九月底再去，感恩節正是欣賞楓葉的最佳時節。正中我倆下懷，留下了再訪的藉口。

三月二十八日

尼亞加拉大瀑布正奔騰咆哮著向我襲來，岩石上的水鳥好像若無其事般悠哉悠哉地棲息在那邊，處事不驚，氣定自若。（陸慕珍　攝）

尼亞加拉水帘自八十米高處傾瀉下來激蕩不已，遊客身穿雨衣乘小艇沖進去追求刺激，體驗生命臨界，慕珍和我沒能避免。（陸慕珍　攝）

三十、夏威夷印象

夏威夷群島由周邊一百三十七個大大小小的島嶼組成，考艾島、瓦胡島、毛伊島、夏威夷島等八個主要島嶼有人居住，其餘多數為珊瑚礁或只是岩礁而已。夏威夷群島鑲嵌在太平洋北中部，與亞洲北美洲和澳洲差不多等距離。太平洋中本沒有這塊陸地，由延續了數千年的火山爆發造就的她，如今火噴仍在大島活動著，去年夏季有些熔岩從火山口一點點流淌出來，島上還留著火山噴發造島的胎記痕跡，引得來這裡旅行的人陸繹不絕地去朝拜去瞻仰。

ALOHA HAWAII！

ALOHA！你好！歡迎！當地原住民的招呼語。用得很廣泛和尋常，進商店購物、用餐，或參觀古蹟、景點，逛路邊攤，問訊等等都用得著，即使在海灘、林蔭道上見到對面的行人，只要你有興致ALOHA一聲，定會回你一聲ALOHA！剛踏上WAIKIKI南海灘第一天清晨，我們擎著咖啡杯從Starbucks cafe店出來走向海灘，在不足百公尺的距離裡我們興高彩烈地喊了十多次ALOHA！當然收到同樣次數的ALOHA！每個旅行者都像孩子，天真地笑天真地說天真地打招呼，同行的詩人形容這裡的男男女女每個人都是朵朵春天裡盛開的花兒！講得好，看起來這些男人和女人都無憂無慮，不去管它回家之後會怎樣的，至少在HAWAII是天真、樂觀、開朗、幽默的一群，這就夠滿足了

我們訂了Park Shore Hotel 一六一八號房間，背對大街街面，相對比較安靜適宜休息。出Hotel大門右拐前行五十公尺就是WALAKAUA大道，穿過大道就進入海灘區。二月底的海灘已非常地熱鬧，穿三點式的少女少婦和老婦們大搖大擺地走來走去，戴著太陽鏡仰躺在沙灘上曬太陽、看書或聊天，也有不少成雙成對的男女摟著腰漫步的、追逐嬉耍的，更有人瞭望遠方不間斷地推向岸畔的層層疊疊的白浪，許許多多玩滑板的弄潮兒們迎著海浪沖上浪尖、鑽進水幕、翻過浪鋒，盡顯男兒勇猛本色。人工建築的海堤伸向海域百公尺遠，海浪不知疲倦不停歇地向海灘襲來，巨浪沿著堤岸捲起串串翻天浪花，貼著堤岸迅疾地奔騰咆哮，時不時潑灑到堤岸上面來，澆得行人們陣陣躲閃，惹得行人們陣陣驚恐笑語。

白沙海灘

WAIKIKI海灘的沙子真白真乾淨，簡直令人不可思議，不見水生植物如海藻類的一根根莖或一片碎葉，也尋不到一隻貝殼類海洋生物甚或一隻空殼，也不見一隻或嬉水逐食或展翅翱翔的白色的或灰色的海鷗，更驚異的是從東到西竟然拾不到一顆被海水沖刷得圓形的卵形的石子，無論大小彩色的本色的一概全無，這是一項不小的憾事。到海邊漫步順手撿石子對

我而言本是一種不可或缺的樂事，色澤、色彩、形狀都可以拿來比較琢磨篩選，雖說消磨時光卻樂在其中，先前每次遊溫哥華Kitsilano海灘和Jericho海灘總能揀拾到幾顆、十幾顆石子回家，洗淨掠乾了置於案頭觀賞，有朋友至必拿出來分享評論一番，七嘴八舌，各發奇想，好不快活。不過話說回來，也許正因為這邊沒有了海中生物的蹤跡，才造就了如此潔淨可人的細沙白海灘呢！自然界的規則我不明白的可多了，這現象恐怕只是極細微極細微的一個事例罷了。

太陽西沉的時分，我們坐在海灘上目送她緩緩地穿過由她的光芒照射編織成的七彩雲霓，先前還從沒有體驗過她那麼從容那麼大度那麼沉著那麼豪邁的氣魄風姿，沿著她最下方的圓邊切線起始，一分一厘一絲一毫地下沉沒入海平面，沒有一點兒猶豫和滯疑，堅定不移志地下沉又下沉，直至完完全全把自己掩沒了消失了，最後我們見到了她迸射入天際的餘暉，散落到朵朵雲霓上，滿天際被她裝點得色彩繽紛，美妙得無以言說。我們沉醉在這大自然的傑作大自然的恩賜之中，幾乎忘卻自身的存在。我閉上眼睛恁憑思緒馳騁，卻發覺自己很乏味很枯澀，並不像有時候坐在小書房裡思想那麼活躍靈動，為什麼會這樣呢？我自問又自答：淺薄，第二第三個原因依然是淺薄。

待我再張開眼睛的時刻，大洋遠處停泊著一艘燈火通明的大遊輪，身後右方的高樓和街道上閃爍著紅黃綠白各色燈光，一縷縷紅色光道沿街流竄，卻不聞汽車喇叭聲和嘈雜的人聲，人們各自享受著各自的自由和樂趣，相互尊重又理解。天真的全黑下來了，遠處的大榕樹看上去像一座碩大無朋的亭子或蔽天遮陽的大傘，那細瘦高挑身段的棕櫚樹剪影好像貼在幽黯的天幕上，樹葉像張開五指抑或七指的手掌比劃著正作講演。

夏威夷榕樹碩大無朋。小鳥的天堂，遮風避雨唱歌跳舞，嘰嘰喳喳快樂無比。

不經意間穿過手指發現天際的星星正朝我眨眼，我們興高彩烈地數起星星來了，比賽誰尋覓得多，其實這是一項不可能有結果的比賽，每人的目力強與弱有別，每人所處的位置不同，更不用說受天空中變化萬千的因素影響，條件不相同的起跑線本身就有侷限，先天不足的比賽條件怎能讓比賽有公平公正呢？我提議找北斗七星，找那用一條線串連起來像一把勺形的七顆亮晶晶的星星，我們儘量睜大了眼睛搜索北方，從西北方正北方到東北方掃過來一遍沒發現，再從東北方回到西北方，就這樣掃過來又掃過去三遍之後我放棄了尋覓北斗七星的初願，結論是這兒緯度僅二十度，太低，不像我們溫哥華高達四十九度緯度，一抬頭就見北斗七星了。這期間我發現了三顆一排為一組的星星，中間的最明亮，顏色比較發紅，兩邊的兩顆白潔純淨，我告訴朋友這三顆一組的星星有名有姓，我老家的鄉親稱她們為扁擔星，中間這顆星挑兩邊的星星，使足了勁漲紅了臉，所以她看上去蠻紅的了。我的朋友聽了哈哈大笑，連連誇讚鄉親們想像力豐富、想像力豐富！

棕櫚樹和榕樹

夏威夷南海灘一枝枝耀人眼目招搖過市的棕櫚樹性格獨立，如鶴立雞群般傲視著周圍，灌木叢顯然只配舔舔她的腳趾，那些氣根眾多巨蓋廣蔭的大榕樹也高不過她的膝蓋，顯得有些笨拙反倒更襯映出她那份婀娜嫵媚的氣韻來，打個不十分恰當的比喻，正好像塞萬提斯筆下的僕從桑喬，無論從外形相貌到精神氣質總襯托出他的主人堂．吉柯德的貴族身份來似的；中國有句古語說「樹大招風」，倘若改它一字為「樹高招風」，則應了棕櫚樹的境遇。我們停留WAIKIKI的幾天裡，沒有一日不刮風，而風向又總是從東北方向過來，大榕樹好像不買帳，不過搖搖小枝條顫顫大葉片應付一下，五短身材粗壯結實的主幹屹立不動穩如泰山；那棕櫚樹則不然，不僅勤快地隨風煽動長把的美如孔雀長尾的棕櫚長葉片，而且即使堅硬如鋼的細腰長腿終究也頂不住經年累月一個方向颳來的風先生的執拗，君未聞水滴都能穿石，鐵杵還可磨成針的道理嗎？棕櫚樹算什麼來著，她本來氣質纖弱又只是木質而已，所以總是沒奈何地顯出謙卑的態勢，一眼望去，無分遠近，她們每一位姐妹都程度不盡相同地順風傾斜著，頂端的大長葉片總堅持昂首挺胸驕健地煽來煽去，卻並沒有做出彎腰屈膝馴服求榮的顢頇模樣來，她能堅守一輩子，多麼地不容易呀，僅此一點已足令我這遠來的遊子誠心折服、起敬和讚美了。

有天傍晚，我們沿海灘散步一直南行，邂逅一枝大榕樹，千百條氣根自自然然成組成組地垂下來，有的著地已深入泥土中，有的仍懸掛在半空中，我好奇地走近她用雙手觸摸，真沒想到她的表皮好堅硬好厚實呀，我差點兒抓住她蕩秋千來著，猛然間從上方密密層層的樹蓋裡傳來美妙無比的眾鳥鳴叫聲，我們摒聲靜氣地側耳聽個緻細，又抬頭仰望，卻半天尋覓不到一隻小鳥的身影，簡直太奇妙太不可思議了，我們靜靜地低下頭閉上眼享受這忽然降臨的天籟之音——鳥兒們的自由鳴唱。我的詩人朋友悄悄打開手機的錄音功能，把手機舉得高高的超過頭頂，想儘可能把這難得相遇的大自然恩賜予我們的雅樂留住。十多分鐘過去了，當我們捏手捏腳地移步時才發現好幾位少女少男站在我們身旁也一動不動地諦聽小鳥們歌唱。在這兒才是真正小鳥的天堂。

陽光浴者的最愛陽光、草地、海灘、水浪。

同一地點同一時間同一空間不一樣的人群裡的他正忙於屬于自己的生計。

珍珠港啊珍珠港

乘四十二路公共汽車一小時左右，就從我們住的酒店到了PEARL HARBOR，這是計劃中必訪的一個地方。「珍珠港」是個真不能再顯其珍貴美好的名字了。果不其然，名不虛傳，且不說水質純淨見底，四面環山，出口處只有一條狹窄的水道，若不是從空中襲擊，想從水道進攻真是天方夜譚，確然是個一夫擋關萬夫莫開的天線啊！一九四一年十二月七日清晨日本軍隊偷襲美軍成功的一項重要因素是算計準了美國士兵昨夜的週末狂歡，醉酒作樂而鬆懈戒備；二則從珍珠港沖出那狹長的水道，幾十艘戰艦在短時間裡恐怕也不是一件輕鬆完成得了的小事。根據景區指引首先參觀U.S.S.BOWFIN號，我們鑽進內部去體驗水兵的生活和作業，從前部的甲板沿窄窄的扶梯而下進入洞穴般黑暗的艙內，依賴微弱燈光的照明一步步從發射魚雷等作業的戰鬥區通往中後部的吃、玩、睡等生活區，不少區域我都得低下頭顱避免碰撞全是鋼鐵結構的設備和器具，尤其間隔各個區域的艙門呈豎式橢圓形，其狹小的程度如不是親臨實不敢相信，我側身跨過高門檻，必先伸過一腿作騎馬蹲蹚式，再低下頭鑽過去，抬起身把後腿收過來，方算鑽過一艙來，空間如此之狹小煩難，看來也只有二十來歲的青年人矯健身軀才能迅疾行動投入戰鬥了。

參觀珍珠港的重頭戲是瞭解十二月七日清晨五點的狂轟濫炸所造成美軍人員傷亡數和損失各類戰艦的數目，死亡水兵總計一千一百七十七人，每人名字鐫刻在陣亡戰士白色大理石紀念碑上，其實確切地說他們是在軍艦上在睡夢中喪身的，根本沒有進入戰鬥狀況，連準備戰鬥態勢都沒有呀！各類戰艦真的毀於一旦，非常慘毒。現在給我們參觀的這艘軍艦叫亞利桑那號（旗艦）（Arizona），它沉沒在離岸不足一百公尺的海灣裡，它約五公尺直徑的煙囪頂部剛剛露出水面，橫跨亞利桑那號旗艦中部上方現在造了一座橫向建築，走廊形白色外牆，一如旗艦外延鏤空的大窗櫺，十分方便遊人探頭觀察和攝取鏡頭，建築中前部陳列了一幅亞利桑那號旗艦內部三層結構圖，有專人作解說介紹。在乘小艇進入此建築前，已讓參觀者做足了功課，一是參觀近百幅文字圖片敘述日軍偷襲珍珠港的前因後果，文字圖片畢竟是靜態的理性的；二是看二十三分鐘的大螢幕電影，剪輯二戰時期東西方戰線紀錄影片作粗線條敘述，珍珠港六日晚上週末燈紅酒綠的鏡頭，以及當天清晨日軍轟炸機自殺式輪番投彈鏡頭，夾雜著美軍血肉橫飛、艦隻斷裂爆炸巨響的綜合，整個空間天昏地黑，滿目瘡痍，慘不忍睹，我這時竟忍不住淚水奪眶下滾，心想世界末日大概也不過如此，這只是一個縮影。眼睛、耳朵同時感覺到了的訊息傳遞到腦神經，讓我綜合判斷讓我思索，這股力量強大無比，影響深邃。特別讓我驚訝的是旁白解說聲調那麼沉著簡潔通俗淡定，一無煽情虛張聲勢之弊端，卻如此重重地叩擊我的心扉，難以忘懷。

第二次世界大戰日本偷襲珍珠港的歷史記憶——亞利桑那號戰艦被擊沉後露出水面的一角。

這究竟是為甚麼原因呢？突然間我的思緒跳躍到北京城西五環路段，一日搭車隨朋友去西山，看見一根極似電線杆的立柱上端釘一塊四方形白底黑字牌子，上書「中國人民抗日戰爭紀念館」幾個字，孤零零的矗立著，前不見村後不著店，牌上也未標示箭頭方向，八十公里限速的道路上不知有幾人會看見，即使看見了也是一片茫然，一頭霧水，不禁要問紀念館在哪兒？怎麼走？我的朋友是老北京，聽了我的疑問說讓他想想，過一會兒答道：「可能在蘆溝橋吧？因為這裡離蘆溝橋不遠了。」謝天謝地，北京有多少人知道蘆溝橋有個抗日戰爭紀念館？又有幾個市民去參觀過這個紀念館？更不用問有多少個來北京的旅遊者知道並親臨這個紀念館呢？北京旅遊手冊又是怎樣介紹這個紀念館的呢？暗下決心我有機會再去京城時即使繞個十彎八水也一定要去參觀這個高高掛牌的紀念館，因為近半個世紀中國人被「一衣帶水、友好鄰邦」等昏話渾話欺騙得太久太深了，毒害到集體遺忘並達到不惜篡改歷史的愚昧地步，卻只為迎合日本帝國主義經濟侵略的野心，從而確保對內兇惡殘忍專制統治的邪惡目的。

尋覓中山先生足跡

我同行的詩人朋友對中山先生欽佩有加，促成了我們直奔HANILOLO檀香山的熱情。二號路公共汽車通到唐人街，我們注視著街道兩旁出現中文字商號招牌的時刻就跳下了車，緊走兩步看見一爿店門外掛著花不棱登的中式衣服，剛駐足，門首一位中年婦人講著廣東話搭訕，我趕緊擋駕：「冇識聽冇識講。」她瞬時改用普通話問我想買些什麼？當我說明我們要找中山先生的舊蹟時，她顯現異常的熱情向我們作詳盡的指點，很感受得到她對中山先生的尊敬。現存中山先生幼年時期讀書生活過的地方今闢為中山公園，名為公園，其實就是眼前這塊約四百平方公尺面積的土地，上面種了一些花草和一口失修多年的小水池，猶有意義的只有三件遺物不能忘卻，其一是無名氏作的幼年孫中山青銅像，高約一公尺二十公分，雕像寫實樸素，從面部看不出他日後壯志淩雲的預兆，卻也不失為一位自律上進的英俊少年；其二是映襯雕像的一片面積不大的竹林，從中見出設計者的寓意；其三是一扇對開古式大木門，一對黃銅的大圓門環似乎隱匿著中山先生少年時代幾多趣聞迭事。我透過窗櫺詢問裡邊的一位女人，她答曰：「這裡是中式自助餐廳，十一時開門，歡迎過來用餐。」畢竟曠日已久，時過境遷啊！然而能有這三個物件示人，我已經相當的滿足了。

依據那位中年女店主指點的方向，我們拐個彎走了三個街口就見到一條橫穿唐人街的小河，河的南岸矗立著一尊中年孫中山銅像，約一百四十公分高，基座的高度倒近兩公尺，比例嚴重失當，但願只因立碑時間倉促所致，否則真犯了不可輕易免赦的過錯了。基座上鐫刻著好些金色字詞，並鐫刻由中國國民黨和孫穗芳共立的字樣。孫穗芳曾出版《我的祖父孫中山》一書傳世，好像曾引來一些非議。中山先生一九二四年在京城謝世時嘗囑：「革命尚未成功，同志仍須努力。」屈指算來已過了九十又一年，此語至今依然熠熠有時效，他為之獻身的這個國家至今連共和的目標也還未達成，豈不令國人齒寒，大呼嗚乎哀哉！真不明白那些攥住國家權柄不放者有何面目見中山先生呢？

清末最偉大的辛亥革命推動者孫逸仙博士早年到海外募集資金，據說落腳檀香山的舊址就在這對開門裡。現今已改為小飯舖，詢問結果：十一點鐘接客。

夏威夷四日遊很快過去了，留下粗略的一些印象如上所記，也許可以搪塞荒度光陰的自責和他責了吧，但願如是。

二〇一三年三月十三日

* 附記：二月二十五日搭乘加國West jet航空公司飛機去夏威夷，飛行六小時；三月一日夜間返航，飛抵溫哥華已是三月二日早晨七時許，夏和溫兩地時差整二小時。

三十一、Ocean Shores 小鎮遊

海明一家三口到家門口已過十點鐘，趕緊換乘我的天藍色吉普車，裝好行李沿九九號公路南下。和平門海關排長龍，預告牌提示東側僅五分鐘路程的第十五號公路海關通關只需四十分鐘，幾乎比這裡快一半時間，明說轉向，話音未落我就轉動方向盤直撲過去。遠遠望去也是長龍，只有耐心等候了。我自動提出解職，由明兒接替駕駛。車子開過關口，改上五號公路，一看錶，你猜用了多少時間，足足用了八十分鐘，一邊大呼上當，一邊加油南行，車到Burlington才進一家義大利連鎖速食店——Olive garder用餐，我要的比薩，孫兒Dener亦然，明兒說溫哥華有分店。

坐車的我四處瞭望的機會多了。沿公路兩旁的樹叢時而密密層層，時而疏疏朗朗，看不出人工栽培痕跡，一如天成，這道風景線也是屏障煞是平凡又美麗，天然的未加修飾的美，其中有點兒粗野的味道，但不覺濃重，淡淡的。有一段公路兩旁塔松成排成片，好像總有四至五排列隊的士兵那樣整齊肅立行注目禮，接受我們也排成長龍的車隊檢閱；南北相向的四個車道中間的隔離帶也寬闊有餘，並無人工飾物，全是雜生的閑花野草，狗尾巴草花和浦公英花特別顯眼，一者以細長的莖直指蒼穹招搖，另一者以耀眼的黃色刺激眼球，相映成雙，

惹得我嘖嘖稱讚不已，喜樂在心中。自然界之妙還在其用心佈局，我從高空俯視蔚為壯觀，沿公路望去，兩旁的枯草黃色與隔離帶的枯草黃色組成三排並列的溫暖黃色帶筆直延伸開去，稍微橫向擴展一些，更有公路兩旁油綠的寬闊的綠色帶護衛，在更加廣寬的田野裡似遊龍般向南北雙向伸展開去，找不到龍頭也尋不見龍尾，靜態的綠黃相間的悠長色帶之美，足令人幻想無盡了。這美景美色還賦予人類活動速度的提昇享受，南北相向流動的兩條飛動的汽車流動管道，整日整夜川流不息，無始無終，尤其夜間車燈照射形成兩條火龍，一條赤光赤色，一條白光白色，永遠對流，永遠互不糾纏相繞。不過這不算什麼，僅僅是人類為自身生活的舒適想出來的小把戲。

抵達Guest house已經晚七時，比預計晚了一小時，我們入住的是一對韓國夫婦開的旅館。還好這時間太陽還高高掛在天幕上，放下行裝，揹著望遠鏡和照相機直奔西邊的海灘，僅五百公尺之遙（我現在坐在房間沙發椅上寫這些文字時，抬頭望去，窗外所見先是一片雜草野花叢生的灘塗地，接下來便是並不滔天卻寬廣無垠的海天浪頭了），我們開車過去，已經有數十輛汽車停在那邊廂，沙灘上早已被汽車碾壓成南北向的一條雙行車道。不少車敞開後蓋，車主們席沙地而坐，喝著飲料聊天，等待那由血紅色轉自火黃色的太陽下落美景。我們停車開門，突然從海上傳來沉重又連續不斷的轟轟轟巨浪聲響，眼見一排排泛白浪花歡笑著奔騰著向我們撲來，姐妹們前赴後繼不知疲倦地捲起千層浪又不知被誰千百次分化瓦解了，在沙灘與水面的銜接處被抹平了，化為烏有，蕩然無存，不留一點痕跡。

西天的夕陽開始下沉，隱沒于地平線——海平面，多少人佇立注目，多少台相機的快門被摁下摁下再摁下，企望留下印記。孩子們也不亂跑亂跳亂動了，連那些狗兒們也茫茫然向著夕陽張望著，送她一程。

夜晚睡得好嗎？說不清，五點半六點半醒了兩次，第三次醒來已是七點半了，下床拉開窗簾朝偏西北方向望去，大霧迷漫，何處有天又何處有海灘大海，一無所有，竟是一無差別的混沌境界。實為難得。我不禁目瞪口呆，繼而哈哈大笑，甭說到海灘遊玩，恐怕把車開出小鎮也難了。窗外也寂靜得可怕，沒人聲也沒犬吠聲，萬籟俱寂。

梳洗完，下樓吃自助早餐，重回我三一九房間寫日記。頸子有點酸，寫累了，不自覺地抬頭轉頸，站起身來活動一下，走到窗前一望，忽然開朗，煙消雲散，哪有大霧蹤影，十時整。

立時揹起相機、望遠鏡徒步走向海灘。看見一輛小鎮公共汽車停在站上，沒人下，只有兩人上，我後退幾步將車身和弧線形遮陽蓬車站攝入我的鏡頭收藏了。再往前走幾十步見到一輛木廂大車停在沙灘上，十幾匹馬頭從上方一排小窗口透出來好奇地張望我，黃棕色白色黑色棗紅色的都有，很漂亮也很馴服的神情，我也一樣的迷惑牠們為何而來，難道牠們也有雅興逛沙灘望雲觀海，這兒的馬兒也如此不凡？半小時後我從望遠鏡裡看見牠們一字兒縱隊排列，背上馱著一個小人兒，緩緩地漫步北行，才知道牠們為取悅遊客助興來的，順便幫助主人掙點兒小錢糊口養家。也讓我想起五年前在敦煌千佛洞沙丘山騎駱駝的經驗來了。

大概有了一整夜休憩的緣故，大海較昨天傍晚興奮許多。碧藍的海水純淨無瑕，起浪時海水突然間變為明綠色向我推來，浪高峰頂的水色逐漸呈深綠色，直至激變為浪花時才落開了花——變為白色，於是有了「白浪滔天」，這成語指的是浪之花浪之結果，蔚藍色用來形容平靜狀態的海，卻在這兩者之間起到推波逐瀾過程的功臣——把海水推高至頂峰直至被擊得粉身碎骨的——被埋沒著，沒人念著她，興許是我識字稀少寡聞陋見所妄言，倘是，則好了。

今天似有潮，到一二點鐘時越來越大，海浪肆無忌憚地向沙灘侵襲過來。北邊一處海水侵入較早較深，下一浪又要侵來了，上一浪留下的水還來不及退盡，自然形成的水灘頗似入海口，水在此盤旋，倒灌進支流去，好像總是慢半拍的，逐漸呈現出一幅美妙無比的奇異景象：水快要退盡時，細沙子順遂水力的推動下滑沉澱，一條條修長圓潤柔和的線條，刻劃出一樹叢一山脈，或抽象幾何形的線描圖形，一如浮雕一如天成，妙不可言。先前讀書讀到「行雲流水」，怎麼個流水法，不知不明不解不懂也，或非懂裝懂也，今天在這沙灘上眼看著水姐姐巧思變幻的景象，為之折服讚嘆萬千不已。「流水」的前面還有「行雲」兩字，今天也似有所悟，試寫下來吧。差不多接近一點鐘時，我背對大海看孫兒他們奔跑在沙灘上放風箏，突然眼花繚亂起來，一縷縷輕紗妙曼地從大海海面飄過沙灘進入陸地，沙灘上的小孩少女男人們統統都被這水汽繚繞並掠過，有一點似仙似神的意味。這水汽無人無物能阻隔，她緩緩不斷地接踵而來又遠去又上昇又積聚又團結在一起，最終脫離了大海陸地山脈樹木蛻化為萬千變幻的雲彩，住在天穹之中，遨遊八方，時而遮陽時而降雨，無非都是降福祉於地上的生靈，當然包括我們這些名為人類的微細生物在內了。這大概就是雲從海上昇的全景式表現了。

又一天晨曦初起，旅館門口進進出出的女人小孩男人忙忙碌碌，有的為住進，有的為離去。我們夾雜其間悄然坐進天藍色的Jeep駛出小鎮，隱沒于林間小道隨車流消失了。

二〇一二年八月三十日于楓林茆簃

太平洋東岸海浪滾滾推進，白浪茫茫。

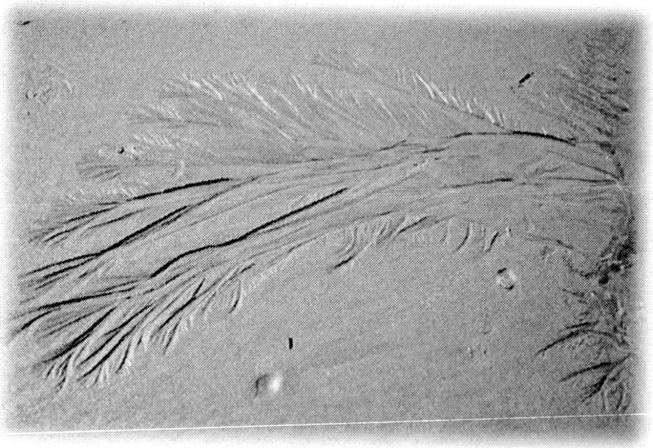

海潮盡退，沙灘上留下自然天成的圖形，震動吾心，敬佩不已。

三十二、閑話聖誕節（一）

慶祝耶穌誕生，原本是天主教的宗教節日，十六世紀宗教改革運動後的基督教一任延續這個節日，所以現今的天主教、基督教信眾都慶祝耶穌誕生。雖然都以信奉聖經為依歸，但基督教內部派別很多，一如現今流行的佛教那樣，禪宗有天臺、臨濟、曹洞之區別，淨土法門又廣為流行，衍生成相當普遍的信徒的熱門。話說基督教也有一個派別叫做基督王國聚會所的，他與其他派別的差異處一是創始較晚，只有三、五百年的歷史，二是信眾還不是很多，全世界的總數不足一千萬。最令我不易明白的一面，就是他們不舉行慶祝耶穌誕生的活動。到了基督教最神聖最敬重的平安夜（十二月二十四日夜）、聖誕節（十二月二十五日）不舉行任何聚會慶祝儀式和活動。他們對基督教天主教的唯一經典——《聖經》有獨到的理解和認知，他們公開宣稱現今的天主教基督教已經背離《聖經》的教義，走進了邪路，唯有他們——基督王國聚會所——才是真正繼承基督的正統。他們出版兩種刊物——《守望台》和《警醒》，從這份雜誌名稱可想而知他們的自信心，既為基督守望又要拯救大眾從昏睡中拔濯出來，企盼基督奉上帝耶和華之命到地上來成就新的王國——人類樂園，聚會所的信眾理所當然地成了樂園中的第一批居民，他們的未來不是昇天去天國與上帝生活在一起，這一點把聚會所與基督教的其他眾多派別劃清了界線。據聚會所的一位信眾告訴我，一九一四年實現上帝意志的力量已經降臨，山崩地震、洪災海嘯、空難戰爭、禽流感人流感、甚至鼠疫也有發生等等災難頻頻降臨人間，正一步步逼近消滅塵世的魔鬼魔王，逐步全面接管並最終實行統治，在這地球上開創新世界，人人平等安樂的樂園。這似乎與佛祖釋迦牟尼佛預言的娑婆世界已進入末世的說法相近，只是結論有別，佛說彌勒佛下世之日就是未來世界的新紀元。

現今天主教和基督教都奉行每年十二月二十五日為聖誕節，且都並不以為十二月二十五日真是耶穌基督誕生的日子，只是按習慣姑且延續而已。我曾就此問題詢問過一位資深陳牧師，他坦承不能確證究竟哪月哪日為耶穌誕生日。有聖經研究者認為五月的某一日才是真正的耶穌誕生日，但未被採信，所以只好繼續沿用舊說。的確耶穌誕生日這種不算小事的公案，在沒有確鑿證據之時，最佳選擇可能是將錯就錯了，至少已將錯就錯了兩千餘年，何必太過認真呢？一旦有一日真的要糾錯過來，反倒是震動太劇裂太驚奇啦！也許目前和以往那種狀態而是最佳的了。

慶祝聖誕節的豐富多彩的慶祝活動在商場提前一個月就登場了，教會從十二月初則已初試鋒芒啦！當然一日比一日漸進，逼近高潮，直至十二月二十四日平安夜，轉入家庭式的慶祝。有一年十二月十五日，我們家的朋友Bonnie一家邀請我們全家去他們的教堂出席一個晚會，地點在三角洲市。那是一家歷史悠久且經營得體的教堂，規模可觀，禮拜堂分上下兩層，可容納三千信眾同時做禮拜，裝飾富麗堂皇而不失威嚴靜穆的氛圍，正堂前邊的寬大門廳、旁邊附設的兒童遊戲室、廚房餐廳、洗手間等等設施一應俱全，得體大方。這一切都虧了教堂主持牧師多年來的精心看顧和信眾們的虔誠態度，牧師為人的感召力往往決定一間教堂興旺與否的關鍵因素，教徒有選擇教堂的自由，Bonnie他們走了看了考察了三家才決定下來的，當然也不是每家每人都這樣挑來挑去的，也許隨鄰居隨朋友介紹就去了某一間。如果你想知道他們之所以選擇上這間教堂的理由，通常會興致濃厚地向你敘述其優美之處，但如果反過來想求證沒有選上某間教堂的原因，恐怕很難，資深的信徒會巧妙地規避開作直接的回答。其實這種求證心理在嚴格意義上應算作不太禮貌的行為了。也正因為享有這選擇自由，所以一到星期日主日禮拜時，不少信徒開車十幾、幾十公里以外去他的教堂，舍近求遠的情形相當普遍。從一般意義而言，這間教堂的信眾越多越興旺發達，所得的捐助數目亦多，教堂的建築設施也好也完備。

不信神不信教的的人，也不一定就是無神論者，實在說人類關於信仰的概念相當模模糊糊，也許就從來沒有過認真思考和選擇，即使這樣，我們這些普通人也聽說過上帝是平等待人的，富人和貧者，妓女和帝王在上帝眼裡沒有不平等對待的理由。然而教堂信眾成分的差異會影響教堂的進賬，以白領中產階層為多數的教堂所得捐款數字往往會多於比較貧困者集中的教堂，在同一教派中眾教堂之間常常也會以相互接濟的方式支援經濟實力較差的教堂，以維持同一教派內取得相對平衡，有益於本教派力量的不斷擴大，增加本教派在地區在全球的影響力。

剛才說過牧師是一間教堂興旺發達與否的關鍵因素，所以牧師這個職位也不是世襲的委派的。有一天我從報紙廣告欄目裡讀到一則某教堂招聘一名牧師的文字，並列出月薪幾何，覺得蠻新奇的。後來又知道溫哥華有間神學院，在那邊讀幾年出來就有資格應聘當牧師。牧師是一種職業，謀生手段的一種方式，他們並沒有我這個局外人看過去那麼神聖或者稍微有些神祕的意味，同是打工仔。誠然年薪多寡成了應聘者選擇的一個重要條件，娶妻養家生兒育女置房買車之類凡人一應生活習俗樣樣不能缺或，甚或要比他人高出一籌，因為他認正了獻身侍候神祇理應如此如此。但從教堂的立場而言，盡我財力聘一位真才實學的牧師總比拉一位尋常的或低下之輩要有利信眾，所以這個供求兩方面往往能取得一種既公平又合理的雙方都能接受的契約作為平衡，出價高者通常獲得的牧師的修養對神學的理解度亦稍為優異些。失業牧師會像凡人一樣找工作糊口養家，我知道的一個失業牧師後來去做一家電台的時事評論員，要貧嘴掙錢了。

Bonnie邀請我家一家人去聽他們教堂的聖誕音樂會，那可隆重著呢，要求都著正裝，所謂正裝，就是出席正式場合的標準穿著打扮：男子西裝革履打領帶，女士穿裙臉部稍些作淡妝。人人看上去神采奕奕，春風沐浴，一派喜氣洋洋的氛圍又不流入輕浮。聖誕音樂會和演劇都是本堂主持牧師一年之中的重頭戲，從挑選演員演唱演奏者、指揮、作曲、編劇和導演一眾人等都是主持牧師的責任，所有登臺者和幕後支持者都是本堂信眾。那天晚間的音樂會非比尋常，從樂隊指揮領唱者合唱群中每一位都訓練有素，可見平日裡排練功夫了。他們用週末或晚間排練，虔誠專注，奉獻耶穌，完全出自內心之需要和感恩，絕無一絲一毫被逼迫無奈之痕蹟。演劇的內容是講述耶穌出生長大傳道的老故事，年年這個時節演，一年一回頭，真是常演常新，大人小孩都眼睜睜聚精會神地欣賞。劇情都是年長歷久的《聖經》規定了的，但台詞、佈景、音樂都有創新，我真心佩服他們多才多藝和創造之心啊！這都是我這個局外人胡說一些局外話而已，信眾們不一定認可我說的話，他們只認他們所有這一切都源自上帝的恩賜，他們只是一架工具，只在證明一個真理：全能的上帝無所不在無所不能。大概這就是信與不信上帝兩者的思想界限吧！

觀賞演出之前通常會有豐盛的晚餐招待，所謂豐盛也並非無節制的大吃大喝，一醉方休那樣子，而是食品豐富有餘又很有禮貌的，烤火雞為主菜，煮菜蔬、生菜、煮土豆、麵包和甜點，不含酒精的各種飲料和紅白葡萄酒，在那種自助餐式晚餐上不會出現威士忌之類烈性酒的。其實在窮人較多的教堂過聖誕節吃烤火雞是一定有的，上述的音樂會和演劇等節目則省去了。溫哥華市唐人街流浪漢聚居區的名為「第一教堂」的那間教堂，那裡的平安夜在教堂前面的大街人行道排隊等待領取食物的人就很多，從下午三時左右就排起了長龍，一到發放時間人們悶聲不響地魚貫進入領餐就食；同樣在電視節目中現場直播唐人街東部的公園旁，有個西方飲食店老闆，四十多歲模樣，像佛寺廟宇施食的樣子，一連五年不輟，每到聖誕節前數日裡的傍晚，必開一台中型麵包車過來，免費發送包括火雞、麵包、水果和熱湯等一份實惠的聖誕晚餐，只要有人排隊他都供應，不讓有一人失望而歸，每次送出晚餐總數約八百客。電視記者采訪他，他沒有虛情假語，只回答：每到聖誕節，我心裡就想起這些無家可歸者。背後可能有故事，恕我不敢揣度了。

* 一五一七年十月三十一日，天主教奥古斯丁會修士兼學者、教授馬丁・路德（Martin Luther，一四八三－一五四六）在德意志薩克森邦的維滕貝格把他寫的九十五條論綱釘在城堡大教堂的大門上，論綱主旨反對教廷到處向信眾兜售免受煉獄之苦的贖罪券，其實並非只是兜售而已，因爲連拒絕的人也被迫要購買。所得的金錢被部分用來資助羅馬聖彼得大教堂的重建工程，部分用來幫助勃蘭登堡家族的阿爾貝特償還他向羅馬教廷賄買美因茨大主教之職而欠下的債務。爲此，羅馬教廷與路德論辯，繼之教皇頒布敕令禁止他傳道，並下令燒毀他的著作。再則，德意志皇帝宣布他是不法分子。客觀地評論，馬丁・路德宗教改革並沒有威攝到教皇的地位，他的成果主要有三：第一，相信人「惟獨因信稱義」才能得救，救恩並非來自

教士的解罪或補贖行爲。第二，人惟獨憑著上帝的恩寵才能蒙得寬恕，寬恕並非來自教士的或教皇的權威。第三，一切教義問題都要惟獨憑《聖經》去確定，而不應由教皇或教會會議作主。憑這三條，路德把教皇、教士等等神職人員還原爲普通人，撕下他們借用上帝的名義幹出欺詐、斂財和其他一些不義之舉的外衣，讓信眾不需通過神職人員的仲介直接同上帝溝通交流，摒棄了中間漁利者。經過十多年的周折，直到一五三〇年德意志各邦都站在路德一邊，不久斯堪的納維亞各國也步其後塵，改信新教基督教，羅馬天主教教廷仍加以拒絕，從此新舊兩教的裂痕變得無法彌補，延續至今，基督教信眾的數量已遠遠超出了天主教。究其實，馬丁．路德對神、神職人員的認識亦大有益於世界其他宗教，如佛教。

老粉彩花式瓷墩，純屬偶遇于古董鋪，她安靜地靠牆。

烏漆小櫃雙開門面上的裝飾，古裝三美女似乎談話投機，風聲四起。

三十三、閒話聖誕節（二）

聖誕節前半個月，溫哥華市區主要街道羅柏森大街、海港中心、喬治亞街以及隨處可見的規模不一的教堂都已被色彩繽紛的彩燈裝飾得面目一新，每到落日前半小時處處燈火通明，幾乎不辨其白天面貌，還以為變了一個新所在呢！不僅因為串串珠子狀的裝飾燈沿著建築物的外輪廓線及主要外牆結構線爬上爬下爬左爬右把高樓大廈包裹了，在黝黯的夜空中瞬間閃耀，感覺分外燦爛、躍動，還有街道兩旁那些已經脫落光了由嫩綠深綠逐漸變黃變紅的形狀各異的樹葉、赤條條光禿禿向天空伸著枝杈的大樹和小樹，也都被用細電線渾身上下纏繞捆綁著連成一長串，牽引了萬千盞彩燈不斷轉換著開關而因此閃爍不綴生動活潑，平日裡那些挺胸傲視的霓虹燈這時已湮沒在千千萬萬盞燈火海洋裡了；換個角度看，它們一改平日那樣孤獨冷清，眾姊妹連帶大姑大姨一齊擁上，一齊笑一齊歌一齊跳一齊躍，倒不失為別有一番風情。

各大商場裡的燈飾不像大街上外觀上那麼放肆奔放又刺激，顯得稍微內斂而講究品味，THE BAY和SEARS都是赫赫有名的大百貨公司，他們的風格就不太一樣了，THE BAY承續昔日的傳統，追求華貴和精緻，不失高貴和莊嚴的身分；SEARS在上海翻譯為「先施公司」，二十世紀二、三十年代就打進中國來了，在上海南京路最搶手的地段，與廣東路交界處矗立一座七層高大廈，大有鶴立雞群之勢，很是翹首耀眼。但現如今在溫市，似乎年年走下坡路，過多地出售從印度、中國、印尼、臺灣、越南等地品質不高的舶來品而自貶身價，通常將內衣褲等亂七八糟的堆放著恁憑顧客翻來覆去地挑揀，零亂不堪。燈飾也不甚講究，沒有耀眼的亮點，差強人意地應付，半昏沉沉催人入眠，顧客的購買欲大打折扣，往昔的強勢日見一日地在削弱在流失。

巨型商場裡設有遊樂、休閒區，適應老孺男女等顧客的需要，走累了坐下憩一憩，或喝一杯咖啡、果汁，揣口氣再走，因此這塊空間成為商場老闆們著意裝飾點綴的區域，從三十四層樓高處像自天穹直下三十來公尺懸掛巨型彩燈，一串串一排排一組組弄得人們眼花繚亂，應接不暇，由電子控制程式將五顏六色的光亮度不一的燈以間隔零點幾秒或幾秒鐘閃耀的花招，全數在這邊廂登臺亮相，什麼伊頓、太平洋、八佰伴、時代坊、烈治文中心等等百貨商場紛紛出招，吸引招徠紅男綠女踏進門來於暈頭轉向中昏昏濛濛中掏盡了腰包。

耶穌、耶和華信眾們以在自己家的客廳裡裝扮聖誕樹為樂，從聖誕樹供應市場買回一棵小松樹，二公尺上下高，大約二百來元，翠綠鮮嫩可人；近些年也有用化學品製成的仿聖誕樹出售，價格便宜好幾倍，僅五十元上下就能買一棵了，色澤方面總比自然界培植出來的松樹差遠了，手感也不真實，韌性太強了。可是仿製的聖誕樹今年用完了，收藏好，明年後年繼續用，從節省自然資源從節約家庭支出等幾方面看都似乎合理些。自然長成的聖誕樹則年年要買新的，節後不出半個來月，新鮮感盡失，松針尖處開始由黃轉枯並迅速擴展，終於由上而下漫延遍及全身，等不到那種慘狀，主婦們必定早早卸下千姿百態的小燈泡、小玩意，收藏起來待來年選用，那棵完成慶祝重任的衰弱的聖誕樹則被棄了路旁邊，等待一週一回收的垃圾工人來將他們搜集了送往專門的綠色植物堆積場，和一般雜物分開處理。其實當初買聖誕樹期間，挑選購買各式各樣的燈飾也是主婦們一種不可推卻又樂此不疲的節目，有時還帶著孩兒們一起去以遂其心願。大小不等的雜色彩燈，六角形雪花圖案銀白色飾片，鈴鐺，麋鹿羊羔等小動物燈，駕雪橇的白鬍子聖誕老人……貨架上每年都有新品種新樣式推出刺激顧客的購買欲，總不能年年老一套，見新奇的新上市的都想買，她們跑遍各大商場，興致正濃，偶爾也會向人發一句半句牢騷，那是假象，切不可當真，內心深處正得意非常呢。這些勾當大多三、四十歲少婦們幹，過了這個年齡段興趣不在這兒了，又變到關心什麼減肥美容之類啦！

聖誕節前一週半月，家庭主婦們，也包括男人老人和少男少女們都像著了魔一般奔到商場去購禮品，平安夜晚餐後互贈禮物是耶誕節最重頭節目也是一筆大開銷，通常的說法是近全年開銷的一半，不無誇大之意。不過信眾家庭都很慎重其事，提前作好預算，而購物時節鮮有不超出預算的，探究這原因幾乎可追到源頭——人類本性之一佔有欲作怪，支付現金或以VISA卡在機器上嚓嚓嚓聲快速刷過，再執筆簽個名，太便當了，不費吹灰之力就隨心所欲地將心愛的東西搬上汽車回家去了，這過程得到的滿足感和快感是難於用言詞表達的，瘋狂購物的心理因素、流轉大抵如此。這裡說的情形不包括那種因情緒低落而以瘋狂購物來發洩心理鬱悶的一類，那種狀態則又另當別論了。舉例看看已有了兩個兒女的年輕夫婦Meaden耶誕節是怎麼送禮的，必送的最中心圈包括雙方父母親四份，一兒一女兩份，夫妻互送兩份，女方兩姐妹一弟三份，侄兒女輩五份，男方三兄一妹四份，侄兒女輩七份，多少份啦？接近三十份！直系親屬之外的親戚和朋友至少也得十數份吧，兩者相加禮物的份數已經攀大的兩位數了。一對少夫少婦家庭如此購物，他們的父母親也沒消停，兒孫輩一大群個個不能少，住在其他國家其他城市的過耶誕節如果這次不回家來，他們還得提早郵寄去禮物，所以郵局在十二月初已忙得不亦樂乎，生意興隆得緊呢！現在且不去想刷了多少次卡花了多少元，就是主婦們捉摸每樣禮物如何獲得受禮者的喜歡這一項，也夠送禮者費足了腦筋，好在送禮者往往又是受禮者，兩相平衡也，端看你平日裡如何觀察和留心受禮者的喜好啦！局外者猜想這未免太煩太累了吧，他們則不然，年年出新奇新招新意，樂不可支吶。當然未成年的少年少女孩童們盡情享樂而不用費這腦筋，其實他們正在樂陶陶中浸淫著西方基督教文化傳統，明天的少夫少婦們正在家庭氛圍裡耳濡目染中長成。

購買好的禮物成包成箱成盒搬回家來，藏藏匿匿秘不示人，夫妻之間亦然。大包小盒的禮物需要包裝，通常買回幾個不同品種的專做包裝用的彩色圖案花式的紙卷，一些塑膠彩帶和人工制的花朵，還有一圈圈捆紮用的彩色塑膠細線繩，用這三種材料把禮物打扮一番之後，最末一道工作是在禮包上書寫禮物接受者的名字或昵稱，一般不會連姓都寫出，避免徒生疏離感；緊接著寫一句或幾句祝福的話，再簽上自己的名字就算禮物準備工作大功告成。把打扮好的大大小小形狀各異的禮包碼放到聖誕樹腳跟前，如眾星拱月般簇擁著，若當晚應邀參加聖誕晚餐的人數多的話，禮品堆得真如小山包。這些包裝因出自大人小孩各自的意願愛好和手工，所以感覺特別的五彩繽粉和稀奇古怪的創意，振奮刺激，指指點點，欣賞讚美聲不絕於耳。

晚餐過後，家人們聚在一起敘聊，或隨CD片唱唱聖經歌曲，或朗頌有關耶穌基督的詩歌，或收看耶誕節的電視節目，家庭裡洋溢著祥和寧靜平和的氛圍。待到翌日即聖誕日清晨互道早安，用過早餐之後才開始互贈禮物，不過也有變通，有的客人聖誕晚餐過後要離開的話，就提早到客人離開前互贈禮物了。有一年Al夫婦的大兒子已婚，住省城維多利亞市，所以只帶了小女兒Christine來我們家一起分享聖誕晚餐，我們家有兩個兒子，一共七位，互贈禮物時，每人抱著或拿著自己的禮包坐在沙發上好奇地撫摸欣賞著，心裡猜想今天可能得到什麼禮物，孩子們表現得很心急和遐想，第一個打開禮包的是Bonnie，一襲紫色粗毛線織就的上衣外套令她眼睛雪亮閃光，歡喜若狂，立馬站起身來，將它披在身上，三百六十度一轉身，抱住我的妻子呼叫：「慕珍慕珍，太美了太美了！」接著分別和我、兩個孩子擁抱一番，方才落坐。還有一個耶誕節在他們家過，Bonnie送給我妻子一套四人用餐桌墊，似竹蔑編織就的，圖案單純色彩沉靜，十分的雅致，義大利生產，我們全家都很喜歡。那時我們移居加拿大還未滿四年吧，她的丈夫Al為我們拍攝一幀全家福照片，爽朗歡樂的笑容被完美地紀錄了下來，這張唯一的珍貴的全家福放大後，裝入鏡框懸掛在我們的餐廳裡，引來無限的美好回憶和遐想，常看常新，永不厭倦。

再接著看聖誕節的家庭燈飾，也是十分的有趣。我們家對街右側的John家，沿著房屋人字坡形外牆輪廓線拉一串串彩色小燈泡，間隔一、兩秒眨眼閃動一回，一閃一閃，調皮而不雜亂，簡潔樸素；John的隔壁鄰居Peter家則複雜多了，花的心思和功夫也多了許多，他家平地單層房，占地面積比較多，圍繞屋簷四周裝飾一條彩燈帶，另外買了一群五、六頭鹿形彩燈分佈在屋前綠草坪上，小鹿們的頭頸還會作低頭舐草的樣子，時不時又會緩慢地抬起頭向四周瞭望，一個形體稍胖個頭又高大的鹿媽媽立在草坪中央，傲首瞭望的時候多，照料呵護她的子女們，埋首啃草的機會少。星星點點的五色彩燈散落在草坪上，不停地眨眼嬉笑，引逗著小鹿們，宛如一幅自然真趣畫卷。透過半閉半啟的百葉窗，可以看到他們客廳裡的聖誕樹也被裝扮得璀璨漂亮。西方人尊重個人隱私，習慣於不詢問他人的宗教信仰，但從他們取名John和Peter的情形估計，他們都是信奉基督教或天主教，否則不會選擇基督十二門徒的名字作為自己的名字吧？他們兩家的聖誕燈飾屬於相當普通的一類，我們曾見過一家堪稱十二分繁複、豪華型的聖誕燈飾，約有四英畝面積的前後花園草地上、花木叢中、屋宇外牆、室內聖誕樹等彩燈密密麻麻，其數無算，小鹿羔羊和聖誕老人等等種種造型組合不俗，頗具匠意。OPNE HOUSE即敞開大門，歡迎認識的和不認識的八方朋友前來參觀瞻仰基督普天同慶，大有願結十方緣的意思在。耶誕節前後逾一個月，天天傍晚伊始，駕著汽車的人流朝向這家人家湧來，室內屋外，房前房後，任意穿行欣賞，個個讚不絕口，人人心花怒放，洋溢著和諧互愛的溫暖。餐桌上擺放了好多餅乾、糖果和大型水果盤裡盛滿了切好的各種水果，邀請客人品嚐，精製的小餐巾紙整整齊齊碼放在旁邊。我們家是聽Bonnie的介紹才得知這資訊而驅車前往的，這家人家以如此盛大的燈飾來慶祝聖誕已經三年，鄰裡間相告，朋友傳朋友，一時間遠近聞名，像我們家開車近一小時慕名而來者不在稀有。

誠然，這家信徒並非大富豪，房舍並不十分巨型，然而他們一家對基督或上帝的愛與虔誠當是十二分的盡心了，無以復加；之所以敞開大門歡迎大眾，蘊藉著祈願普天下人從觀賞聖誕燈飾之門走進信神愛神之境地，也是很自然又合情入理的了。我作如是猜想，姑且如是說出來。

紅木圓墩與門神並肩分司職責，專門為來客、尤其為長者替換鞋類服務。

三十四、宵小

清秋晨起，走到廚房後窗邊朝後園一望，車庫門半開著，昨夜又有宵小訪問過了，我淡然一笑，「唉，又能拿走什麼？已經沒有什麼東西可拿的了。」吃完麥片早餐，我才下得樓去，走近一瞧，果不其然，依舊如故，該拿的能拿的早就掃蕩過不止一次兩次了，因笨重而拿不走的如割草機、長梯等仍在原處呆著，我苦笑了，輕輕把門關好，依然不上鎖，任人查看方便。不過早先上過鎖，宵小用鉗子將它擰斷了才進入，怪麻煩的，所以不上鎖的歷史已經有好幾年了。

第一次宵小訪問我們家迄今大約已有十多年光景了。那天他趁我們無人在家，把各個房間翻了個底朝天，我們家沒錢存金銀手飾，當然沒拿到，我們家也沒有多餘的現金放在抽屜裡，少量的帶在身上隨時要用，只有一罐子金屬硬幣放在廚房裡，他順手牽羊拿走了，實在沒多少。最讓我們麻煩的是他把一隻手提箱拿走了，裡邊沒有錢只存放了我們幾人的護照，他拿去有什麼用呢？卻害得我們又是報案又是登報申明作廢才可申請補發，著著實實忙了好一陣，這也不算什麼大了不得的。最最讓我難於忘記的就是當我和我的妻子進門發現屋裡那種遭受擄掠過的狼狽景象一剎那間，我倆都悚悚發抖，面面相噓，竟不能發出一個音說出一句話來。晚飯也沒心思做了，晚上睡覺更不踏實，幾回驚醒，一連幾夜如此的提心吊膽。遭遇這種突如其來的驚嚇和打擊是永遠想忘也忘不掉的，精神的創傷至今未泯。

有過被偷經驗的好心朋友勸導我們：防宵小的唯一辦法是設防。因為我們在明處，他在暗處。怎麼設防？一者裝置防盜（Alam）警鈴系統，二者將貴重物品存入銀行保險箱裡，我們都一一照做了。

確實過了好長一段安穩日子，多虧了防盜警鈴系統取到阻嚇作用。然而又一次被盜令我們目瞪口呆：深秋的一個傍晚，好些個朋友來家作客，坐在客廳裡談天說地，好不熱鬧歡喜。大約九點時分，住在樓下的一位朋友從客廳回她房間取茶杯，突然哇哇尖叫不已，我們幾人奔下去一看，她喊：「剛才來過賊！」我問：「什麼?!」她答：「我的抽屜開了，錢不見了。」「多少？」「五百元。」查看樓下的大門關得好好的，查看樓下廚房洗碗池邊的小窗戶卻開著，附近地上留著大號運動鞋的腳印，在場的人都你瞪我我瞪你，怎麼也弄不清楚穿這麼大號鞋的人怎麼能從這麼小的窗口爬進來又爬出去呢？明明樓上燈火通明、多人敘談聲響，他竟敢從窗口爬進私人住處來？也太膽大妄為了！眾人七嘴八舌分析：是熟人。知道你們樓上人聲鬧哄哄，聽不見他作案的響聲；是熟人。又一定知道你今天從銀行取錢，放在抽屜裡。這麼些人都在屋子裡，不會也不能上報警系統，他正好乘機下手。這熟人是誰？掐指算來算去，只有一個名字叫白瑛的最有可能。那也沒用，捉賊要拿贓麼，什麼也沒捉住拿住，只好自忍倒楣。這以後的好長一段日子，白姓未露面，她明白這一手朋友也難做了。

這回得的教訓是：現金放在身邊，不能隨手一放。也不要隨便告訴人去銀行做什麼。我百思不得其解，至今仍是一謎團。宵小真厲害，無孔不入。

我車庫被宵小進出了幾次？是白天還是夜晚？真弄不清楚啦。只記得有一天午後時分，我和妻子及三兩朋友從外面回來，發現柵欄門敞開著，心犯嘀咕，懷疑出門時沒關好，再往車庫一瞧，門也敞開著，我這才意識到有情況，趕緊走過去，只見一名廿多歲的西方男子正俯身在地忙活呢，見我到來也不慌張，我用英語問他：「你幹什麼？」

他答：「我——我——」

我又問：「你在這裡幹什麼？」

他答：「我以為這些你們沒有用……」

我說：「有用。這些是我朋友的畫框條寄存在我這兒的。搬回架子上去。」

他倒真聽話，正動手把畫框條往回搬，門外突然有人喊：「打九一一報警！」嚇得他一躍從我身旁奔逃而去，待我出得柵欄看去，他已在百米開外往後巷鑽去。我回車庫四下一瞧，幾隻不用的大軟布箱子早已不翼而飛，原來放箱子的地位上已經空空蕩蕩，還少了什麼？不知道，只有到需要時才發覺這個那個怎麼都不見了，都是宵小所為。這回沒有得到什麼教訓，我和妻都不願談起這件事，過了一個多禮拜她告訴我：「這些人也真可憐，他們是可以找點正經工作做的。」我調侃說：「均貧富。」從此車庫門上的鎖拿掉了，讓宵小們隨意進隨意出隨意取用。

後來還有過一兩次宵小侵入的細節記不太清楚了，現在記下最近一次宵小得逞的事例：去年夏季一個星期六的午前，大兒子和他的媳婦來看我，因為時近午飯時分，急衝衝要外出吃飯，上報警系統時忘記將一個房間的窗子關上，這就給宵小留下了可乘之機。兩個小時後，我們回家開門報警器照樣工作，卻發現各個房間的門敞開，情況大為不妙，原來宵小將紗窗撬掉，從這窗口進入，在室內擄掠一番又從窗口跳出，此次他收穫頗豐，將我新買不足兩周的手提電腦裝進我的雙肩背包裡拿走了，他們的手機、各種卡片都不見了，滿地紙片雜物，狼藉不堪。我們驚嚇發呆，一疊聲咳咳咳，報警掛失，忙作一團，也於事無補。

事後瞎想，好像這宵小一直盯著我們，就乘我們離家這段時間作案，成功了。有朋友聽說了，勸我們夜間也要啟動報警系統，我心生反感把自己鎖住。猶如動物園的老虎獅子等猛獸鎖在籠子裡一般，牠們是被動無奈，我是主動但不自願，也很無奈，人乎，動物乎，相近而無差別了。實行了不到三週就放棄了，我就是這種脾氣，明知不好，但改不了。

又有朋友講故事：他的鄰居回臺灣，家裡空無一人。一天夜間宵小光顧，將可手提肩揹之物囊括一空，只剩紅木桌椅、沙發、床櫃等傢俱過於笨重不便一次擄走。翌日或第三日負責幫忙照顧的人發現被盜，急忙通知主人回來。哪曉得事有如此巧合，主人回來當天夜間，關燈睡下不一會兒，上回那個宵小糾合一顆人開了兩輛大敞篷卡車，大搖大擺進來準備來個大搬家，被主人發覺，也是報警那一招，那夥人卻逃得無影無蹤，也是不了了之。

據電視報導，更有玄的。白日裡一青年西人男子闖入一老婦人家，一槍結果了婦人生命，然後搶劫一空，也是逃之夭夭。

再有……再有……一直會再有下去，一直會延續下去，只要有人類就一直有宵小。

防不勝防還是要防，我這人劣性未改。我實在受不了被宵小擄掠後的慘狀造成心理上的精神上的陰影和傷害，尤其像我是一個孤獨一人無力求助的老者。

二〇〇六年九月二、三日

守護門神，日日夜夜一年三佰六十五天不休息，盡忠守職。茆簃主人親自繪製。

平衡

三十五、冬雪

離聖誕節只剩三天時間了，積雪厚到開不了門的程度，再經昨日晝夜不間斷地時暴時緩地下著，早晨我用尺子插進積雪一量，啊呀呀！不得了，竟達四十公分，不敢相信自己的眼睛。怪不得電視台天氣預報播報員面部表情顯得如此驚訝，興奮地宣稱打破溫哥華一九六九年以來四十年的記錄。奧林匹克運動會、世界運動會往往以運動員的競賽成績突破前人保持的記錄為榮耀為驕傲，現在也被感染到天氣報告上了，酷暑和嚴寒也成了大亮點了。

大雪紛飛中的後園白樺樹林滿世界白茫茫不辨東西南北，混沌未開。白樺樹枝條被積雪壓得喘不過氣、直不起腰來，冰雪堆得或高或低，像馬鞍似駄峰；即使面臨這類深重的壓力，枝條們依然縱橫交錯，阿娜多姿，如冰清似玉潔，不畏強力欺壓若此。記得那個白天裡雪花在窗外飛舞跳躍，滿天滿園彌漫著，碰到窗玻璃即被溶化了，卻在窗前下方的玫瑰枝葉上堆積起來的白雪，圓圓的鼓鼓的，煞是美麗可愛。客廳壁爐裡點燃了一堆燃木塊，熊熊火焰向上亂竄，木塊兩端的火焰燒得更旺些，竄得更高些。我坐在壁爐旁的沙發裡讀梁漱溟老先生的傑作《人心與人生》第七章，興致正濃；宜興紫砂茶壺沏開的毛峰茶就近在手畔的咖啡桌上，散發出難於抗拒的誘人清香。

漫天飛雪舞，雪片大如蓆，
枝條難堪負，惟知低頭苦。

不經意間我居住在溫哥華已快屆滿二十個年頭了，因為氣溫不算太低，都沒有穿過羽絨棉衣。平常年景這邊的冬季很接近我的故鄉長江下游入海口的氣候，所差的沒有那邊潮濕，那個濕冷有種鑽筋透骨的勁在，所以稚嫩的農家孩童的臉頰和一雙手背往往生著又紅又腫的凍瘡，又癢又痛，忍不住去搔癢，有可能釀成發炎化濃，越發的不可收拾，一直延續到第二年春末結了疤才算痊癒。溫哥華的雪也不像北京的乾，掉在地面上一粒一粒的直亂蹦亂跳，好不安穩啊！更不像齊齊哈爾、牡丹江的濕漉漉的凝重，甚至於要結成團塊般直直地從天上掉下來，她介乎兩者之間，看似輕飄飄地徐徐降下，我注視著雪花姊妹們爭先不恐後、歡喜雀躍地降到綠茵茵的草地上，先是星星點點，慢慢地像一襲純白薄絨布朦朦朧朧地覆蓋了，再後來一點一點不間斷地往上加多加厚，綠色全被隱去了，眼看著積雪越加越厚，終於漫天遍野一片皆白，不留一絲痕跡。

賞雪固然是溫哥華人冬季最受歡迎的一種美的經驗一次美的饗宴，然而不能長久，通常維持三、五天就消融得無影無蹤，只因為她的氣溫本來不算低，冬季是雨季，在多雨水的季節裡，雪後接踵而來的是雨，經不起雨水沖刷，雪退卻了融化了消逝了，又恢復到綠草地來了。從十二月初或更早一些十一月下旬起，延續到翌年二月末梢，這三個足月溫哥華以充足的雨水一方面調節了氣溫，阻止溫度迅速下滑，另一方面又滋養著千家萬戶前院後園的草地，還有那大片大片的公園和社區活動草場。一年之中，經歷了乾旱少雨又強光照射的綠草地業已乾渴難熬漸漸變得枯黃了，好不容易從溫和又濕潤秋天過渡到冬季來臨，昏昏欲睡的枯草如遇甘霖，紛紛警醒過來，轉眼間變得分外翠嫩碧綠可愛，冬季養好的草到了春天來臨時則發瘋似地飛長，害得我不得不一週又一週不間斷地割草，猶如男人們理髮刮鬍鬚修飾一般。

冬季下雪，外出時增添外衣外套和手套帽子圍巾以禦寒，於居室裡為方便做事就不能與外出時一樣穿著，於是人類動腦筋想辦法尋找提高室內溫度的方法。我在南京的招待所用過炭盆取暖，在鄉下就挨凍，手腳實在凍得不得了，用手爐腳爐解決局部問題，後來還有一種熱水袋製造出來，功效類似手爐腳爐，仍不能令整個室內空間暖和起來。京城用水暖和氣暖兩種方式取暖，但四合院大雜院裡的老百姓都用蜂窩煤取暖，因此吸入一氧化碳送命的慘事時有發生，並不安全衛生。現時溫哥華的公寓房多為電供暖系統，獨立屋分兩種情況，中年屋齡約四十歲以上的不少仍用煤氣，包括煮食、供暖、供熱水系統全靠煤氣加熱；屋齡在中年以下的，以及新建的獨立屋差不多加熱系統都採用電力，逐漸擺脫對煤氣的依賴，好像進入了電氣化時代。為節約用電或稱熱能，除了整棟房子可控制調節在適宜的溫度上，也可在每個房間裡加裝一個體積很小的控制器，這樣每個房間都可自由控制溫度，根據各人不同需要自由調適，盡可能的節省熱源，也可以擴展言之，為了環保為了地球。

當然也沒有誰規定一年之中從哪一天起開始送暖，到哪一天又統一關暖氣。其實各家各戶因地理位置不一，又一個家庭裡成年人、小孩、老人對溫度的需求也各不相同，所以自由調節室溫的設備成為生活的必需，根本摒棄過時的浪費的統一關又統一開暖氣制度，這也可算生活裡一點小小的微不足道的自由罷。

二〇〇九年十二月

孔雀毛在Fort langley小鎮的一家超大型古董店裡不期而遇，僅此一回，嗣後沒有機會再現。

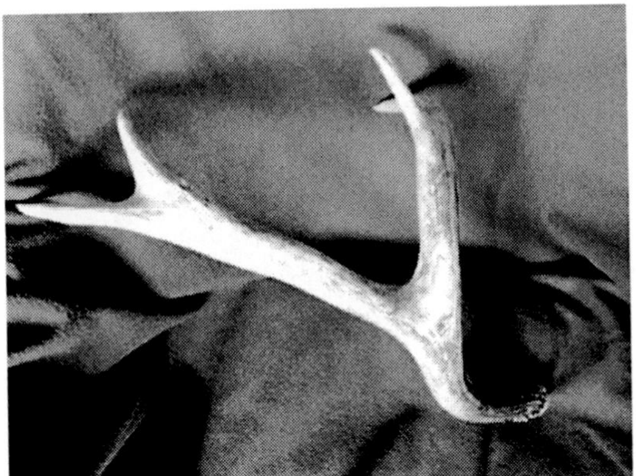

麋鹿單角，據識者告知是為左角。

友人小平先生玩盆栽，移花接木自成天趣，贈慧山一盆「連翹」放置窗前畫案上，由百葉窗片作襯漏過自上而下的疏密變化勻稱的光影，似乎更增一分情趣。

三十六、雜記雜念（一）

一

最近頗感孤寂，做事（修改文稿）提不起精神，效率低下，沒奈何。

人本應該孤寂的嘛？珊珊告訴我歌德到晚年一直望天空，他在想什麼？探究心中的什麼疑惑而又想找到了什麼答案呢？我回答她蒙田也這樣，每天傍晚走到他寓所附近一家飯店的餐廳用餐，是常客，所以有時服務生或老闆會和他聊兩句，有時與同是顧客的搭訕兩句，有一天走不動去不了啦，隨後就遺世而走了，出遠門了，再也沒有回來。

二

臺灣南投地震，六點一級不算大也不算小。電視畫面上出現一個小學女孩正在一樓走廊上玩，地一搖動嚇得她無所措手足，竟向左繞圈跑，跑不到一圈忽然又向右繞圈跑，她嚇昏了頭，不知往哪兒跑，結果還是飛奔進了教室，幸虧教學樓未倒塌，否則後果真是不堪設想，萬幸啊！在那女孩奔進教室去的背後，一個小男孩也跟著狂奔進去，他更不知怎麼辦，即下意識跟著小女孩逃，看來小男孩智力更遜小女孩一籌。臺北和臺中市大約不會有感覺，即使有感覺也很微弱了。

三

「被虐待狂」一詞，我在一冊講心理學的著作中讀到，根據書本的一步步文字描述，不知不覺中對號入座，我發覺我的性格中這種因素還蠻重，究其形成的原因從少年青年時代的學校裡處境和遭遇是分不開的，再後來大學畢業踏入社會，那骯髒和齷齪，陷阱處處，受傷的機會不少，令我看世界很灰心很沮喪，沉默寡言避免禍從口出的厄運。我本性中喜直言爽口，但外邊的豺狼虎豹和陰損者太多太狠，看的和親身遭受的教訓改變著我；五十歲是個大轉變，不是到達知天命之年的緣故，而是我脫離了那個舊的邪惡環境，我到了加拿大這個國家，沒有人來管理、教育和強迫灌輸、改造我的思想了，我自由了，首先是思想的精神的自由，其次是我行動、生活的自由，慢慢我會用我原本的心去思考去講話去寫作去畫畫，去觀雲海數星星聽海濤，去做自願想做的一切，我覺得自己變了，變得自信自力自尊了，一個正常的身心健全的人，現在想想真是好不容易啊！艱難地走到今天！

四

此時此刻特別的想你，你在地球上的哪兒？太平洋太浩渺，東西兩岸相隔十萬八千里。

一個人為什麼會想另一個人？一個認識的人一個熟悉的人？一個親人一個朋友甚至一個討厭的人？一個活人一個已經往生的人？一個謀面的人一個素未謀面的人？

不過想什麼？怎麼想？無論程度都不會一樣了。

想是一種什麼樣的概念？又能用怎樣的言語／文字界定它呢？人的精神思維……一類故弄玄虛的遊戲滾開去，慧山不愛聽也不愛讀。

想，有時會無端的無前兆的突然闖進來的。有的是由夜夢成境而引來日思／日想的。並不都像成語所說的「日思夜想」呀！

五

我先前寫小詩和親近朋友閑話時常說「豬馬牛羊滿圈跑」，羡慕牠們適應能力強，快樂過好每一天，飢了哇哇叫飽了倒頭睡，瀟灑得緊，為什麼牠們能做到這樣，只緣少思無思或不能思，大大省卻了人類的煩惱。上帝特別恩惠予牠們一張皮萬千根毛，萬能的毛皮應對嚴冬酷暑綽綽有餘；有友人為牠們抱屈：「到頭來還不是被人宰殺，或被一輩子擠奶，你去看看奇形的奶牛大乳房大乳頭怪怪的，好可憐！」我答：講得有道理，人是動物中最自私最兇殘的一類，據說這是上帝賦予的特權，天主教基督教這麼說；佛教勸人不殺生，豬馬牛羊和一切現在被這部分人類那部分人類愛食的動物都應感謝佛祖，可惜怎能禁得了這美味的口欲呢?!其實我想豬馬牛羊包括雞鴨鵝鴿家禽牲們臨終時段非常的急促，不像許多患慢性病人成年累月躺在那邊受苦受難受累受痛，還有子女孝不孝等思慮，在精神上備受折磨，要是能像豬馬牛羊們痛快地被動地急促地走有多好呀！更不用說豬馬牛羊肉還讓一部分人大快朵頤一番，作出最後的也是唯一的貢獻。相較之下人類自私又無用至極，只有西藏的天葬還可以，大禿鷹、鷲是真正的受益者，那畢竟九牛一毛，甚至可以忽略不計的。做人或做豬馬牛羊孰者為優孰者為劣，辨別不清，昏沉沉睡去也。

六

下午割後院的草，可能因為太高的緣故，東南和西南兩區域很難割，機器不堪重負，以至停擺了兩次，害得我心想又要買新的割草機啦！後來運轉又正常了，也許半年不工作了，它也不習慣，懶了嘛？我還只曉得人會發懶，像我就是，難道機器也會，或許是我傳染了它。

晚餐後，太陽還有一竹桿高，來得及去看望菲莎河。到得那裡發覺水位那麼低，比高水位時矮了約一百五十釐米，水面平靜得可怕，一段木頭橛子在河中央緩緩地一沉一冒，半點兒沒有移動；河岸邊的壘石像穿了一襲蟬羽般綠色薄衫，高高低低處依舊可見，卻更增一層色彩一份神祕美感；南岸一排密密層層的楓樹林，夕陽撫摸著她們萬千枝幹，細枝呈現了一片歡樂的溫暖的橘紅色，聽得見她們歡語笑聲，可是白色樹幹大爺們當仁不讓地大搖大擺地伸展拳腳挺立其間，這世界由大片橘紅色襯托作背景，顯得分外溫馨分外惹人鍾愛，夕陽的光輝實在太可愛太無私了，不讚美她心有不甘，也必然逃不過被世人譴責為吝嗇鬼吧。

我獨自佇立在菲莎河畔，默默地傻傻地看著她，什麼也沒有思沒有想，即使有外力逼促我思我想，大概也會一片茫然，既無思也無想更無動，可能這瞬間正是我投入她懷抱的本意吧！

二〇一三年三月下旬始，截止於三月三十一日

鷺鷥鳥許久許久站立著紋絲不動，目光注視著淺灘附近，還是一直盯著遙不可及的遠方？

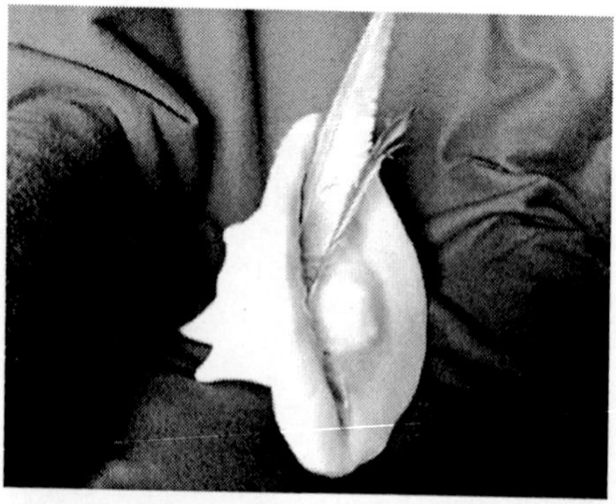

清枝兄的二女兒培明小姐送我來自廈門港的海螺，個兒既巨質地圓潤細膩又柔滑，撫摸的手感特別的不可思議的快感。一位朋友看後告訴我：令我想起Georgia O'keeffe畫的花朵。

三十七、雜記雜念（二）

一

每當夜幕降臨，天色黝暗下來，路燈將亮未亮之際，差不多我將走到這窗那窗之前關閉百葉窗，抑或將垂直布窗簾拉上令室內與室外通過日光的交流與透明即將斷絕的那一刻，尤其室內燈光尚未打開的那一刻，我的心每每都會驟然的顫慄和窒息，因為那一刻突如其來的變幻，害得我脆弱的神經生怕幽靈呀鬼魅呀什麼的竄出來鬧事。其實究竟有沒有鬼魅、幽靈各人有各自的認知，我是持肯定的人群中的一個，鬼魅和神靈只有一線之隔，有時還很難區分，祂們的力道也還真不小，甚至應該說很大很強才恰當些。

二

有一次李艾打電話過來，講了大約不足三分鐘就問我這樣聽我講煩不煩，我不假思索地回答：「不，我在聽呢。」事實是真的有些聽不下去，常常把電話聽筒從耳旁移開，讓耳朵歇一會，聽得比較累，因為她正在敘述為畫人家肖像而先拍照，光線沒考慮周到，致使拍出來的陰影那邊臉比較濃暗，不好照著相片依葫蘆畫瓢的方法畫下去，被難住了。停止了三天，逼緊了，才忽然靈機一動，形不變，顏色卻可以根據自己經驗處理……她說的這段話至少是我記下來的三倍，講到這裡她又問我一次煩不煩，我依然是否定的回答，她又繼續講下去，「那位小姐的皮膚比較白，我終於發明用最亮的海藍與紅調成的淺紫色畫陰影，效果特別好！」聽得出她為這被稱為發明的手法很慶倖，臨了特別加一句，「以前學院老師可沒教給我。」我不禁感到詫異，她離開學院五十年了，真的還記得老師講沒講過？即使老師沒講過，畫了這許多年畫真還從沒有遇見過這情形，今天是第一回？正在我抽空胡思亂想之際，聽筒裡又傳來她不緊不慢的聲音，「我去和誰講這些，不懂畫的人不知我講什麼，不愛聽：同是畫畫的朋友誰還講這些聽這些；給小朋友講更是莫名其妙，扭頭就走開了。天黑了，不能畫了，做什麼？找誰去說話，找不著，一個人呆在屋子裡，好寂莫啊！畫畫是我的生命，我能畫畫我感覺好幸福，這次到汕頭來兩個月，除了參加一個十八人的聯展外，我還要畫三張肖像畫，兩張是這邊的朋友幫我預定好的，一定要畫完交給人家，老朋友好心不抽成，還有一張是加拿大人的，即使畫不完也沒關係，帶回去再畫……」

我一直有一搭沒一搭的插一個嗯、哦或什麼呀的問話繼續讓她把話講完，最末尾她像是突然醒悟過來，迅速說了一句：「我講得太多了。」電話掛斷了。我隨後也放下電話，坐在扶手籐椅上沉思，她找到我這個聽者令我很榮倖，處於萬般寂莫無奈的時刻真不知道找誰聊天合適，我也常常盯著電話號碼本找，計算太平洋西岸的時間，白天還是夜晚，上午還是下午，想找本地的朋友吧，顧忌人家是否正在做事正在會友正在休息正在揮毫，其實最大的困惑是講什麼，不知道，能說我寂莫我心煩我茫然我恐懼我無聊？所以我什麼都講不了做不了，我只有枯坐默然，看著燈發呆，有時也會大吼一聲，緊握拳頭雙臂向上一擊，有時會將收音機音量放到最大，管它是報導新聞或正在播放搖滾樂吶！出口鳥氣是真的！

二〇一三年四月

產自非洲東南端的馬達加斯加島，一億兩仟萬年的木化石，黑白相間條紋狀自然靈動，心曠神怡，總想撫摸她，手感無以倫比的美妙，冬潤夏涼。

海鷗喜歡群居，成群結隊翱翔。

三十八、聰明的小螃蟹

中國最長的一條江叫長江，我的家就住在長江流入東海與黃海分界的入海口。離江堤不足五百公尺，海潮退落時，我最喜愛和小夥伴們光頭光腳光上身，頂著驕陽去江畔撿海螺絲、小螃蟹、小魚兒玩，盡興盡致，滿臉滿身都是沙都是泥；瞬息間，說漲潮就漲潮了，那洶湧澎湃，呼嘯著奔騰而來的東海龍王的水浪，追趕嬉弄著我們沒命地往岸邊跑，幾乎每次都是損失慘重，丟盡了捕獲來的所有小動物。記憶中只有一次，一隻色彩光怪陸離的小螃蟹，用牠的大螯緊緊地箝住了我的右手大拇指，待我奔跑到得岸邊停下腳步時發覺大拇指有些疼和癢，低頭一看才發現這小東西，細細的瞧牠那副死命箝住我的模樣，好狠心又那麼傻乎乎的，著實可愛到了極點。我將右手緩緩的輕輕的浸入水潭中去，聰明的小螃蟹一沾到水，倏然鬆開大螯，一溜煙只顧自個兒玩去了。

一九八八年早春

黑石材質龍形盤掛件，生肖屬龍人的最愛。

國家圖書館出版品預行編目資料

慧山隨筆／倪慧山 著. --初版.--臺中市：白象文化，2017.11

面： 公分.——

ISBN 978-986-358-545-9（平裝）

855　　106014801

慧山隨筆

作　　者　倪慧山
攝　　影　倪慧山
校　　對　倪慧山、胡景瀚
專案主編　陳逸儒
出版經紀　徐錦淳、林榮威、吳適意、林孟侃、陳逸儒
設計創意　張禮南、何佳諠
經銷推廣　李莉吟、莊博亞、劉育姍、李如玉
營運管理　張輝潭、林金郎、黃姿虹、黃麗穎、曾千熏
發 行 人　張輝潭
出版發行　白象文化事業有限公司
402台中市南區美村路二段392號
出版、購書專線：（04）2265-2939
傳真：（04）2265-1171
印　　刷　普羅文化股份有限公司
初版一刷　2017 年 11 月
定　　價　350 元